雾中偶记

茅 盾 著

中国画报出版社·北京

图书在版编目（CIP）数据

雾中偶记／茅盾著. -- 北京：中国画报出版社，2015.4（2015.7重印）

（插图典藏本）

ISBN 978-7-5146-1104-5

Ⅰ．①雾… Ⅱ．①茅… Ⅲ．①散文集-中国-现代 Ⅳ．①I266

中国版本图书馆CIP数据核字(2015)第069335号

雾中偶记　　茅　盾　著

出 版 人：于九涛
责任编辑：张　桐
责任印制：焦　洋
出版发行：中国画报出版社
　　　　　（中国北京市海淀区车公庄西路33 号 邮编：100048）
开　　本：32开（880mm×1230mm）
印　　张：10
字　　数：232千字
版　　次：2015年5月第1版　　2015年7月第2次印刷
印　　刷：北京通州皇家印刷厂
定　　价：30.00元

总编室兼传真：010-88417359　　版权部：010-88417359
发　行　部：010-68469781　　010-68414683（传真）

关于作者

茅盾（1896—1981），原名沈德鸿，字雁冰，浙江桐乡人。中国现代著名作家、文学评论家、社会活动家，五四新文化运动先驱者之一，我国革命文艺奠基人之一。主要著作有：《蚀》三部曲、《虹》、《子夜》、《林家铺子》、《春蚕》、《腐蚀》、《霜叶红似二月花》以及散文《风景谈》、《雾中偶记》、《白杨礼赞》等。

茅盾1896年7月生于水乡乌镇，8岁入乌镇立志小学读书，1909年考入浙江湖州第三中学堂，1911年秋季转入嘉兴中学堂。1913年，茅盾考入北京大学预科第一类。毕业后，入上海商务印书馆工作。1920年，茅盾接编并全面革新了老牌的《小说月报》，并于1921年1月发起成立了"文学研究会"。同年7月，中国共产党成立，茅盾成为中国共产党最早的党员之一。1928年7月，茅盾赴日，1930年回国后，加入中国左翼作家联盟，任行政书记。

抗日战争期间，茅盾肩负文艺革命者的重任，积极开展抗日救亡工作。曾主编《呐喊》、《文艺阵地》等刊物，并完成了《风景谈》、《白杨礼赞》等优秀散文作品。

新中国成立后，茅盾历任中国文联副主席、文化部部长、中国作协主席，全国政协副主席等职。

1981年3月27日，茅盾病逝于北京。他以自己的积蓄设立了文学奖金（后定名为"茅盾文学奖金"），奖励优秀的长篇小说创作。

前　言

　　同鲁迅等诸多中国现代作家一样，茅盾一身多能，既以小说知名，又长于散文。终其一生，他在散文创作与理论上均卓有建树，为20世纪中国散文的开拓与发展作出了重要贡献。

　　在散文文体方面，茅盾继承了中国古典散文"因情立体，即体成势"的特点，又融合了现代报章文体的简洁、灵动、贴近现实的优长，形成了形式多样、不拘一格的文体特征。举凡抒情、游记、说明、记人、文论、批评、书评、政论、杂感、速写、寓言等现代散文形式，都曾出现在他的笔下，蔚为大观，非常突出地体现了中国文学现代化转型时期文类概念的多元性、交叉性与过渡性。然而，茅盾并没有将写作重心局限于散文文体一隅。相对而言，他更重视现代散文应具有怎样的内质。在"文学为人生"观念的指引下，他强调散文的时代性与社会性，坚持散文应与现实生活保持紧密联系，强调散文应有所"议论"，从而确立了中国现代散文源于现实、反映现实、干预现实的主流传统。1925年"五卅惨案"发生之后，茅盾很快写出了《五月三十日的下午》、《"暴风雨"——五月三十一日》等带有速写性质的散文，以街头见闻的形式，描绘出这场波澜壮阔的社会运动的几幅剪影。1928年国民革命失败之后，茅盾又创作了长篇散文《从牯岭到东京》，虽然采取了创作谈的形式，但内容既是对自己在大革命时期思想经历的剖析，又涉及到对革命成败得失的思考与总结，对正在进行的革命文学论争也阐明了自己的意见，因而具有强烈的现实性与针对性。他的散文与小说创作有着内在的同步性，进入20世纪30年代，在"论语派"散文和"性灵文学"大行其道的背景下,茅盾依然坚持散文的写实风格与批判功能,散文题材进一步凝聚在中国社会政治、经济、思想的变动上,记录性、报告性与介入性得到进一步的加强。他对现代工业文明步步进逼下日渐衰弱凋散的乡村怀着深切隐忧(《香市》、《农村杂景》),对上海唯利是图、金钱至上的社会风气和庸俗功利的市民文化有犀利的讽刺(《上海》、《交易所速写》),对战争阴云下食利阶层的颠顶无能、醉生梦死以及普通民众的坚韧顽强、勇于牺牲有真切的表现(《从半夜到天明》、《不是恐怖手段所能慑服的》、《苏嘉路上》),他杰出的观察和速写能力在这一动荡不安的时期得到了最大的表现,其散文与小说一道,为这一阶段的社会史、经济史留下了宝贵的文学材料。抗战爆发后,茅盾投身抗日文化事业,足迹遍及香港、兰州、新疆、延安、重庆等地,对中国广袤的内陆地区的真实社会状况与多元的文化有了更深入的了解,写出了诸多脍炙人口的游记名篇,对战争给中国内地带来的变化进行了全方位的描绘。《见闻杂记》记录了茅盾在甘肃、陕西、四川一带游历时的所见所闻,文笔生动细腻,观察入微,既以平凡抗日军民为对象,展现了不畏艰苦、坚毅乐观的民族精神,又暴露了贪官污吏毫无廉耻、大发国难财的丑陋嘴脸,真实再现了一个光明与黑暗、"庄严工作"与荒淫无耻并存的战时社会。他的《风景谈》、《白杨礼赞》超越了一般写景散文的格局,通过生活场景与自然风物的捕捉,刻画、颂扬了延安解放区军民的"严肃,坚决,勇敢"的精神品质,体现了作者对时代潮流与历史大势的理解与认同。可以说,茅盾对中国社会、历史、文化、政治的深刻认识与精辟见解,在他的散文中得到了淋漓尽致的反映。

另一方面,"言之无文,行而不远",在发挥散文的社会功能的同时，茅盾也很重视散文艺术的提炼。尽管郁达夫说"抒情练句，妙语谈玄"并非茅盾所长，但在为数不少的文艺性散文中，茅盾仍充分表现了自己的艺术才华。他擅长使用象征手法，通过对具体自然、社会事物的描绘来给无限的抽象观念赋形，从而以委婉隐晦的笔致表达自己的情思和理念，既实现含蓄蕴藉的美学效果，又表达了深广的人生思索与社会内涵。在大革命失败、东渡日本后所写的《卖豆腐的哨子》、《红叶》、《雾》、《严霜下的梦》等文中，他通过"梦"、"雾"等象征，于写景状物之中抒发了革命失败后内心的积郁，意境清幽，阮旨遥深，巧妙地表达了作者对于革命与个人命运的隐忧。其后的《冬天》、《黄昏》、《雷雨前》、《沙滩上的脚迹》等篇，仍采用借物抒情、物我呼应的象征手法，但由于时代环境的转变，情感的基调逐渐变得积极明朗，意境也更加清峻开阔。抗战时期，文学的表达变得更加简劲直截。茅盾笔下的"白杨树"、"哨兵"等意象承载了更加鲜明的政治与时代内涵，象征手法也逐渐与直抒胸臆相融合，更加直观、明快地表达了作家的情感与立场。在这里，"象征"已经成为议论的一种手段，而完全褪去了晦涩、低沉的痕迹。

茅盾以其阅世之深、观察之细，行文每不忘社会人生，成为中国现代社会分析型散文的代表作家。他从个人的感受与经验出发，但并不仅止于书写自我，而是通过"风景"的发现，将主观情感与时代精神有机地融合，在描摹世相、记叙人情的同时，最大限度地彰显了作为个体的知识分子与宏大历史之间的深刻联系。这种入世精神与家国情怀，既来自中国文学传统，对未来的中国文学，又势将产生深远的影响。

目 录

1 / 恋爱与贞操的关系

7 / 文学与人生

13 / 五月三十日的下午

18 / 现代女子的苦闷问题

22 / 严霜下的梦

27 / 卖豆腐的哨子

29 / 从牯岭到东京

47 / 写在《野蔷薇》的前面

52 / 虹

54 / 红叶

56 / 速写一

58 / 速写二

60 / 青年苦闷的分析

66 / 致文学青年

73 / 秋的公园

76 / 冥屋
79 / 香市
82 / 我们这文坛
87 / 欢迎古物
89 / 时髦病
91 / "现代化"的话
97 / 谈迷信之类
101 / 冬天
104 / 升学与就业
107 / 苍蝇
109 / 雷雨前
113 / 谈月亮
119 / 疯子
126 / 沙滩上的脚迹
129 / 天窗
132 / 狂欢的解剖
138 / 交易所速写
142 / 不是恐怖手段所能慑伏的

146 / 无题

149 / 风景谈

157 / 雾中偶记

161 / 如是我见我闻

212 / 白杨礼赞

215 / 雨天杂写之一

220 / 雨天杂写之二

223 / 雨天杂写之三

230 / 新疆风土杂忆

252 / 归途杂拾

272 / 马达的故事

280 / 不能忘记的一面之识

287 / 谈鼠

293 / 森林中的绅士

297 / 纠正一种风气

301 / 五十年前一个亡命客的回忆

恋爱与贞操的关系

　　大概中国的贞操观念是世界上最特别的一种贞操观念了。几千年提倡吃人礼教的结果，社会的全部伦理体系都是中了毒的；所谓"道德"，都是吃人精神的结晶，所谓"礼义"，都是骗人自骗的虚文。现在稍稍明白的人，谁也不能否认：中国的贞操主义就是吃人的主义，就是骗人自骗的主义。许多不合理的惨事都是受了贞操主义的毒——强制或诱引——而做出来的。这也是稍稍明白道理的人不能否认的。在中国宣传女子解放的福音，第一步应该打倒贞操观念这魔障，光景是一定的事，用不到怀疑的。

　　可是我们要明白：我们这里说的不问三七二十一第一步要先打破的，是中国历来相传的贞操观念；不是说男女相与之间可以完全没有一种高尚的，互相尊重，互相信托的精神。（这精神，我们姑且用贞操这个旧名词来代称，也还可以。）究竟男女相与之间是否需要这种精神，这东西对于人类文明的前进有什么样的大关系：确是一个尚待细商的问题，不是一言两语就可以解决的。然而我们至少可以先来断定一句：如有这精神，这也是人类理性的产物，和那旧日的贞操观念不同。旧日的贞操观念是人类占有欲望的产物，也可说是男子特有的永久占有心的产物，因为强要女子守贞的缘故不外男子视妻妾是一己之物，不许别人染指（不但生前，并且死后，也不许），在今日没有保存的可能，也是和二五等于一十一样，明明白白的。

　　我们竟可以说：不独中国历来相传的贞操观念是男子占有心的产物，便是世界现在有的一切不平等的贞操观念都是男子自私心的产物，都不是理性的产物，所以都应该打破的。不相信我这句话么？我也不用多举证据，只请你去细观察凡是号称文明社会中的人们对于男或女的自由性交抱的是什么态度。无论哪一个号称文明的社会（恐怕越是称为文明的，这态度也越是显明），对于自由性交（其实这"自由"两字也是那些文明人说说罢哩！）的男女，都有极不公平的两样看待；一个男子相与了许多女子，在他们看来，人格上不生问题，但如果一个女子相与了几个男子（或者也竟是男子的利诱威逼使伊至此的），可就反了，人格上大生问题了。他们要说这女子不贞，却不说男子不贞；可知无论哪里，贞操这个名词是专为女子造的。虽然现在欧洲各国文明人民有些因为权利义务的观念太发达了，所以把男女间神秘的关系也视为权利义务的一种，夫妻俩都有彼此互尊权利（老实说，这只是根据于极卑下心理的权利观念罢哩！）的义务，但丈夫和别的女子相与，侵犯了妻的权利，其罪还是轻些。就是社会的制裁也还是不算什么的。英国现行的离婚律分明就是这不公平的夫妻间权利义务观念的说明。所以随你怎样讲权利义务，贞操这名词还是只为制裁女子侵犯男子的独有权而设的。中国的贞操观念却更进一步，连男子已死后的独有权还要保留，所以是最特别的。在新的贞操，贞操的新定义，新范围，还没确定出来之前，先要打破这些旧的；因为无论男女间相与到底该不该有贞操，这些旧有的偏畸的贞操观念总是不能适用的（在中国又特是害人的凶器），不打破它，留着做甚么？

可是贞操究竟要不要呢？近来颇有些人讨论到这一个问题了。他们的议论大概可分做主张要的，与主张不要的两派。主张要的一派没有什么特别名儿。主张不要的一派就是大家知道的"自由恋爱"主义者。他们——自由恋爱论者——说，恋爱绝对自由，不受任何东西的拘束。从历史看来，夫妇名义，家庭制度，等等一类东西，是拘束恋爱的自由活动的，所以他们主张废弃。他们以为此刻我爱某人，就和伊爱，到两方不生爱情的时候，就可以分开，这才是自由恋爱。他们既然如此主张了，当然没有什么贞操不贞操的问题。

至于主张要贞操的一派，对于这自由恋爱的理论多半是不承认，是不用说的；他们在这一点上虽然似乎主张一致，态度相同，但在别一点上，彼此就有绝大的反对思想。这一点就是关于贞操的本质，贞操是什么东西的争论。因为主张要贞操的人们也都觉得旧有的贞操观念万万要不得，非创一个新的不可。要创一个新的，自然先要弄清楚：什么是贞操？各人的见解也就不能相同起来。拿粗的说，也可说有两小派。一以为贞操是一种信仰；一以为贞操是一种义务。主张义务说者以为贞操也是道德中的一部分，人们一定要履行的义务；为什么定要履行呢？他们也说不出充分的理由，不过根据了"有这个绊索然后男女关系是稳定了合理了"这不健全的理想来的。他们显然是觉得现在人类是脆弱的，不完全的，常常轶出正理之外，受欲望支配的，所以想处处用起人为的绳子来，逼人类上轨道。这见解对不对，这办法是否恰当，我不愿多说，我现在要说的，就是这样硬性而且皮相的办法，有时是要闹乱子的，就是有流弊的。因为我不相信男女相与就只是简单的物质的关系。他们又有替这办法想出路的，便主张一方订定了极自由的离婚法，以便和缓贞操义务观的硬性。这也是不对的。因为既可极端自由离婚，实际上贞操还成义务么？所以觉得义务说的漏洞非常之多。信仰说者以为贞操只可当它一种信仰，听人自由；这一说显然不把贞操算做道德的一部分，因为若算做道德的一部分，是必须强人履行的。但男女间所以要有贞操问题，起源就的确含有定要履行的意思。信仰说者避开这一层来说，已是根本的文不对题，所以究竟也难满人意。

　　我的意见以为若要决定贞操究竟应有不应有，先须研究恋爱的性质。男女恋爱的关系，究竟仅是肉体的物质的呢？还是灵魂的精神的？我们固然不便跟了那些空想的神秘诗人那样的说法，决定男女的恋爱完全是属于灵的精神的东西，和肉体一毫无涉；但我们却也觉得男女的恋爱，真正的恋爱，至少应有精神的结合。我们固然也否认那主张精神恋爱，以为肉体接触完全是兽性的可丑的，这些不近人情的偏论；但我们却也承认男女间恋爱的关系确是由肉体的而进化到灵魂的。所谓恋爱，一定是灵肉一致的。仅有肉的结合而没有灵的结合，这不是恋爱。但对于那以恋爱必先由精神而及肉体的说头，却也不能赞成。因为这与恋爱进化方式不符！恋爱的进化方式，显然是由肉体的而进于灵魂的，个人的恋爱当然不能作为例外。若说男女交游，先有精神的恋爱，后有肉体的，这是误以普通的友爱看作男女间的恋爱了！因为无论哪个民族，男性在看待女性的时候，总起一种神秘的感想，他们往往不能自忘是男是女；因为这一层异常心理状态所牵引，极普通的友谊的交情便被视为恋爱了。其实这是错的呵！

既认恋爱是灵肉两方一致的，贞操便不成问题。因为贞操之能表见者，只是肉体的，不是灵魂的。真能有灵肉一致恋爱的人们，不用贞操两个字做束缚，自然能够履行贞操之实。否则，随你怎样的贞操论，还都是掩耳盗铃罢了。况且既认恋爱为灵肉一致的，则灵肉不一致的，当然不能算它是恋爱。既已不成为恋爱，更如何配得上讲贞操？所以贞操与恋爱的关系，一而二，二而一，并不分彼此。有恋爱时，贞操不守自在；无恋爱了，虽有贞操以为制裁，然而这种灵肉异致的恋爱，在我看来，双方都是不贞已极的。主张男女间非有贞操不可的，真是掩耳盗铃，自欺之至呵！

（原载1921年8月31日《民国日报·妇女评论》）

1921年3月,文学研究会的成员茅盾、郑振铎(左二)、叶圣陶(右一)、沈泽民(左一)在上海半淞园聚会。

文学与人生

今天讲的是文学与人生。中国人向来以为文学,不是一般人所需要的。闲暇自得,风流自赏的人,才去讲文学。中国向来文学作品,诗,词,小说等都很多,不过讲文学是什么东西,文学讲的是什么问题的一类书籍却很少,讲怎样可以看文学书,怎样去批评文学等书籍也是很少。刘勰的《文心雕龙》可算是讲文学的专书了,但仔细看来,却也不是,因为他没有讲到文学是什么等等问题。他只把主观的见解替文学上各种体格下个定义。诗是什么,赋是什么,他只给了一个主观的定义,他并未分析研究作品。司空图的《诗品》也没讲"诗含的什么"这类的问题。从各方面看,文学作品很多,研究文学作品的论文却很少。因此,文学和别种方面,如哲学和语言文字学等,没有清楚的界限。谈文学的,大都在修辞方面下批评,对于思想并不注意。至于文学和别种学问的关系,更没有说起。所以要讲本题,在中国向来的书里,差不多没有材料可以参考。现在只能先讲些西洋人对于文学的议论，再来讲中国向来的文学，与人生有没有关系。

西洋研究文学者有一句最普通的标语是："文学是人生的反映（Reflection）"，人们怎样生活，社会怎样情形，文学就把那种种反映出来。譬如人生是个杯子，文学就是杯子在镜子里的影子。所以可说："文学的背景是社会的。""背景"就是所从发的地方。譬如有一篇小说，讲一家人家先富后衰的情形，那么，我们就要问讲的是哪一朝。如说是清朝乾隆的时候，那么，我们看他讲的话，究竟像乾隆时候的样子不像？要是像的，才算不错。上面的两句话，是很普通的。从这两句话上，大概可以知道文学是什么。固然，文学也有超乎人生的，也有讲理想世界的，那种文学，有的确也很好，不过都不是社会的。现在我们讲文学与人生的关系，单是说明"社会的"，还是不够，可以分下列的四项来说一说。

（一）人种。文学与人种，很有关系。人种不同，文学的情调也不同，哪一种人，有哪一种的文学，和他们有不同的皮肤、头发、眼睛等一样。大凡一个人种，总有他的特质，东方民族多含神秘性，因此，他们的文学也是超现实的。民族的性质，和文学也有关系。条顿人刻苦耐劳，并且有中庸的性质，他们的文学也如此，他们便是做爱情小说，说到苦痛的结果，总没有法国人那样的热烈。法国作家描写人物，写他们的感情，非常热烈。假如一个人心里烦闷，要喝些酒，在英人只稍饮一些啤酒，法人却必须饮烈性的白兰地。这英法两国人的譬喻，恰可以拿来当作比较。文学上这种不同之点是显然的。

（二）环境。我们住在这里，四面是什么。假设我们是松江人，松江的社会就是我们的环境。我有怎样的家庭，有怎样的几个朋友……都是我的环境。环境在文学上影响非常厉害。在上海的人,作品总提着上海的情形;从事革命的人,讲话总带着革命的气概;生在富贵人家的,虽热心于平民主义,有时不期然而然地有种公子气出来。一个时代有一个环境,就有那时代环境下的文学。环境本不是专限于物质的,当时的思想潮流,政治状况,风俗习惯,都是那时代的环境,著作家处处暗中受着他的环境的影响,决不能够脱离环境而独立。即使是探索宇宙之秘奥的神秘诗人,他的作品里可以和他的环境无涉——就是并不提起他的环境,但是他的作品的思想一定和他的大环境有关。即使有反乎他那时代的思潮的,仍旧是有关系,因为他的"反",是受了当时思潮的刺戟,决不是凭空跳出来的。至于正面的例子,在文学史上简直不胜枚举。例如法国生了佐治申特等一批大文学家,他们见的是法国二次革命与复辟,所以描写的都是法国那时代环境下的人物。申特虽为了他的革命思想,逃到外国,可是他的作品,总离不掉法国那时代的色彩。举眼前的例:我们在上海,见的是电车、汽车,接触的或算大都是知识阶级,如写小说,断不能离了环境,去写山里或乡间的生活。英国诗人勃恩斯(Burns)的田园风景诗,现在人说怎样好,怎样美丽,平静;十九世纪末,作家都写都会状况,有人说他们堕落;这都是环境使然。又如十九世纪末有许多德国人,厌了城市生活,去描写田园,但是他们的望乡心,一看便知。这就是反面的例。可见环境和文学,关系非常密切,不是在某种环境之下的,必不能写出那种环境;在那种环境之下的,必不能跳出了那种环境,去描写出别种来。有人说,中国近来的小说,范围太狭,道恋爱只及于中学的男女学生,讲家庭不过是普通琐屑的事,谈人道只有黄包车夫给人打等等。实在这不是中国人没有能力去做好些，这实在是现在的作家的环境如此，作家要写下等社会的生活，而他不过见黄包车夫给人打这类的事，他怎样能写别的？

（三）时代。这字或是译得不好。英文叫Epoch，连时代的思潮，社会情形等都包括在内。或者说时势，比较近些。我们现在大家都知道有"时代精神"这一句话。时代精神支配着政治、哲学、文学、美术等等，犹影之与形。各时代的作家所以各有不同的面目，是时代精神的缘故；同一时代的作家所以必有共同一致的倾向，也是时代精神的缘故。自然也有例外，但大体总是如此的。我们常听人说，两汉有两汉的文风，魏晋有魏晋的文风……就是因为两汉有两汉的时代精神，魏晋有魏晋的时代精神。近代西洋的文学是写实的，就因为近代的时代精神是科学的。科学的精神重在求真，故文艺亦以求真为唯一目的。科学家的态度重客观的观察，故文学也重客观的描写。因为求真，因为重客观的描写，故眼睛里看见的是怎样一个样子，就怎样写。又因为尊重个性，所以大家觉得尽是特别或不好，不可因怕人不理会，就不说。心里怎样想，口里就怎样说，老老实实，不可欺人。这是近世时代精神表见于文艺上的例子。

（四）作家的人格（Personality）。作家的人格，也甚重要。革命的人，一定做革命的文学，爱自然的，一定把自然融化在他的文学里，俄国托尔斯泰的人格，坚强特异，也在他的文学里表现出来。大文学家的作品，哪怕受时代环境的影响，总有他的人格融化在里头。法国法朗士（Anatole France）说，"文学作品，严格地说，都是作家的自传。"……就是这个意思了。

以上是西洋人的议论，中国古来虽没有这种议论，但是我们看中国文学,也拿这四项做根据。第一,中国文学,都表示中国人的性情:不喜现实,谈玄,凡事折中。中国的小说,无论好的坏的,末后必有个大团圆:这是不走极端的证据。关于人种一条,可以说没有违背。第二,环境更当然。中国文学的环境,自然都是中国的家庭社会。第三,时代的关系在中国似乎不很分明。但仔细看,也有的。讲旧文学的人说:同是赋,两汉的与魏晋的不同;同是诗,初唐盛唐晚唐也不同。李义山的无论哪一首诗,必不能放在初唐四杰的诗中。他们的诗,同是几个字缀成,同讲格律,只因时代不同,作品就迥然两样。《世说新语》的文字,在句法与文气上都与他书不同,《宋人语录》亦如此,与《水浒》不同,与《宣和遗事》又不同。这都可以说因为时代空气不同。非但思想不同,文气、格律也有不同。可见时代的影响,也很厉害。至于人格,真的作家,不是欺世盗名的,也有他们的人格在作品里。所以文学与人生的四项关系,在中国也不是例外了。

文学与人生简单的说明,不过如此。从这里,我们得到了一个教训,就是凡要研究文学,至少要有人种学的常识,至少要懂得这种文学作品产生时的环境,至少要了解这种文学作品产生时代的时代精神,并且要懂得这种文学作品的主人翁的身世和心情。

(原收于1922年《松江第一次暑假学术演讲会演讲录》)

1922年,茅盾担任《小说月报》主编时所摄。

·雾中偶记·

五月三十日的下午

这是一个闷热的下午,这是一个暴风雨的先驱的闷热的下午!我看见穿着艳冶夏装的太太们,晃着满意的红喷喷大面孔的绅士们;我看见"太太们的乐园"①依旧大开着门欢迎它的主顾;我只看见街角上有不多几个短衣人在那里切切议论。

一切都很自然,很满意,很平静,——除了那边切切议论的几个短衣人。

谁肯相信半小时前就在这高耸云霄的"太太们的乐园"旁曾演过空前的悲壮热烈的活剧?有万千"争自由"的旗帜飞舞,有万千"打倒帝国主义"的呼声震荡,有多少勇敢的青年洒他们的热血要把这块灰色的土地染红!谁还记得在这里竟曾向密集的群众开放排枪!谁还记得先进的文明人曾卸下了假面具露一露他们的狠毒丑恶的本相!忘了,一切都忘了;可爱的驯良的大

---

① "太太们的乐园":原为法国作家左拉以近代大规模的百货商店为描写对象的小说名,作者在这里借用了这个词。

·雾中偶记·

量的市民们绅士们体面商人们早把一切都忘了!

那边路旁不知是什么商铺的门槛旁,斜躺着几块碎玻璃片带着枪伤。我看见一个纤腰长裙金黄头发的妇人踹着那碎玻璃,姗姗地走过,嘴角上还浮出一个浅笑。我又看见一个鬓戴粉红绢花的少女倚在大肚子绅士的臂膊上也踹着那些碎玻璃走过,两人交换一个了解的微笑。

呵!可怜的碎玻璃片呀!可敬的枪弹的牺牲品呀!我向你敬礼!你是今天争自由而死的战士以外唯一的被牺牲者么?争自由的战士呀!你们为了他们而牺牲的,也许只受到他们微微的一笑和这些碎玻璃片一样罢?微笑!恶意的微笑!卑怯的微笑!永不能忘却的微笑!我觉得这是站在荒凉的沙漠里,只有这放大的微笑在我眼前晃;我惘惘然拾取了一片碎玻璃,我吻它,迸出了一句话道:"既然一切医院都拒绝我去向受伤的死的战士敬礼,我就对你——和死者伤者同命运的你,致敬礼罢!"我捧着这碎片狂吻。

忽地有极漂亮的声音在我耳边响道:"他们简直疯了!他们想拼着头颅撞开地狱的铁门么?"我陡地转过身去,我看见一位翘着八字须的先生(许是什么博士罢)正斜着眼睛看我。他,好生面熟;我努力要记起他的姓名来。他又冲着我的面孔说道:"我不是说地狱门不应该打开,我是觉得犯不着撞碎头颅去打开——而况即使拼了头颅未必打得开。难道我们没有别的和平的方法么?而况这很有激化的嫌疑么?我们是爱和平的民族,总该用文明手段呀。实在最好是祈祷上苍,转移人心于冥冥之中。再不然,我们有的是东方精神文明,区区肉体上的屈辱何必计较——哈,你想不起我是谁么?"

实在抱歉,我听了这一番话,更想不起他是谁了,我只有向他鞠躬,便离开了他。

然而他那番话,还在我耳旁作怪地嗡嗡地响;我又恍惚觉得他的身体放大了,很顽强地站在我面前,挡住我的去路;又看见他幻化为数千百,在人丛里乱钻;终于我看见街上熙熙攘攘往来的,都是他的化身了,而张牙舞爪的吃人的怪兽却高踞在他们头上狞笑!突然幻象全消,现出一片真景来:那边站满"华人"的水泥行人道上,跳上一匹马,驮了一个黄发碧眼的武装的人,提着木棍不分皂白乱打。棍子碰着皮肉的回音使我听去好像是:"难道我们没有别的和平的方法么?……我们有的是东方精神文明,区区肉体上的屈辱何必计较!"和平方法呀!这未尝不是一个好名词。可惜对于无条件被人打被人杀的人们不配!挨打挨杀的人们嘴里的和平方法有什么意义?人家不来同你和平,你有什么办法呢?和平方法是势力相等的办交涉时的漂亮话,出之于被打被杀者的嘴里是何等卑怯无耻呀!人家何尝把你当作平等的人。爱谈和平方法的先生们呀,你们脸是黄的,发是黑的,鼻梁是平的,人家看来你总是一个劣等民族,只有人家高兴给你和平,没有你开口要求的份儿哩!"以眼还眼,以牙还牙!"信奉这条教义的谟罕默德①的子孙们现在终于又挺起身子了!这才有开口向人家讲和平办法的资格呵!像我们现在呢,也只有一

---

① 谟罕默德:通译穆罕默德(Muhammad,约570—632年),阿拉伯半岛麦加(今沙特阿拉伯西部汉志境内)人。伊斯兰教的创立人。

·雾中偶记·

个办法:"以眼还眼,以牙还牙!"不甘心少,也不要多!

"以眼还眼,以牙还牙!"这句话不断地在我脑海里回旋;我在人丛里忿怒地推挤,我想找几个人来讨论我的新信仰。忽然疏疏落落地下起雨来了,暮色已经围抱着这都市,街上行人也渐渐稀少了。我转入一条小弄,雨下得更密了。路灯在雨中放着安静的冷光。这还是一个闷热的黄昏,这使我满载着郁怒的心更加烦躁。风挟着细雨吹到我脸上,稍感着些凉快;但是随风送来的一种特别声浪忽地又使我的热血在颞颥部血管里乱跳;这是一阵歌吹声,竹牌声,哗笑声!他们离流血的地点不过百步,距流血的时间不过一小时,竟然歌吹作乐呵!我的心抖了,我开始诅咒这都市,这污秽无耻的都市,这虎狼在上而豕鹿在下的都市!我祈求热血来洗刷这一切的强横暴虐,同时也洗刷这卑贱无耻呀!

雨点更粗更密了,风力也似乎劲了些:这许就是闷热后必然有的暴风雨的先遣队罢?

1925年5月30日夜于上海。

(原载1925年6月14日《文学周报》第177期)

茅盾在涵芬楼前花园中所摄。

·雾中偶记·

现代女子的苦闷问题

世上万事不能两全,又好又不吃草的马儿是没有的。人是理性的动物,所以遇到万难兼顾的事就会依理性的评判,择取其最合理的一者。

孟子说:"鱼:我所欲也。熊掌:亦我所欲也。二者不可得兼,舍鱼而取熊掌者也。"这种选择,是平常人的理性所优为的;因为鱼常有而熊掌罕得。但是孟子又说:"生:亦我所欲也。义:亦我所欲也。二者不可得兼,舍生而取义者也。"这却便不是平常人的理性所容易取择了;因为生与义孰善,比较起鱼与熊掌之孰善来,要复杂得多,并且关系亦太大了。必然是彻底了解生之意义与义之意义的人,然后能于二者间取合理的选择。

所以遇到像这一类的选择时,问题是在选择者对于面前的二物的意义是否有彻底的了解。换言之,即对于二者的轻重缓急是非应有彻底的了解。

对于我们目前的问题(即现代女子应该抛弃了为妻为母的

责任而专心研究学问改造社会呢？还是不妨把学问和社会事业暂时置为缓图而注重良妻贤母的责任？）而欲得一个解答，自然也非先将二者的轻重缓急有一个彻底的了解不可！

可是这个问题并不简单。有大理由可说为妻为母的责任是神圣的极重要的；但是又有同样的大理由说攻究学问改造社会的责任是神圣的极重要的。正如公说公有理，婆说婆有理，两边都是有理的。我觉得凡事一套进理论的圈子，凭空地数起理来，每每是话语愈说愈多，而解决终于不得。我们自然不能完全看轻理论方面，可是也不可忘却事实。凭你理论上千真万确，而事实上不容许时，却就等于白说。特别是一个等待解决的问题决不能专守着理论而不问事实。结果使这问题陷于不解决的解决。

因此，我们对于本问题的正当态度应该是姑且撇开理论而问事实。换言之，即对于主张女子当尽为妻为母之责的议论，我们可以姑且承认，可是同时要问问事实上能不能？对于主张女子应该加入社会运动的，也取同样的态度。如果事实上现代女子确不能——即有种种外界的阻碍使她们不能实现理想的为妻为母的责任，则我们的理论家的大道理实在只等于废话，而应该让有作有为的女子试试别条出路！

我是觉得并且确信现代的女子是不能安心，或被环境容许，尽理想的为妻为母的责任的。请简单地申述我的意见如下。

我们先要注意：我们讨论的前提是"理想的"为妻为母的责任，而不是平平常常的为妻为母的责任！此所谓理想的为妻为母的责任，即是夏尊先生在本刊第七期上《闻歌有感》一文中所说的，今引其大意如下：

雾中偶记

几年来妇女解放论者只是对于外部的制度下攻击,不从妇女自己的态度上谋改变,所以总是不十分有效。所谓"妇女自己的态度上谋改变",即是要女性自己觉到自己的地位并不劣于男性,且重要于男性,为妻为母是神圣光荣的事,不是奴隶的役使;你们既忙了,不要再因忙反屈辱了自己,要在这忙里发挥自己,实现自己,显出自己的优越,使国家社会及你们对手的男性,在这忙里认识你们的价值,承认你们的地位。

使国家社会及你们对手的男性,在这忙里认识你们的价值,承认你们的地位;在为妻为母的忙里发挥自己,实现自己:这是丏尊先生的警句,也可以说这是丏尊先生所认为解放妇女的途径!在纯粹理论上,我不反对丏尊先生此论,可是事实上,国家社会及对手的男性即使会从女性为妻为母的"忙"里认识她们的价值,然而未必肯承认她们的地位;正如资本家虽然从劳动者的血汗上认识劳动者的价值,然而何尝肯承认劳动者的地位。

再退一步,我们不管国家社会及男性对于女性"忙"的价值及承认之如何,而再看女性是否能从为妻为母的"忙"里发挥自己,实现自己。我们自然先承认能够发挥女性自己实现女性自己的忙,不是无意识的千古相传的女性的为妻为母的"忙",而是另一境界的近乎爱伦凯的母性主义的理想之所谓忙了。那么,事实上我们的为妻为母的女性还只是忙着些平凡的"忙",而不是理想的忙,并且环境上决不容许有作有为的女性实现了若干理想的为妻为母的忙！如果一个有作有为的女性，想在她的为妻为母的职权范围内做一点理想的忙，那么，旧礼教，旧习惯，一切的法律，甚至政治势力，军警武力，都会干涉到她身上了！这也是无足怪的。因为旧礼教，压迫女性的魔鬼以及拥护此魔鬼之一切法律，武力，都只承认旧有的为妻为母的忙，而这旧有的为妻为母之忙，正是女性的锁链；这在旧有的为妻为母的忙里，女性决不能发挥自己，实现自己！

所以真正要使女性能在为妻为母的忙里发挥自己，实现自己，不处奴隶的地位，重要的前提还是改革环境！结论于是就落到女性的一面为要求自身利益而奋斗，一面为改造环境而与同调的男性作政治运动了！

事实的铁掌打破了理想的花园。我们有一句老话："理想为事实之母。"但是这里我们却看见一条颠扑不破的铁规，"事实不容许时，理想只是一句废话"！所以现代女子苦闷的生路是根据了目前的事实取她们应该做而且不得不做的行动！

（原载1927年1月1日《新女性》第2卷第1号）

·雾中偶记·

严霜下的梦

七八岁以至十一二,大概是最会做梦最多梦的时代罢?梦中得了久慕而不得的玩具;梦中居然离开了大人们的注意的眼光,畅畅快快地弄水弄火;梦中到了民间传说里的神仙之居,满攫了好玩的好吃的。当母亲铺好了温暖的被窝,我们孩子勇敢地钻进了以后,嗅着那股奇特的旧绸的气味,刚合上了眼皮,一些红的、绿的、紫的、橙黄的、金碧的、银灰的,圆体和三角体,各自不歇地在颤动,在扩大,在收小,在漂浮的,便争先恐后地挤进我们孩子的闭合的眼睑;这大概就是梦的接引使者罢?从这些活动的虹桥,我们孩子便进了梦境;于是便真实地享受了梦国的自由的乐趣。

大人们可就不能这么常有便宜的梦了。在大人们,夜是白天勤劳后的休息;当四肢发酸,神经麻木,软倒在枕头上以后,总是无端地便失了知觉;直到七八小时以后,苏生的精力再机械地唤醒他,方才揉了揉睡眼,再奔赴生活的前程。大人们是没有梦的! 即使有了梦,那也不过是白天忧劳苦闷的利息,徒增醒后的惊悸,像一篇好的悲剧,夸大地描出了悲哀的组织,使你更能意识到而已。即使有了可乐意的好梦,那又还不是睡谷的恶意的孩子们来嘲笑你的现实生活里的失意?来给你一个强烈的对比,使你更能意识到生活的愁苦?

能够真心地如实地享受梦中的快活的,恐怕只有七八岁以至十一二的孩子罢?在大人们,谁也没有这等廉价的享乐罢?说是尹氏的役夫曾经真心地如实地享受过梦的快乐来,大概只不过是伪《列子》杂收的一段古人的寓言罢哩。在我尖锐的理性,总不肯让我跌进了玄之又玄的国境,让幻想的抚摸来安慰了现实的伤痕。我总觉得,梦,不是来挖深我的创痛,就是来嘲笑我的失意;所以我是梦的仇人,我不愿意晚上再由梦来打搅我的可怜的休息。

但是惯会揶揄人们的顽固的梦,终于光顾了;我连得了几个梦。

——步哨放得多么远!可爱的步哨呵:我们似曾相识。你们和风雨操场周围的荷枪守卫者,许就是亲兄弟?是的,你们是。再看呀!那穿了整齐的制服,紧捏着长木棍子的小英雄,够多么可爱!我看见许多认识的和不认识的面孔,男的和女的,穿便衣的和穿军装的,短衣的和长褂的:脸上都耀着十分的喜气,像许多小太阳。我听见许多方言的急口的说话,我不尽懂得,可是我明白——真的,我从心底里明白他们的意义。

——可不是?我又听得悲壮的歌声,激昂的军乐,狂欢的呼喊,春雷似的鼓掌,沉痛的演说。

——我看见了庄严,看见了美妙,看见了热烈;而且,该是一切好梦里应有的事罢,我看见未来的憧憬凝结而成为现实。

·雾中偶记·

——我的陶醉的心,猛击着我的胸膈。呀!这不客气的小东西,竟跳出了咽喉关,即使我的两排白灿灿的牙齿是那么壁垒森严,也阻不住这猩红的一团!它飞出去了,挂在空间。而且,这分明是荒唐的梦了。我看见许多心都从各人的嘴唇边飞出来,都挂在空间,连结成为红的热的动的一片;而且,我又见这一片上显出字迹来。

——我空着腔子,努力想看明白这些字迹;头是最先看见:"中国民族革命的发展"。尾巴也映进了我的眼帘:"世界革命的三大柱石"。可是中段,却很模糊了;我继续努力辨识,忽然,轰!屋梁凭空掉下来。好像我也大叫了一声;可是,以后,什么都不知道,什么都已消灭!

我的脸,像受人批了一掌;意识回到我身上;我听得了扑扑的翅膀声,我知道又是那不名誉的蝙蝠把它的灰色的似是而非的翼子扇了我的脸。

"呔!"我不自觉地喊出来。然后,静寂又回复了统治;我只听得那小东西的翅膀在凝冻的空气中无目的地乱扑。窗缝中透进了寒光,我知道这是肃杀的严霜的光,我翻了个身,又沉沉地负气似的睡着了。

——好血腥呀,天在雨血!这不是宋王皮囊里的牛羊狗血,是真正老牌的人血。是男子颈间的血,女人的割破的乳房的血,小孩子心肝的血。血,血!天开了窟窿似的在下血!青绿的原野,染成了绛赤。我撩起了衣裾急走,我想逃避这还是温热的血。

——然后,我又看见了火。这不是 Nero① 烧罗马引起他的诗

---

① Sirens:古希腊传说中半身是人半身是鸟的海妖,常以美妙的歌声诱杀过路的海员。

兴的火,这是地狱的火;这是Surtr①烧毁了空陆冥三界的火!轰轰的火柱卷上天空,太阳骇成了淡黄脸,苍穹涨红着无可奈何似的在那里挺挨。高高的山岩,熔成了半固定质,像饧糖似的软摊开来,填平了地面上的一切坎坷。而我,我也被胶结在这坦荡荡的硬壳下。

"呔!"

冷空气中震颤着我这一声喊。寒光从窗缝中透进来,我知道这还是别人家瓦上的严霜的光亮,这不是天明的曙光;我不管事似的又翻了个身,又沉沉地负气似的睡着了。

——玫瑰色的灯光,射在雪白的臂膊上;轻纱下面,颤动着温软的乳房,嫩红的乳头像两粒诱人馋吻的樱桃。细白米一样的齿缝间淌出Sirens②的迷魂的音乐。可爱的Valkyrs③,刚从血泊里回来的Valkyrs,依旧是那样美妙!三四辈少年,围坐着谈论些什么;他们的眼睛闪出坚决的牺牲的光。像一个旁观者,我完全迷乱了。我猜不透他们是准备赴结婚的礼堂呢,抑是赴坟墓?可是他们都高兴地谈着我所不大明白的话。

——"到明天……"

——"到明天,我们不是死,就是跳舞了!"

——我突然明白了,同时,我的心房也突然缩紧了;死不是

---

① Surtr:即北欧神话中的火焰巨人苏尔体尔。冰雪是北欧人的大敌。传说苏尔体尔有一发亮的大刀,常给北方来的冰山以致命的刺击。北欧神话中还说陆、海、冥三界分别为神奥定(Odin)、费利(Viii)和凡(Ve)所主宰。

② Sirens:古希腊传说中半身是人半身是鸟的海妖,常以美妙的歌声诱杀过路的海员。

③ Valkyrs:北欧神话中神的十二个侍女之一,其职责是飞临战场上空,选择那些阵亡者并引导他们的英灵赴奥定神的殿堂宴饮。

·雾中偶记·

我的事,跳舞有我的份儿么?像小孩子牵住了母亲衣裙要求带赴一个宴会似的,我攀住了一只臂膊。我祈求,我自讼。我哭泣了!但是,没有了热的活的臂膊,却是焦黑的发散着烂肉臭味的什么了——我该说是一条从烈火里掣出来的断腿罢?我觉得有一股铅浪,从我的心里滚到脑壳。我听见女子的歇斯底里的喊叫,我仿佛看见许多狼,张开了利锯样的尖嘴,在撕碎美丽的身体。我听得愤怒的呻吟。我听得饱足了兽欲的灰色东西的狂笑。

我惊悸地抱着被窝一跳,又是什么都没有了。

呵,还是梦!恶意的揄揶人的梦呵!寒光更强烈地从窗缝里探进头来,嘲笑似的落在我脸上;霜华一定是更浓重了,但是什么时候天才亮呀?什么时候,Aurora①的可爱的手指来赶走凶残的噩梦的统治呀?

1928年1月12日于荷叶地。

(原载1928年2月5日《文学周报》第6卷第2期)

---

① Aurora:古希腊女神奥罗拉(也叫厄俄斯),罗马神话中曙光女神的化身。

·雾中偶记·

卖豆腐的哨子

早上醒来的时候,听得卖豆腐的哨子在窗外呜呜地吹。

每次这哨子声引起了我不少的怅惘。

并不是它那低叹暗泣似的声调在诱发我的漂泊者的乡愁;不是呢,像我这样的Outcast,没有了故乡,也没有了祖国,所谓"乡愁"之类的优雅的情绪,轻易不会兜上我的心头。

也不是它那类乎军笳然而已颇小规模的悲壮的颤音,使我联想到另一方面的烟云似的过去;也不是呢,过去的,只留下淡淡的一道痕,早已为现实的严肃和未来的闪光所掩煞所销毁。

所以我这怅惘是难言的。然而每次我听到这呜呜的声音,我总抑不住胸间那股回荡起伏的怅惘的滋味。

昨夜我在夜市上,也感到同样酸辣的滋味。

每次我到夜市,看见那些用一张席片挡住了潮湿的泥土,就这么着货物和人一同挤在上面,冒着寒风在嚷嚷然叫卖的衣衫褴褛的小贩子,我总是感得了说不出的怅惘的心情。说是在怜悯

· 雾中偶记 ·

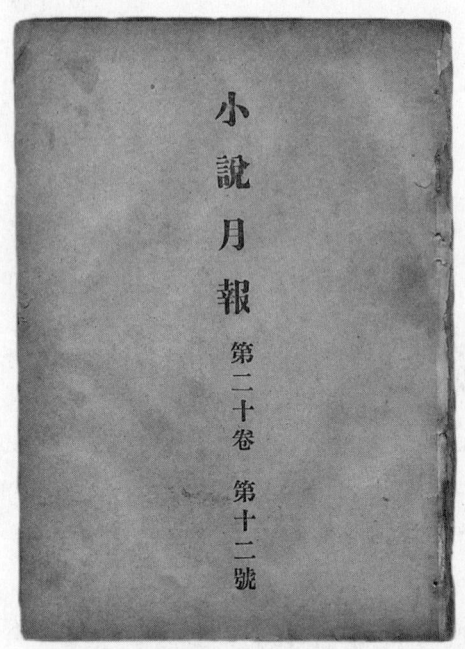

《小说月报》。1910年创刊于上海。自1921年第12卷第1号起，由茅盾先生主编。

他们么？我知道怜悯是亵渎的。那末，说是在同情于他们罢？我又觉得太轻。我心底里钦佩他们那种求生存的忠实的手段和态度，然而，亦未始不以为那是太拙笨。我从他们那雄辩似的"夸卖"声中感得了他们的心的哀诉。我仿佛看见他们呼出的热气在天空中凝集为一片灰色的云。

可是他们没有呜呜的哨子。没有这像是闷在瓮中，像是透过了重压而挣扎出来的地下的声音，作为他们的生活的象征。

呜呜的声音震破了冻凝的空气在我窗前过去了。我倾耳静听，我似乎已经从这单调的呜呜中读出了无数文字。

我猛然推开幛子，遥望屋后的天空。我看见了些什么呢？我只看见满天白茫茫的愁雾。

（原载1929年2月10日《小说月报》第20卷第2号）

·雾中偶记·

从牯岭到东京

一

有一位英国批评家说过这样的话:左拉因为要做小说,才去经验人生;托尔斯泰则是经验了人生以后才来做小说。

这两位大师的出发点何其不同,然而他们的作品却同样地震动了一世了!左拉对于人生的态度至少可说是"冷观的",和托尔斯泰那样地热爱人生,显然又是正相反;然而他们的作品却又同样是现实人生的批评和反映。我爱左拉,我亦爱托尔斯泰。我曾经热心地——虽然无效地而且很受误会和反对,鼓吹过左拉的自然主义,可是到我自己来试作小说的时候,我却更近于托尔斯泰了。自然我不至于狂妄到自拟于托尔斯泰;并且我的生活、我的思想,和这位俄国大作家也并没几分的相像;我的意思只是:虽然人家认定我是自然主义的信徒,——现在我许久不谈自然主义了,也还有那样的话,——然而实在我未尝依了自然主义的规律开始我的创作生涯;相反的,我是真实地去生活,经验了动乱中国的最复杂的人生的一幕,终于感得了幻灭的悲哀,人生的矛盾,在消沉的心情下,孤寂的生活中,而尚受生活执着的支配,想要以我的生命力的余烬从别方面在这迷乱灰色的人生内发一星微光,于是我就开始创作了。我不是为的要做小说,然后去经验人生。

  在过去的六七年中,人家看我自然是一个研究文学的人,而且是自然主义的信徒;但我真诚地自白:我对于文学并不是那样的忠心不贰。那时候,我的职业使我接近文学,而我的内心的趣味和别的许多朋友——祝福这些朋友的灵魂——则引我接近社会运动。我在两方面都没专心;我在那时并没想起要做小说,更其不曾想到要做文艺批评家。

二

  一九二七年夏,在牯岭养病;同去的本有五六个人,但后来他们都陆续下山,或更向深山探访名胜去了,只剩我一个病体在牯岭,每夜受失眠症的攻击。静听山风震撼玻璃窗格格地作响,我捧着发胀的脑袋读梅德林克(M.Maeterlinck)的论文集 *The Buried Temple*,短促的夏夜便总是这般不合眼地过去。白天里也许翻译小说,但也时时找尚留在牯岭或新近来的几个相识的人谈话。其中有一位是"肺病第二期"的云小姐。"肺病第二期"对于这位云小姐是很重要的;不是为的"病"确已损害她的健康,而是为的这"病"的黑影的威胁使得云小姐发生了时而消极时而兴奋的动摇的心情。她又谈起她自己的生活经验,这在我听来，仿佛就是中古的Romance——并不是说它不好，而是太好。对于这位"多愁多病"的云小姐，——人家这样称呼她，——我发生了研究的兴味；她说她的生活可以作小说。那当然是。但我不得不声明，我的已作的三部小说——《幻灭》，《动摇》，《追求》中间，绝对没有云小姐在内；或许有像她那样性格的人，但没有她本人。因为许多人早在那里猜度小说中的女子谁是云小姐，所以我不得不在此作一负责的声明，然而也是多么无聊的事！

可是，要做一篇小说的意思，是在牯岭的时候就有了。八月底回到上海，妻又病了，然而我在伴妻的时候，写好了《幻灭》的前半部。以后，妻的病好了，我独自住在三层楼，自己禁闭起来，这结果是完成了《幻灭》和其后的两篇——《动摇》和《追求》。前后十个月，我没有出过自家的大门；尤其是写《幻灭》和《动摇》的时候，来访的朋友也几乎没有；那时除了四五个家里人，我和世间是完全隔绝的。我是用了"追忆"的气氛去写《幻灭》和《动摇》；我只注意一点：不把个人的主观混进去，并且要使《幻灭》和《动摇》中的人物对于革命的感应是合于当时的客观情形。

三

在写《幻灭》的时候，已经想到了《动摇》和《追求》的大意，有两个主意在我心头活动：一是作成二十余万字的长篇，二是作成七万字左右的三个中篇。我那时早已决定要写现代青年在革命壮潮中所经过的三个时期：（1）革命前夕的亢昂兴奋和革命既到面前时的幻灭；（2）革命斗争剧烈时的动摇；（3）幻灭动摇后不甘寂寞尚思作最后之追求。如果将这三时期作一篇写，固然可以；分为三篇，也未始不可以。因为不敢自信我的创作力，终于分作三篇写了；但尚拟写第二篇时仍用第一篇的人物，使三篇成为断而能续。这企图在开始写《动摇》的时候，也就放弃了；因为《幻灭》后半部的时间正是《动摇》全部的时间，我不能不另用新人；所以结果只有史俊和李克是《幻灭》中的次要角色而在《动摇》中则居于较重要的地位。

如果在最初加以详细的计划，使这三篇用同样的人物，使事实衔接，成为可离可合的三篇，或者要好些。这结构上的缺点，我是深切地自觉到的。即在一篇之中，我的结构的松懈也是很显然。人物的个性是我最用心描写的；其中几个特异的女子自然很惹人注意。有人以为她们都有"模特儿"，是某人某人；又有人以为像这一类的女子现在是没有的，不过是作者的想象。我不打算对于这个问题有什么声辩，请读者自己下断语罢。并且《幻灭》，《动摇》，《追求》这三篇中的女子虽然很多，我所着力描写的，却只有二型：静女士，方太太，属于同型；慧女士，孙舞阳，章秋柳，属于又一的同型。静女士和方太太自然能得一般人的同情——或许有人要骂她们不彻底，慧女士，孙舞阳，和章秋柳，也不是革命的女子，然而也不是浅薄的浪漫的女子。如果读者并不觉得她们可爱可同情，那便是作者描写的失败。

四

《幻灭》是在一九二七年九月中旬至十月底写的，《动摇》是十一月初至十二月初写的,《追求》在一九二八年的四月至六月间写的。所以从《幻灭》至《追求》这一段时间正是中国多事之秋,作者当然有许多新感触,没有法子不流露出来。我也知道,如果我嘴上说得勇敢些,像一个慷慨激昂之士,大概我的赞美者还要多些罢;但是我素来不善于痛哭流涕剑拔弩张的那一套志士气概,并且想到自己只能躲在房里做文章,已经是可鄙的懦怯,何必再不自惭地偏要嘴硬呢?我就觉得躲在房里写在纸面的勇敢话是可笑的。想以此欺世盗名,博人家说一声"毕竟还是革命的",我并不反对别人去这么做,但我自己却是一百二十分地不愿意。所以我只能说老实话:我有点幻灭,我悲观,我消沉,我都很老实地表现在三篇小说里。我诚实地自白:《幻灭》和《动摇》中间并没有我自己的思想,那是客观的描写,《追求》中间却有我最近的——便是作这篇小说的那一段时间——思想和情绪。《追求》的基调是极端的悲观;书中人物所追求的目的,或大或小,都一样地不能如愿。我甚至于写一个怀疑派的自杀——最低限度的追求——也是失败了的。我承认这极端悲观的基调是我自己的,虽然书中青年的不满于现状,苦闷,求出路,是客观的真实。说这是我的思想落伍了罢,我就不懂为什么像苍蝇那样向窗玻片盲撞便算是不落伍?说我只是消极,不给人家一条出路么,我也承认的;我就不能自信做了留声机吆喝着"这是出路,往这边来!"是有什么价值并且良心上自安的。我不能使我的小说中人有一条出路,就因为我既不愿意昧着良心说自己以为不然的话,而又不是大天才能够发见一条自信得过的出路来指引给大家。人家说这是我的思想动摇。我也不愿意声辩。我想来我倒并没有动摇过,我实在是自始就不赞成一年来许多人所呼号呐喊的"出路"。这出路之差不多成为"绝路",现在不是已经证明得很明白?

所以《幻灭》等三篇只是时代的描写,是自己想能够如何忠实便如何忠实的时代描写;说它们是革命小说,那我就觉得很惭愧,因为我不能积极地指引一些什么——姑且说是出路罢!

因为我的描写是多注于侧面,又因为读者自己主观的关系,我就听得,看见,好几种不同的意见,其中有我认为不能不略加声辩者,姑且也写下来罢。

五

先讲《幻灭》。有人说这是描写恋爱与革命之冲突,又有人说这是写小资产阶级对于革命的动摇。我现在真诚地说:两者都不是我的本意。我是很老实的,我还有在中学校时做国文的习气,总是粘住了题目做文章的;题目是"幻灭",描写的主要点也就是幻灭。主人公静女士当然是一个小资产阶级的女子,理智上是向光明,"要革命的",但感情上则每遇顿挫便灰心;她的灰心也是不能持久的,消沉之后感到寂寞便又要寻求光明,然后又幻灭;她是不断地在追求,不断地在幻灭。她在中学校时代热心社会活动,后来幻灭,则以专心读书为遁逃薮,然而又不耐寂寞,终于跌入了恋爱,不料恋爱的幻灭更快,于是她逃进了医院;在医院中渐渐地将恋爱的幻灭的创伤平复了,她的理智又指引她再去追求,乃要投身革命事业。革命事业不是一方面,静女士是每处都感受了幻灭;她先想做政治工作,她做成了,但是幻灭;她又干妇女运动,她又在总工会办事,一切都幻灭。最后她逃进了后方病院，想做一件"问心无愧"的事，然而实在是逃避，是退休了。然而她也不能退休寂寞到底，她的追求憧憬的本能再复活时，她又走进了恋爱。而这恋爱的结果又是幻灭——她的恋人强连长终于要去打仗，前途一片灰色。

《幻灭》

《幻灭》就是这么老实写下来的。我并不想嘲笑小资产阶级，也不想以静女士作为小资产阶级的代表；我只写一九二七年夏秋之交一般人对于革命的幻灭；在以前，一般人对于革命多少存点幻想，但在那时却幻灭了；革命未到的时候，是多少渴望，将到的时候是如何的兴奋，仿佛明天就是黄金世界，可是明天来了，并且过去了，后天也过去了，大后天也过去了，一切理想中的幸福都成了废票，而新的痛苦却一点一点加上来了，那时候每个人心里都不禁叹一口气："哦，原来是这么一回事！"这就来了幻灭。这是普遍的，凡是真心热望着革命的人们都曾在那时候有过这样一度的幻灭；不但是小资产阶级，并且也有贫苦的工农。这是幻灭，不是动摇！幻灭以后，也许消极，也许更积极，然而动摇是没有的。幻灭的人对于当前的骗人的事物是看清了的,他把它一脚踢开;踢开以后怎样呢?或者从此不管这些事;或者是另寻一条路来干。只是尚执着于那事物而不能将它看个彻底的,然后会动摇起来。所以在《幻灭》中,我只写"幻灭";静女士在革命上也感得了一般人所感得的幻灭,不是动摇!

同样的,《动摇》所描写的就是动摇,革命斗争剧烈时从事革命工作者的动摇。这篇小说里没有主人公;把胡国光当作主人公而以为这篇小说是对于机会主义的攻击,在我听来是极诧异的。我写这篇小说的时候,自始至终,没有机会主义这四个字在我脑膜上闪过。《动摇》的时代正表现中国革命史上最严重的一期,革命观念革命政策之动摇,——由"左"倾以至发生"左"稚病,由救济"左"稚病以至右倾思想的渐抬头,终于为大反动。这动摇,也不是主观的,而有客观的背景;我在《动摇》里只好用了侧面的写法。在对于湖北那时的政治情形不很熟悉的人自然是茫然不知所云的,尤其是假使不明白《动摇》中的小县城是哪一个县,那就更不会弄得明白。人物自然是虚构,事实也不尽是真实;可是其中有几段重要的事实是根据了当时我所得的不能披露的新闻访稿的。像胡国光那样的投机分子,当时很多;他们比什么人都要"左"些,许多惹人议论的"左"倾幼稚病就是他们干的。因为这也是"动摇"中一现象,所以我描写了一个胡国光,既没有专注意他,更没半分意思想攻击机会主义。自然不是说机会主义不必攻击,而是我那时却只想写"动摇"。本来可以写一个比他更大更凶恶的投机派,但小县城里只配胡国光那样的人,然而即使是那样小小的,却也残忍得可怕:捉得了剪发女子用铁丝贯乳游街然后打死。小说的功效原来在借部分以暗示全体,既不是新闻纸的有闻必录,也不同于历史的不能放过巨奸大憝。所以《动摇》内只有一个胡国光；只这一个，我觉得也很够了。

方罗兰不是全篇的主人公，然而我当时的用意确要将他作为《动摇》中的一个代表。他和他的太太不同。方太太对于目前的太大的变动不知道怎样去应付才好，她迷惑而彷徨了；她又看出这动乱的新局面内包孕着若干矛盾，因而她又微感幻灭而消沉，她完全没有走进这新局面新时代，她无所谓动摇与否。方罗兰则相反；他和太太同样地认不清这时代的性质，然而他现充着党部里的要人，他不能不对付着过去，于是他的思想行动就显得很动摇了。不但在党务在民众运动上，并且在恋爱上，他也是动摇的。现在我们还可以从正面描写一个人物的政治态度，不必像屠格涅夫那样要用恋爱来暗示；但描写《动摇》中的代表的方罗兰之无往而不动摇，那么，他和孙舞阳恋爱这一段描写大概不是闲文了。再如果想到《动摇》所写的是"动摇"，而方罗兰是代表，胡国光不过是现象中间一个应有的配角，那么，胡国光之不再见于篇末，大概也是不足为病罢！

我对于《幻灭》和《动摇》的本意只是如此；我是依这意思做去的，并且还时时注意不要离开了题旨，时时顾到要使篇中每一动作都朝着一个方向，都为促成这总目的之有机的结构。如果读者所得的印象而竟全都不是那么一回事，那就是作者描写的失败了。

六

《追求》刚在发表中，还没听得什么意见。但据看到第一二章的朋友说，是太沉闷。他们都是爱我的。他们都希望我有震慑一时的杰作出来，他们不大愿意我有这缠绵幽怨的调子。我感谢他们的厚爱。然而同时我仍旧要固执地说，我自己很爱这一篇，并非爱它做得好，乃是爱它表现了我的生活中的一个苦闷的时期。上面已经说过，《追求》的著作时间是在本年四月至六月，差不多三个月；这并不比《动摇》长，然而费时多至二倍，除去因事搁起来的日子，两个月是十足有的。所以不能进行得快，就因为我那时发生精神的苦闷，我的思想在片刻之间会有好几次往复的冲突，我的情绪忽而高亢灼热，忽而跌下去，冰一般冷。这是因为我在那时会见了几个旧友，知道了一些痛心的事，——你不为威武所屈的人也许会因亲爱者的乖张使你失望而发狂。这些事将来也许会有人知道的。这使得我的作品有一层极厚的悲观色彩，并且使我的作品有缠绵幽怨和激昂奋发的调子同时并在。《追求》就是这么一件狂乱的混合物。我的波浪似的起伏的情绪在笔调中显现出来，从第一页以至最末页。

这也是没有主人公的。书中的人物是四类：王仲昭是一类，张曼青又一类，史循又一类，章秋柳、曹志方等又为一类。他们都不甘昏昏沉沉过去，都要追求一些什么，然而结果都失败；甚至于史循要自杀也是失败了的。我很抱歉，我竟做了这样颓唐的小说，我是越说越不成话了。但是请恕我，我实在排遣不开。我只能让它这样写下来，作一个纪念；我决计改换一下环境，把我的精神苏醒过来。

我已经这么做了，我希望以后能够振作，不再颓唐；我相信我是一定能的，我看见北欧运命女神中间的一个很庄严地在我面前，督促我引导我向前！她的永远奋斗的精神将我吸引着向前！

七

最后，说一说我对于国内文坛的意见，或者不会引起读者的讨厌罢。

从今年起，烦闷的青年渐多读文艺作品了；文坛上也起了"革命文艺"的呼声。革命文艺当然是一个广泛的名词，于是有更进一步直捷说出明日的新的文艺应该是无产阶级文艺。但什么是无产阶级文艺呢？似乎还不见有极明确的介绍或讨论；因为一则是不便说，二则是难得说。我惭愧得很，不曾仔细阅读国内的一切新的文艺定期刊，只就朋友们的谈话中听来，好像下列的几个观点是提倡革命文艺的朋友们所共通而且说过了的：（1）反对小资产阶级的闲暇态义，个人主义；（2）集体主义；（3）反抗的精神；（4）技术上有倾向于新写实主义的模样（虽然尚未见有可说是近于新写实主义的作品）。

主张是无可非议的，但表现于作品上时，却亦不免未能适如所期许。就过去半年的所有此方向的作品而言，虽然有一部分人欢迎，但也有更多的人摇头。为什么摇头？因为他们是小资产阶级么？如果有人一定要拿这句话来闭塞一切自己检查自己的路，那我亦不反对。但假如还觉得这么办是类乎掩耳盗铃的自欺，那么，虚心的自己批评是必要的。我敢严正地说，许多对于目下的"新作品"摇头的人们，实在是诚意地赞成革命文艺的，他们并没有你们所想象的小资产阶级的惰性或执拗，他们最初对于那些"新作品"是抱有热烈的期望的，然而他们终于摇头，就因为"新作品"终于自己暴露了不能摆脱"标语口号文学"的拘囿。这里就来了一个问题："标语口号文学"——注意，这

·雾中偶记·

里所谓"文学"二字是文义的,犹之Socialist Literature一语内之Literature——是否有文艺的价值。我们空口议论,不如引一个外国来为例。一九一八年至一九二二年顷,俄国的未来派制造了大批的"标语口号文学",他们向苏俄的无产阶级说是为了他们而创造的,然而无产阶级不领这个情,农民是更不客气地不睬他们;反欢迎那在未来派看来是多少有些腐朽气味的倍特尼和皮尔涅克。不但苏俄的群众,莫斯科的领袖们如布哈林,卢那却尔斯基,托洛茨基,也觉得"标语口号文学"已经使人讨厌到不能忍耐了。为什么呢?难道未来派的"标语口号文学"还缺少着革命的热情么?当然不是的。要点是在人家来看文学的时候所希望的,并非仅仅是"革命情绪"。

我们的"新作品"即使不是有意地走入了"标语口号文学"的绝路,至少也是无意地撞了上去了。有革命热情而忽略于文艺的本质,或把文艺也视为宣传工具——狭义的——或虽无此忽略与成见而缺乏了文艺素养的人们,是会不知不觉走上了这条路的。然而我们的革命文艺批评家似乎始终不曾预防到一着。因而也就发生了可痛心的现象:被许为最有革命性的作品却正是并不反对革命文艺的人们所叹息摇头的。"新作品"之最初尚受人注意而其后竟受到摇头,这便是一个解释,不能专怪别人不革命。这是一个真实,我们应该有勇气来承认这真实,承认这失败的原因,承认改进的必要!

这都是关于革命文艺本身上的话,其次有一个客观问题,即今后革命文艺的读者的对象。或者觉得我这问题太奇怪。但实在这不是奇怪的问题,而是需要用心研究的问题。一种新形式新精神的文艺而如果没有相对的读者界,则此文艺非萎枯便只能成为历史上的奇迹,不能成为推动时代的精神产物。什么是我们革命文艺的读者对象?或许有人要说,被压迫的劳苦群众。是的,我很愿意我很希望,被压迫的劳苦群众"能够"做革命文艺的读者对象。但是事实上怎样?请恕我又要说不中听的话了。事实上是你对劳苦群众呼吁说"这是为你们而作"的作品,劳苦群众并不能读,不但不能读,即使你朗诵给他们听,他们还是不了解。他们有他们真心欣赏的"文艺读物",便是滩簧小调花鼓戏等一类你所视为含有毒质的东西。说是因此须得更努力作些新东西来给他们么?理由何尝不正确,但事实总是事实,他们还是不能懂得你的话,你的太欧化或是太文言化的白话。如果先要使他们听懂,惟有用方言来做小说,编戏曲,但不幸"方言文学"是极难的工作,目下尚未有人尝试。所以结果你的"为劳苦群众而作"的新文学是只有"不劳苦"的小资产阶级知识分子来阅读了。你的作品的对象是甲,而接受你的作品的不得不是乙;这便是最可痛心的矛盾现象!也许有人说,"这也好,比没有人看好些。"但这样的自解嘲是不应该有的罢!你所要唤醒而提高他们革命情绪的,明明是甲,而你的为此目的而作的作品却又明明不能到达甲的面前,这至少也该说是能力的误费罢?自然我不说竟可不作此类的文字,但我总觉得我们也该有些作品是为了我们现在事实上的读者对象而作的。如果说小资产阶级都是不革命,所以对他们说话是徒劳,那便是很大的武断。中国革命是否竟可抛开小资产阶级,也还是一个费人研究的问题。我就觉得中国革命的前途还不能全然抛开小资产阶级。说这是落伍的思想,我也不愿多辩;将来的历史会有公道的证明。也是基于这一点,我以为现在的"新作品"在题材方面太不顾到小资产阶级了。现在差不多有这么一种倾向：你做一篇小说为劳苦群众的工农诉苦，那就不问如何大家齐声称你是革命的作家；假如你为小资产阶级诉苦，便几乎罪同反革命。这是一种很不合理的事！现在的小资产阶级没有痛苦么？他们不被压迫么？如果他们确是有痛苦，被压迫，为什么革命文艺者要将他们视同化外之民，不屑污你们的神圣的笔尖呢？或者有人要说，"革命文艺"也描写小资产阶级青年的各种痛苦；但是我要反问：曾有什么作品描写小商人，中小农，破落的书香人家……所受到的痛苦么？没有呢，绝对没有！几乎全国十分之六，是属于小资产阶级的中国，然而它的文坛上没有表现小资产阶级的作品，这不能不说是怪现象罢！这仿佛证明了我们的作家一向只忙于追逐世界文艺的新潮，几乎成为东施效颦，而对于自己家内有什么主要材料这问题，好像是从未有过一度的考量。

　　我们应该承认：六七年来的"新文艺"运动虽然产生了若干作品，然而并未走进群众里去，还只是青年学生的读物；因为"新文艺"没有广大的群众基础为地盘，所以六七年来不能长成为推动社会的势力。现在的"革命文艺"则地盘更小，只成为一部分青年学生的读物，离群众更远。所以然的缘故，即在新文艺忘记了描写它的天然的读者对象。你所描写的都和他们（小资产阶级）的实际生活相隔太远，你的用语也不是他们的用语，他们不能懂得你，而你却怪他们为什么专看《施公案》、《双珠凤》等等无聊东西，硬说他们是思想太旧，没有办法；你这主观的错误，不也太厉害了一点儿么？如果你能够走进他们的生活里，懂得他们的情感思想，将他们的痛苦愉乐用比较不欧化的白话写出来，那即使你的事实中包孕着绝多的新思想，也许受他们骂，然而他们会喜欢看你，不会像现在那样掉头不顾了。所以现在为"新文艺"——或是勇敢点说，"革命文艺"的前途计，第一要务在使它从青年学生中间出来走入小资产阶级群众，在这小资产阶级群众中植立了脚跟。而要达到此点，应该先把题材转移到小商人、中小农等等的生活。不要太多的新名词，不要欧化的句法，不要新思想的说教似的宣传，只要质朴有力的抓住了小资产阶级生活的核心的描写！

说到这里，就牵连了另一问题，即文艺描写的技巧这问题。关于此点，有人在提倡新写实主义。曾在广告上看见《太阳》七月号上有一篇详论《到新写实主义的路》，但未见全文，所以无从知道究属什么主张。我自己有两年多不曾看西方出版的文艺杂志，不知道新写实主义近来有怎样的发展；只就四五年前所知而言（曾经在《小说月报》上有过一点介绍，大约是一九二四年的《海外文坛消息》，文题名《俄国的新写实主义》），新写实主义起于实际的逼迫；当时俄国承白党内乱之后，纸张非常缺乏，定期刊物或报纸的文艺栏都只有极小的地位，又因那时的生活是紧张的疾变的，不宜于弛缓迂回的调子，那就自然而然产生了一种适合于此种精神律奏和实际困难的文体，那就是把文学作品的章段字句都简炼起来，省去不必要的环境描写和心理描写，使成为短小精悍，紧张，有刺激性的一种文体，因为用字是愈省愈好，仿佛打电报，所以最初有人戏称为"电报体"，后来就发展成为新写实主义。现在我们已有此类作品的译本，例如塞门诺夫的《饥饿》。虽然是转译，损失原来神韵不少，然而大概的面目是可以看得出来的。

所以新写实主义不是偶然发生的，也不是因为要对无产阶级说法，所以要简炼些。然而是文艺技巧上的一种新型，却是确定了的。我们现在移植过来，怎样呢？这是个待试验的问题。但有两点是可以先来考虑一下的。第一是文字组织问题。照现在的白话文，求简炼是很困难的；求简便入于文言化。这大概是许多人自己经验过来的事。第二是社会活用语的性质这问题。那就是说我们所要描写的那个社会阶级口头活用的语言是属于繁复拖沓的呢，或是属于简洁的。我觉得小商人说话是习惯繁复拖沓的。几乎可说是小资产阶级全属如此。所以简炼了的描写是否在使他们了解上发生困难，也还是一个疑问。至于紧张的精神律奏，现在又显然地没有。

最为一般小资产阶级所了解的中国旧有的民间文学，又大都是繁复缓慢的。姑以"说书"为例。你如果到过"书场"，就知道小资产阶级市民所最欢迎的"说书人"是能够把张飞下马——比方地说——描写至一二小时之久的那样繁重细腻的描写。

所以为要使我们的新文艺走到小资产阶级市民的队伍去，我们的描写技术不得不有一度改造，而是否即是"向新写实主义的路"，则尚待多方的试验。

就我自己的意见说：我们文艺的技术似乎至少须先办到几个消极的条件，——不要太欧化，不要多用新术语，不要太多了象征色彩，不要从正面说教似的宣传新思想。虽然我是这么相信，但我自己以前的作品却就全犯了这些毛病，我的作品，不用说只有知识分子看看的。

八

已经说得很多,现在来一个短短的结束罢。

我相信我们的新文艺需要一个广大的读者对象,我们不得不从青年学生推广到小资产阶级的市民,我们要申诉他们的痛苦,我们要激动他们的情热。

为要使新文艺走进小资产阶级市民的队伍,代替了《施公案》、《双珠凤》等,我们的新文艺在技巧方面不能不有一条新路;新写实主义也好,新什么也好,最要的是使他们能够了解不厌倦。

悲观颓丧的色彩应该消灭了,一味地狂喊口号也大可不必再继续下去了,我们要有苏生的精神,坚定地勇敢地看定了现实,大踏步往前走,然而也不流于鲁莽暴躁。

我自己是决定要试走这一条路:《追求》中间的悲观苦闷是被海风吹得干干净净了,现在是北欧的勇敢的运命女神做我精神上的前导。但我自然也知道自己能力的薄弱,没有把文坛推进一个新基础那样的巨才,我只能依我自己的信念,尽我自己的能力去做,我又只能把我的意见对大家说出来,等候大家的讨论,我希望能够反省的文学上的同道者能够一同努力这个目标。

1928年7月16日,东京。

(原载1928年10月10日《小说月报》第19卷第10号)

1928年7月,茅盾东渡日本,抵达东京后留影。

·雾中偶记·

写在《野蔷薇》的前面

一

如果将一个民族的关于运命的神话当做某种人生观来研究，则比照着对看希腊民族和北欧民族的运命神话，也该是一件很有趣味的事情罢。

希腊神话里的命运神是姊妹三个。Clotho是幼妹，司织生命之线，很巧妙地交错着光明的丝和黑暗的丝，正像人生有光明，也有黑暗。Lachesis是二姊，她的职务是搓捻生命之线，她的手劲有时强，有时弱；这又说明了何以人的生命力有各种程度的强弱。叫做Atropos的大姊却是最残忍的一位了。她拿着一把大剪子，很无怜悯地剪断那些生命之线。

在北欧神话，命运神也是姐妹三个。但她们并不像希腊神话里的同僚们那样担任着三种不同的职务，她们却是象征了无尽的时间上的三段。最长的Urd是很衰老的了，常常回顾；她是

"过去"的化身。最幼小的Skuld遮着面纱，看的方向正与她的大姊相反；她是不可知的"未来"。Verdandi是中间一位，盛年，活泼，勇敢，直视前途；她是象征了"现在"的。

这便是南方民族的希腊人和北方民族的北欧人所表现的不同的原始的人生观。现实的北方民族是紧抓住"现在"的，既不依恋感伤于"过去"，亦不冥想"未来"。

二

我们，生在这光明和黑暗交替的现代的人，但使能奉Verdandi作为精神上的指导，或者不至于遗讥"落伍"罢？人言亦有云："信赖将来！对于将来之确信，是必要的！"善哉言！自从Pandora①开了那致命的黑檀木箱以来，人类原是生活在"希望"里的。宗教底而且神秘底对于将来之依赖，既已亘千余年之久成为人类活力的兴奋剂，现在是科学底而且历史底对于将来之依赖，鼓舞人们踏过了血泊而前进了！善哉言："信赖着将来呀！"

知道信赖着将来的人，是有福的，是应该被赞美的。但是，慎勿以"历史的必然"当作自身幸福的预约券，且又将这预约券无限止地发卖。没有真正的认识而徒藉预约券作为吗啡针的"社会的活力"是沙上的楼阁，结果也许只得了必然的失败。把未来的光明粉饰在现实的黑暗上，这样的办法，人们称之为勇敢；然而掩藏了现实的黑暗，只想以将来的光明为掀动的手段，

---

① Pandora：潘多拉。希腊神话中火神赫淮斯托斯或宙斯用粘土做成的地上的第一个女人。根据神话，潘多拉出于好奇打开一个"魔盒"，释放出人世间的所有邪恶——贪婪、虚无、诽谤、嫉妒、痛苦等等，当她再盖上盒子时，只剩下希望在里面。

又算是什么呀！真的勇者是敢于凝视现实的，是从现实的丑恶中体认出将来的必然，是并没把它当作预约券而后始信赖。真的有效的工作是要使人们透视过现实的丑恶而自己去认识人类伟大的将来，从而发生信赖。

不要感伤于既往，也不要空夸着未来，应该凝视现实，分析现实，揭破现实；不能明确地认识现实的人，还是很多着！

三

抱着这样的心情，我写我的小说。尤其是这里所收集的五个短篇，都是有意识地依了上述的目的而做的。不论是《创造》中的娴娴，《自杀》中的环小姐，《一个女性》中的琼华，《诗与散文》中的桂奶奶，《昙》中的张女士，不论她们的知识和经验是怎样地参差，不论她们的个性是怎样地不同，然而她们都是在人生的学校中受了"现实"这门功课，且又因对于这门功课的认识之如何而造成了她们各人的不同的结局。

这五篇里的主人都是女子。《诗与散文》中的真正主人也是桂奶奶而不是青年丙。主人中间没有一个是值得崇拜的勇者，或是大彻大悟者。自然，这混浊的社会里也有些大勇者，真正的革命者，但更多的是这些不很勇敢，不很彻悟的人物；在我看来，写一个无可疵议的人物给大家做榜样，自然很好，但如果写一些"平凡"者的悲剧的或暗澹的结局，使大家猛醒，也不是无意义的。

四

这里的五篇小说都穿了"恋爱"的外衣。作者是想在各人的恋爱行动中透露出各人的阶级的"意识形态"。这是个难以奏功的企图。但公允的读者或者总能够觉得恋爱描写的背后是有一些重大的问题罢。

娴娴是热爱人生的，和桂奶奶正是一个性格的两种表现。有几个朋友以为《诗与散文》太肉感，或者是以为单纯地描写了一些性欲，近乎诱惑。这些好意的劝告，我很感谢。同时我亦不能不有所辩白。如果《创造》描写的主点是想说明受过新思潮冲击的娴娴不能再被拉回来徘徊于中庸之道，那么《诗与散文》中的桂奶奶在打破了传统思想的束缚以后，也应该是鄙弃"贞静"了。和娴娴一样，桂奶奶也是个刚毅的女性；只要环境转变，这样的女子是能够革命的。《自杀》中的环小姐和《昙》中的张女士都是软弱的性格，所以她们的结局都是暗澹。张女士是想"奋飞"的，但是官僚家庭养成她的习性，使她终于想到："还有地方逃避的时候，姑且先逃避一下吧！"这也是个不可讳言的"现实"。怕只有"唯心的"唯物主义者才会写出大彻大悟革命的官僚的女子！然而我曾经看见这样的作品被许为革命文学了，这真是"特殊情形"中国的特殊状态。

琼华在这里是第三型。她的天真的心，从爱人类而至于憎恨人类，终成为"不憎亦不爱"的自我主义者。但是自我主义也就葬送了她的一生。

五

脑威[①]现代小说家包以尔（Johan Bojer）在一个短篇里，说过

---
① 脑威：通译挪威。

这样的意思：有一个人赞美野蔷薇的色香，但是憎恶它多刺；他的朋友则拔去了野蔷薇的刺，作成一个花冠。

人生便是这样的野蔷薇。硬说它没有刺，是无聊的自欺；徒然憎恨它有刺，也不是办法。应该是看准那些刺，把它拔下来！

如果我的作品倘能稍尽拔刺的功用，那即使伤了手，我亦欣然。

1929年5月9日。

（原收于1929年7月大江版《野蔷薇》）

·雾中偶记·

虹

不知在什么时候,金红色的太阳光已经铺满了北面的一带山峰。但我的窗前依然洒着绵绵的细雨。

早先已经听人说过这里的天气不很好。敢就是指这样的一边耀着阳光,一边却落着泥人的细雨?光景是多少像故乡的黄梅时节呀!出太阳,又下雨。

但前晚是有过浓霜的了。气温是华氏表四十度。

无论如何,太阳光是欢迎的。我坐在南窗下看N.Evréinoff①的剧本。看这本书,已经是第三次了;可是对于那个象征了顾问和援助者,并且另有五个人物代表他的多方面的人格的剧中主人公Paraclete,我还是不知道应该憎呢或是爱?

这不是也很像今天这出太阳又下雨的天气么?

我放下书,凝眸遥瞩东面的披着斜阳的金衣的山峰,我的思

---

① N.Evréinoff:尼·叶夫列伊诺夫(1879—1953),俄国剧作家、戏剧理论家和史学家。

想跑得远远的。我觉得这山顶的几簇白房屋就仿佛是中古时代的堡垒;那里面的主人应该是全身裹着铁片的骑士和轻盈婀娜的美人。

欧洲的骑士样的武士,岂不是曾在这里横行过一世?百余年前,这群山环抱的故都,岂不是一定曾有些挥着十八贯的铁棒的壮士?岂不是余风流沫尚像地下泉似的激荡着这个近代化的散文的都市?

低下头去,我浸入于缥缈的沉思中了。

当我再抬头时,咄!分明的一道彩虹划破了蔚蓝的晚空。什么时候它出来,我不知道;但现在它像一座长桥,宛宛地从东面山顶的白房屋后面,跨到北面的一个较高的青翠的山峰。呵,彩虹!古代希腊人说你是渡了麦丘立到冥国内索回春之女神[①],你是美丽的希望的象征!

但虹一样的希望也太使人伤心。

于是我又恍惚看见穿了锁子铠,戴着铁面具的骑士涌现在这半空的彩桥上;他是要找他曾经发过誓矢忠不二的"贵夫人"呢?还是要扫除人间的不平?抑或他就是狐假虎威的"鹰骑士"?

天色渐渐黑下来了,书桌上的电灯突然放光,我从幻想中抽身。

像中世纪骑士那样站在虹的桥上,高揭着什么怪好听的旗号,而实在只是出风头,或竟是待价而沽,这样的新式的骑士,在"新黑暗时代"的今日,大概是不会少有的罢?

(原载1929年3月10日《小说月报》第20卷第3号)

[①] 春之女神:指希腊神话中春之女神昔洛色宾纳。

·雾中偶记·

红　叶

朋友们说起看红叶，都很高兴。

红叶只是红了的枫叶，原来极平凡，但此间人当作珍奇，所以秋天看红叶竟成为时髦的胜事。如果说春季是樱花的，那么，秋季便该是红叶的了。你不到郊外，只在热闹的马路上走，也随处可以见到这"幸运儿"的红叶：十月中，咖啡馆里早已装饰着人工的枫树，女侍者的粉颊正和蜡纸的透明的假红叶掩映成趣；点心店的大玻璃橱窗中也总有一枝两枝的人造红叶横卧在鹅黄色或是翠绿色的糕饼上；那边如果有一家"秋季大卖出"的商铺，那么，耀眼的红光更会使你的眼睛发花。"幸运儿"的红叶呵，你简直是秋季的时令神。

在微雨的一天，我们十分高兴地到郊外的一处名胜去看红叶。

并不是怎样出奇的山，也不见得有多少高。青翠中点缀着一簇一簇的红光，便是吸引游人的全部风景。山径颇陡峻，幸而有石级；一边是谷，缓缓地流过一道浅涧；到了山顶俯视，这浅涧便像银带子一般晶明。

山顶是一片平场。出奇的是并没有一棵枫树,却只有个卖假红叶的小摊子。一排芦席棚分隔成二十多小间,便是某酒馆的"雅座",这时差不多快满座了。我们也占据了一间,并没有红叶看,光瞧着对面的绿丛丛的高山峰。

两个喝得满脸通红的旅客,挽着臂在泥地上婆娑跳舞,另一个吹口琴,呜呜地响着,听去是"悲哀"的调子。忽而他们都哈哈笑起来;是这样地响,在我们这边也觉得震耳。

芦席棚边有人摆着小摊子卖白泥烧的小圆片,形状很像二寸径的碟子;游客们买来用力掷向天空,这白色的小圆片在青翠色的背景前飞了起来,到不能再高时,便如白燕子似的斜掠下来(这是因为受了风),有时成为波纹,成为弧形,似乎还是簌簌地颤动着,约莫有半分钟,然后失落在谷内的丰草中;也有坠在浅涧里的,那就见银光一闪——你不妨说这便是水的欢迎。

早就下着的雨,现在是渐渐大了。游客们不知在什么时候已经减少了许多。山顶的广场(那就是游览的中心)便显得很寂静,芦棚下的"雅座"里只有猩红的毡子很整齐地躺着,时间大概是午后三时左右。

我们下山时雨已经很大;路旁成堆的落叶此时经了雨濯,便洗出绛红的颜色来,似乎要与那些尚留在枝头的同伴们比一比谁是更"赤"。

"到山顶吃饭喝酒,掷白泥的小圆片,然后回去:这便叫做看红叶。谁曾在都市的大街上看见人造红叶的盛况的,总不会料到看红叶原来只是如此这般一回事!"

我在路旁拾起几片红叶的时候,忍不住这样想。

(原载1929年3月10日《小说月报》第20卷第3号)

·雾中偶记·

速写一

浴池速写。

沿浴池的水面,伸出五个人头。

因为浴池是圆的,所以差不多是等距离地排列着的五个人头便构成了半规形的"步哨线",正对着浴池的白石池壁一旁的冷水龙头。这是个擦得耀眼的紫铜质的大家伙,虽然关着嘴,可是那转柄的节缝中却蚩蚩地飞进出两道银线一样的细水,斜射上去约有半尺高,然后乱纷纷地落下来,像是些极细的珠子。

五岁光景的一对女孩子就坐在这个冷水龙头旁边的白石池壁上,正对着我们五个人头。水蒸气把她们俩的脸儿熏得红喷喷的,头上的水打湿了的短发是墨黑黑的,肥胖的小身体又是白生生的。她们俩像是孪生姊妹。坐在左边的一个的肥白的小手里拿着个橙黄色透明体的肥皂盒子;她就用这小小的东西舀水来浇自己的胸脯。右边的一个呢,捧了一条和她的身体差不多长短的手巾,在她的两股中间揉摩。

虽是这么幼小的两个,却已有大人的风度,然而多么妩媚。

这样想着,我侧过脸去看我左边的一个人头。这是满腮长着黑森森的胡子根的中年汉子的强壮的头。他挺起了眼睛往上瞧,似乎颇有心事。

我再向右边看。最近的一个正把滴水的手巾盖在脸上,很艰辛地喘气。再过去是三角脸的青年,将后颈枕在浴池的石壁上,似乎已经入睡。更过去是一张肥胖的圆脸,毫无表情地浮在水面,很像个足球。

忽然那边的矿泉水池里豁剌剌一片水响,冒出个黄脸大汉来,胸前有一丛黑毛。他晃着头,似乎想出来却又蹲了下去。

大概是惊异着那边还有人,两个小女孩子都转过头去了。拿肥皂盒的一个的小脸儿正受着冷水龙头逃出来的水珠。她似乎觉得有些痒罢,她慢慢地举起手来搔了几下,便又很正经地舀起水来浇胸脯。

1929年2月6日。

(原载1929年4月10日《小说月报》第20卷第4号)

·雾中偶记·

速写二

水声很单调地响着,琅琅地似乎有回音。浓雾一般的水蒸气挂在白垩的穹窿形屋顶下,又是入睡似的静定。

不知从什么时候起,浴场中只剩下我一个人。

坐在池子边的木板上,我慢慢地用浸透了肥皂沫的手巾摩擦身体。离开我的眼睛约莫有两尺远近,便是那靠着墙壁的长方形的温水槽,现在也明晃晃地像一面大镜子。

可是我不能看见我自己的影。我的三十度角投射的眼光却看见了那水槽的通到隔壁浴场的同样大小的镜平的水面。

这样在隔断了的两个浴场中间却依然有这地下泉似的贯通彼此的温水槽呢!而现在,却又是映见两方的镜子。我想起故乡民间传说里的跨立在阴阳界上的那面神秘的镜子来了。岂不是一半映出阴间的事而又一半映出阳间的事,正仿佛等于这个温水槽的临时的明镜?

我赞美这个民间传说的奇瑰的想象,我悠悠然推索这个民间传说的现实的张本。我下意识地更将头放低些,却翻起眼珠注视这沟通两世界的新的阴阳镜。

蓦地一个人形印在我的眼里了。只是个后身。然而腰部的曲线却多么分明地映写在这个水的明镜!如果我是有一个失去了的此世间的恋人的呀,我怕要一定无疑地以为阳间的我此时正站在阴阳镜前面看见了在冥国的她的倩影!

一种热烈的异样的情绪抓住了我。那是痴妄的,然而同时也是圣洁的,虔诚的。

然后,正和传说中神秘的镜子同样地一闪,美丽的腰肢蓦地消失了;泼剌一声,挽着个小木盆的美丽的白手臂在镜平的水面一沉,又缩了上去。温水槽里起了晕状的波动。传说的梦幻的世界破灭了,依然是现实的浴场,依然是浓雾一般的蒸气弥漫在四壁间入睡似的静定。

1929年2月17日。

(原载1929年4月10日《小说月报》第20卷第4号)

·雾中偶记·

青年苦闷的分析

亲爱的朋友：

从你的来信中看出你是十二分的苦闷。用我的另一个朋友的话：你是"在死线上挣扎"。用你的自己的话：你是"站在交界线上"。你是出了学校，将入社会；不是你战胜了生活，便是生活将你压碎，将你拖进了地狱去，——这，你说在你目前的环境是很有可能的。你说你仅仅是个中学毕业生，你没有用正当手段在社会上来自立的能力，而且即使你的能力还够，社会上却已经密密层层挤满了和你同样境遇的可怜人，从这样的同命者的嘴巴里夺取面包来养活你自己，你却又于心不忍，于义不取。你说社会是新的"斯芬克斯"，不是你解答了它的谜，便是你被它吞下去。你觉得你是解答不了社会的谜，因此你觉得只有两条路横在你面前：被生活拖下社会的地狱去，或是死！

哦！云山茫茫，我送给你一个握手。

但是在我提笔作书这现刻，我心里充满着的却不是什么感伤悱恻的情绪而是忿忿。我真不愿意对你表示什么同情,寄与什么慰安,——这些"空心汤圆",这些不痛不痒的温甘剂,对于你一点好处也没有。我只想请你吃点辣子,给你一些批评。我又觉得给你什么职业上谋生上的暗示,——所谓得一个啖饭处,于你也是没有多大帮助,因为你的苦闷的原故还不是仅仅一个胃的装饱与否的问题,——还不是仅仅活下去的问题,而是怎样活得有意义的问题。自然胃的装饱与否也不是小问题,所谓"饿死小事"那样的话只是吃得太饱的大人先生们坐在衙门里说说的,不过这单讲起来话太长了,而且我想来你总也看到许多书讲到怎样方可以大家不饿。朋友!对于像你这样还没到缺少白米饭的胃,就需要一点辣子。这可以使你出一身大汗,可以破除你的苦闷罢!

你是一个多少有点觉悟的青年。你不愿意像别人那样过着猪狗一般的被践踏被损害的生活,你也不愿意像又一种别人那样过着损人肥己或是向吮嚼民众血液的魔鬼献殷勤乞怜而分得些馋余以骄妻子的生活。你不愿被压迫,也不愿为压迫者。你是因为觉得这样合理的社会和人生似乎一时不能实现,所以便苦闷了的呀!你这苦闷自然比较单纯的贫困或是失恋更有深切的意义。但是我不能不说你这苦闷就是你的糊涂呀。

朋友,据你这心理状态,你好像是某寓言中的驴子,因为不能够一步就到了人家对它说的那个花园吃理想中的玫瑰,就归根怀疑到该花园之是否真真存在。现代人中间不乏颇像这寓言中驴子们的可敬的怀疑者;他们的毛病就是不明白一个社会组织的改变绝不是像你在床上翻一个身那样容易的。一个社会组织的改变不但须要很长的时间,而且中间一定要经过不少的各种形态的阶段。社会进化的方式,既不如一班人所说的那样机械的,也绝不是又一班人所说什么混杂变幻不可思议究诘。处在这转变期的我们,固然需要一种有所不为有所必为的坚决的意志,却也需要一种毅力——只照着正确的路线走去,把一切顿挫波折都放在预算中,绝不迟疑徘徊的那样的毅力。朋友,你在现今这瞬息万变的社会中,像你那样的青年人,顶需要的,是这种毅力。下了有所不为有所必为的决心而没有这种毅力的人儿是苦闷的。朋友,你的苦闷的一方面,据我看来,就是这个。

　　你说你要牺牲一己为大众谋幸福久矣,但恨不得其门未逢其人;自然这你是有慨于目今挂羊头卖狗肉者之多,故有此言。你为此审慎,为此迷惘,为此而痛感生命力之无从发泄,而感苦闷。朋友,你这种不轻举妄动的态度是很好的,然而一何类于深闺择婿的淑女耶?朋友,你须不是一个小姑娘,你总不应该自存着万一受了欺骗便无以自反的心理因而简直不敢动呀!跑出你的"香闺",走到十字街头;不要尽信赖你的耳朵,应该睁开你的眼睛来;那么,如果你确是像你来信中所表现的那么一个人,你一定可以看见大众所苦痛者究竟是什么,并且究竟是什么东西能够解放他们了。我再说一遍,你不是一位小姑娘,你须不怕受了人家的骗而又被指勒着不得脱身,你更不须顾忌着万一上当则将玷污你终身的"清白",——其实你大概熟知在现今即使是小姑娘也很多并不这样畏葸的了,你是一个青年男子,应该有一点"泼皮"的精神,什么都不怕一试,试得不对,什么都不怕丢开另来。朋友,就是这追求又追求,搏战又搏战中,有着你的最宝贵的生命力之表现。中国有句老话:大处落眼,小处着手。你的落眼处虽然是为大多数民众求幸福,但你的着手处却应该从极小处开始;不耻下层的工作,不要放弃琐细的斗争;如果你是这样想,你的每一刻的生活便不会没有意义,你的整个生命力的表现便走上了正确的路线了。

朋友,也许你是欢喜多想的罢?用思固然是好事,但只管空想,却是坏事中之最坏者。我觉得现在有些人都犯了这样一个毛病;他已经依理性的指示而决定了一个主张或信仰,这主张或信仰之决定,当然是思索的结果,决定以后当然仍得用思,这时的思索应该集中在如何而可实现他的主张——就是确定了实现他这主张的步骤;然而不然,他却尽管左右前后地空想,他想得很多,估量得很多,预防得很多,但是一切这些思索都不是促其主张的实现,只是围绕着他这主张兜圈子,固然他这主张自始至终没有一分一毫的移动,他始终抱定着他这主张,可是始终不曾有过一分一毫的实现。在主观上,他有一个牢不可破的主张,但在客观上,他等于没有主张。于是结果他苦闷了,大喊没有"出路"。朋友,你是否也陷于这样的所谓没有"出路"的苦闷?我看来你有一点。朋友,一个人的生活的布置绝不能像下围棋似的可以数子而定全局。你在对弈开始落子的时候,棋局是空白的,你有布置你的局势的自由,但你的生活却不是放在空白的"人生的棋局"上,所以你若自己计划好了自己生活的"局势"以后而尽管躺在床上"推敲",那就愈想愈糊涂,终于成了不动了。主要的是:你定了主意后就应该定步骤,你自然得小心,但不可不放开脚步走上前去,不容趑趄!半途上出了什么岔子么?到那时再来对付!不过你也不可以忘记你应当时时自己武装准备对付那些岔子!

假如你还没有决定任何主意的时候,那么,朋友,慎防着陷进了又一泥坑里。欢喜多空想的人又有这样的一种:譬如说想从一个瓶子里倒出酒来喝罢,他,这位空想家,尽对着瓶子出神,先来推论这瓶里的酒到底是什么酒,好不好的,照这瓶子的漂亮的外观而言该是好酒,但也许竟是最劣等的酒,也许竟不是酒,——这样反复推想,什么都想到了,只是始终不曾想起先倒出那酒来尝一下,然后再作结论。朋友,你不要笑,现代的青年中尽多这样的人呢!自然对于一瓶酒之类不会这样的没主意;可是对于"立身处世"的大计明明放着一条路在面前而始终拿不定主意以至蹉跎不决的却多得很呢。这结果也是烦闷。

朋友,或者你还有点感情与理智的冲突,向善心与向恶心的矛盾罢?你也许因而感到自己的脆弱,因而悲观消沉罢?哦!你不应该如此的。人类并不是"全知全能的上帝",人类是或多或少有些缺陷的;我们的老祖宗——原始人,比起我们来,要不完全得多了,然而他们从工作中,从生活斗争中,炼到了一身本事;所以,朋友,你不必为你的有缺陷而自馁,你应当在找寻工作和生活斗争中锻炼你自己,填平你的缺陷,只有不断地和环境奋斗,然后才可以使你长成。

朋友,你是青年,你手足健全,你受过中等教育,你生在这转变时代,你有很好的机会在这正在展开的历史的悲壮剧中做一个角色,你是很幸运的。你没有父祖的余荫,没有一份家产来供你安居饱食生儿子做老太爷,你没有亲戚故旧的提拔,没有同乡同学的帮忙,你进不能混入贪官污吏土豪劣绅队中,退而求为一个安分守己的小百姓亦不可得,但是正因为你是一无所有的青

年,你的出路是明明白白的一条:

为了大多数人也为了你自己的解放而斗争!

(原载1930年7月1日《中学生》第9号)

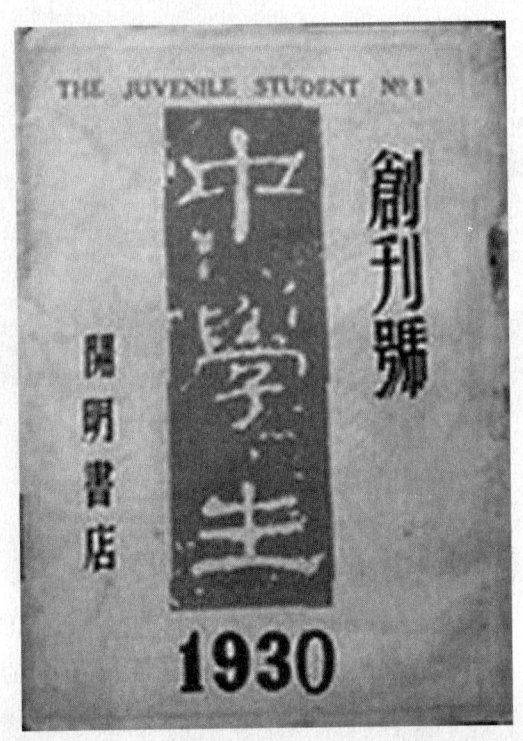

《中学生》由夏丏尊、叶圣陶创刊于1930年1月。

·雾中偶记·

致文学青年

做这篇文章的人,也是常常欢喜就文学方面发表些意见,并且常常自以为血管中尚留存着青年的情热,常常还有些"狂戆"的举动。以这"资格",——如果你说这也算是"资格",敢对青年们之爱好文艺或志愿文艺者说几句话。

任何人都有爱好文艺的性习。一个推小车的苦力,如果他的经济情形许可,在劳役之后到茶馆里去听《水浒》,或是到游戏场内去看"笃笃班",便是他的爱好文艺的性习的表现。乡间社戏,草台前挤满了焦脸黄泥腿的农村劳动者,在他们的额上皱纹的一舒展间,也便表现出他们的爱好文艺的性习。自然,你很可以说茶馆里的说书者,游戏场内的绍兴"笃笃班",乡间农忙后的神戏一台,都是趣味低劣,都不合于咱们现在所谓"文艺"的条件,但是请不要忘记,这并不是因为他们(推小车的苦力,乡村的劳农,等等)天生成了只有低劣趣味的爱好文艺的性习,而是因为他们并不像你和我一样是少爷出身,受过文化的教养,生活在"高贵的"趣味中,并且社会所供给的能够适合于他们经济状况的娱乐(就是他们还能够勉强负担的娱乐费),也只有那样趣味低劣的货色。除了这因为经济条件而生的差别以外,他们在听《水浒》,看"笃笃班"时所表现的爱好文艺的性习并不和你们看"高贵"趣味的文艺作品时的爱好文艺性习有什么本质上的差别。

再进一层言,他们是一般地对于文艺作品(你不要笑,请暂时为说述方便计,把文艺作品这头衔借给茶馆的说书,游戏场内的"笃笃班"等等一类罢)的态度很严肃。他们上书场,听"笃笃班",看社戏,并非完全为了娱乐,为了消遣,他们是下意识地怀着一个目的——要理解他们所感得奇怪的人生及其究极,他们常常有勇敢的批评的精神。(再请你不要笑,我们把庄严的"批评"这术语,也慷慨一下罢)从前有一本笔记小说记述扮演曹操的戏子被看戏的农民当场用斧砍杀,便可以说明他们有勇敢的批评的精神,他们把戏文当作真实的人生来认识,他们看戏时的态度异常严肃。这种严肃的态度,勇敢的批评的精神,便是爱好文艺的性习之最健全的活动。反之,把文艺的作品当作消遣,当作"借酒浇愁",当作只是舞台上纸面上的离合悲欢,那便是爱好文艺的性习之十足的病态的表现,那也只有少爷出身,受过文化的教养,生活在高贵的趣味中的人们才会有这病态。

所以,我再说一遍,任何人都有爱好文艺的性习。青年的你们,在这危疑震撼的时代,社会层处处露出罅裂,人生观要求改造的时代,爱好文艺,自是理之必然。我并不以为青年爱好文艺,便是青年感情浮动的征象,我更不以为青年爱好文艺便是青年缺乏科学头脑的征象。是的,我们不应该笼统地反对青年们之爱好文学,我们应该反对的,是青年们中间尚犹不免的对于文学的病态，——没有严肃的态度和批评的精神。我们尤其不能不反对的，是把"爱好文艺"当作个人的"志向"！曾听说某地中学入学试验中有"试各言尔志"那样意义的题目，结果有许多答案是"爱好文艺"。这显然是把"爱好文艺"的意义误解了。爱好文艺是人类的本能（这里所用文艺二字是广义的），自原始人即已然。如果说一个人"志在文艺"，那就是另一件事了。我们自然不赞成现代青年都"志在文艺"，同时我们也反对抑制人类的爱好文艺的本能。问题是：第一，千万不要把"爱好文艺"误为个人的"立志"；第二，即使是意识地要"立志"在文艺，也不可以随随便便就"立"。

这里，就到了又一句常常接触着我们的耳朵的青年们常有的问话：怎样研究文学？这问句的意义就表示问者已经"立志"研究文艺，故而来询问方法了。"立志"总是可嘉的，但"志"在某事件的先决条件是对于某事件先须有一个充分的知识，不然，就是随随便便的"立"，不幸我们在"怎样研究文学"的发问中很可以嗅得出随随便便的"立"。

"研究文学"一语，现在常被含糊地使用。这结果便是青年们对于文学的"志"随随便便地"立"。应该把"研究文学"一语先有基本的分析。必须先得认明"研究文学"这一语至少含有两方面不同的工作：一是把文学当作一种科学而研究，又一便是写撰文艺作品，普通所谓"创作"，前者探讨文艺之史的发展，文艺之社会的意义，文艺之时代的构成的因素，就是把文艺当作社会现象之一，因而文艺这特殊学科也就成了社会科学之一。由这样的理解来研究文学也就和研究其他社会科学（就是社会现象之各个特殊部门）一样，可以是一个人终身攻治的事业。这样的终身事业，不但需要一个人毕生的精力，并且还需要有利的环境，例如学习必要知识时的经济的支持(换一句具体的话,就是进大学校文学史科的经济能力),以及研究时期的材料的供给(譬如在没有公共的完备的图书馆的中国,你就不能不自己设法去弄到各种旧有的或新出的书籍)。因而这个"研究文学"的"志"也就不能随随便便地"立"起来。其次,写撰文艺作品,做"创作家";我觉得一般青年所谓"研究文艺"大概是指这方面而言。粗看起来,这个"志"不难"立"。只要有笔,有墨,有纸,有时间,你就可以写作。并且在这知识分子失业恐慌极严重的现在中国,青年知识者当然觉得还是选择这项"没本钱的生意",较胜于奴颜婢膝地求职业以及暮夜苞苴地谋差使了。这样"立志"在写作文艺作品以为谋生之道,谁也不能非难他的,可是我们不能不说他这计划必将失败,他将饿死了结。如果他"立志"要做一个有点社会意义的作者,那么他的饿死更快!因为中国的社会还没有从"低劣趣味"中完全挣扎出来,因为中国的文坛还没走上正确发展的轨道,因为中国读者的购买力非常薄弱。如果你的"志"在文艺创作并不是谋生之道,你有你所专门攻研的学业,你有养活你身体的职业,你只是固有的创造欲要求发泄,那就是另一个问题了。原则上我很赞成这样的"志"在文艺。但也不是说你有了养活你的职业,你又有时间,你在茶余酒后创作本能要求发泄的时候,你有笔有墨有纸,你就可以写作了。不是的!如果你并没把文艺作品当作消遣,当作个人的愁垒牢块笑影啼痕的影片,而是很严肃地认识了文艺的意义的,那么事情就不该这样办。自然我们并不以为文艺是什么艺术之神的神庙里的神秘的东西,我们也不承认什么创作家一定有他的天才或灵感一类的鬼话,我们承认一个推小车的苦力在休息时对他的伙伴们所说述的一个故事,也可以有文艺的价值;但是我们很反对那些没有

·雾中偶记·

深切的人生意义和社会价值的个人情感的产物,我们更反对那些彻头彻尾以游戏的态度去观察人生而且写成的文艺作品。认真想使自己的作品对于社会有贡献的态度正确的有志文艺者在动手创作之前,必须有充分的修养。首先他应该认明社会这机构的发展的方向;如果他已经能够在社会现象中看到矛盾或不平衡,那么他应该认明白这矛盾或不平衡正是旧的社会机构经过烂熟而达于崩溃这阶段时必然的现象,并且他应该了解惟有新机构的产生才能造成新的和谐与平衡。是的,他应得从深处去分析人生,去理解人生;他应得认明人类历史的进化的路线,并且了解自己对于人类和社会的使命。具体说,他一定得努力探求人们每一行动之隐伏的背景,探索到他们的社会关系和经济的基础。仅仅有丰富的人生经验是不够的,主要的是他对于他的经验有怎样的理解,因而他在动手创作之前不能不先有理解社会现象的能力,就是他不能不先有那解释社会现象的社会科学的知识。除这而外,自然还有艺术上的修养;他可以从古代的作家学习描写的艺术,但应该记好,这该是朴质有力明快的描写手法,而不是那些以诡奇的形式掩盖了贫乏的内容的作品。

　　如果青年们的"怎样研究文艺"的发问是"怎样准备创作"的代用语,那么,我的回答便如上述。充分的修养。慎勿轻率!慎勿认为作家的一篇作品是产于一时的"灵感"!绝对不是的!没有什么神妙的灵感,只是对于社会现象的深湛的理解和精密的分析!慎勿认为一切的所见所闻都有文艺作品材料的价值!绝对不是的!只有那些能够表现出社会动乱之隐伏的背景的人生材料才有价值!最后,我再说一遍,打算以撰写文艺作品为谋生之道,在现代恰就是饿死之道,而且直到死时也不会得到社会上大多数人的同情!

　　再说一遍，任何人都有爱好文学的性习，所以任何人应该养成正确地理解文艺作品的能力（关于这点，我希望以后有机会再说），只有老顽固才反对青年看小说看戏曲；但并不是就说每个青年都应该以文学为事业。如果现代大多数青年当真在打算做文学家，那就不折不扣是混乱的现中国的严重的病态！如果我们只认为是青年本身之过失，那就和浅薄的小说家一样只看到事物的表面罢了！

　　我没有看见写信给《中学生》杂志社询问"怎样研究文学"的打算做文学家的青年是怎样措词。因而我无从知道他们的动机是什么。但是我们不妨猜想一下，可能的动机是两个：一是上面已经说过的知识青年既无祖遗的财产又感到求职的困难，因而转念及此"不要本钱的生意"。这是一个经济的动机，我们上面已经论及，此处可以不必再说了。其二是并没生活的恐慌，徒因"爱好"文艺而要为文学家，在人各有其所好这一点上，我们亦未便厚非。这两种可能的动机都还是情理之常。可是只此二动机，决不会是大多数青年都想做文学家。如果当真是大多数青年想做文学家，那一定另有其原因了。于是我们的猜测也不能不转到不大名誉的一方面，就是所说："浮而不实"。本来做文艺作家并不是轻而易举的事，如上文所述，一个文艺作家的修养很要费些苦心。但是因为中国社会直到现在还缺乏普遍的严肃的文学观念，一般人尚认为只要有笔，有墨，有纸，有时间，能写，就可以创作，于是同样地染着这种错误观念的一部分青年便觉得世间事无若文学家之轻而易举而且名利双收了。这种观念便是"浮而不实"的注脚。我们毋须讳言，志在文艺的青年中间不免有一部分是染有这样的错误观念而且这样错误地想做文学家。在这种错误观念之下，一定不能产生真正的有价值的文学家。反过来说，非待社会里已经普遍地有了正确的严肃的文学观，这种错误地想做文学家的观念一定不能在青年中绝灭。所以如果忧虑着这种"浮而不实"的想做文学家的动机之蔓延为有害于青年，只有更加努力于正确的严肃的文学观念之传布深入，才是对症的良药！如果想用大家不谈文学的方法来阻止这弊害，那也是很错误的见解。

人们也还有这样一个猜测：中国是产业不发达，自然科学不发达，政治是乱糟糟，因而有才智的青年便感觉到如果学习他种学科将有学成而无所施其巧的痛苦，因而都选择了文学这一条路了。这个猜测，原亦有相当的理由，可是仅仅相当的理由而已，并且事实上并不如此。事实上是近十年来头脑清楚才智卓越的青年都干政治运动去了，而且殉身于政治运动的，亦已经很多很多了。即使有感得他无可为而要献身于文艺的青年，大概只是青年中之缺乏刚毅猛鸷的气质而不适宜于政治运动的一流罢。然而这样的人大概亦不会是很多的罢！

所以我们把好为文学家的青年之可惊的多，当作一个社会现象来看，我们粗可分析为如上述的四个原因。而此四原因中，一三两原因都表示了混乱的现代中国的严重的病态。特别是第三原因是牵连到文学界本身之尚未健全。我们不愿认为青年本身的过失，但是也不能不说对于文学的错误的认识（认为世间事无若做文学家之轻而易举而且名利双收），应该由迫切地追问着"怎样研究文学"的青年来共同努力矫正才好！

1931年3月16日。

（原载1931年5月1日《中学生》第15期）

·雾中偶记·

秋的公园

　　上海的秋的公园有它特殊的意义；它是都市式高速度恋爱的旧战场！

　　淡青色的天空。几抹白云，瓷砖似的发亮。洋梧桐凋叶了，草茵泛黄。夏季里恋爱速成科的都市摩登男女双双来此凭吊他们那恋爱的旧战场。秋光快老了，情人们的心田也染着这苍凉的秋光！他们仍然携手双双，然而已不过是凭吊旧战场罢了！

　　春是萌芽，夏是蓬勃，秋是结实，然而也就是衰落！感情意识上颓废没落的都市摩登男女跳不出这甜酸苦辣的天罗地网。

　　常试欲找出上海的公园在恋爱课堂以外的意义或价值来。不幸是屡次失败。公园是卖门票的，而衣衫不整齐的人们且被拒绝"买"票。短衫朋友即使持有长期游园券，也被拒绝进去，因为照章不能冒用。所以除了外国妇孺（他们是需要呼吸新鲜的空气的），中国人的游园常客便是摩登男女，公园是他们恋爱课堂之一（或者可以说是他们的户外恋爱课堂，他们还有许多户内恋爱课堂,例如电影院),正像"大世界"之类的游戏场是上海另一班男女的恋爱课堂。

一般的上海小市民似乎并不感到新鲜空气,绿草,树荫,鸟啼等等的自然界景物的需要。他们也有偶然去游公园的,这才是真正的"游园";匆匆地到处兜一个圈子,动物园去看一下,呀!连老虎狮子都没有,扫兴!他们就匆匆地走了。每天午后可以看到的在草茵上款款散步,在树荫下椅上绵绵絮语的常客,我敢说什九是恋爱中的俊侣,几乎没有例外。

春是萌芽,夏是蓬勃,秋是结实,也就是衰落的前奏曲;过了秋,公园中将少见那些俊侣的游踪了,渐渐地渐渐地没有了。

然则明年春草再发的时候,夏绿再浓的时候呢?

自然摩登男女双双的情影又将平添公园的热闹,可已经不是(而且在某一意义上几乎完全不是)去年的人儿了。去年的人儿或者已经情变,或者已经生了孩子,公园对于他们失了意义了。经过了情变的男或女自然仍得来,可已不是"旧"的继续而是"新"的开始;他们的心情又已不同。很美满而生了孩子的,也许仍得来来,可已不是去年那个味儿了。

只有一年之秋的公园是上海摩登男女值得徘徊依恋的地方。他们中间的恋情也许有的已在低落,也许有的已到浓极而将老,可是他们携手双双这时间,确是他们生活之波的唯一的激荡。他们是百分之百地凭吊恋爱的旧战场!

这是都市式高速度恋爱必然的过程,为恋爱而恋爱者必然的过程,感伤主义诗人们的绝妙诗材!上海的摩登男女呀,祝福你们,珍重,珍重,珍重这刹那千金的秋光!感伤主义的诗人们呀!努力,努力,努力歌咏这感情之波动罢!

·雾中偶记·

因为这样的诗材,将来就要没有;这样的风光不会久长!

1932年11月8日。

(原载1932年12月16日《东方杂志》第29卷第8号)

上海的秋的公园。

·雾中偶记·

冥 屋

  小时候在家乡,常常喜欢看东邻的纸扎店糊"阴屋"以及"船,桥,库"一类的东西。那纸扎店的老板戴了阔铜边的老花眼镜,一面工作一面和那些靠在他柜台前捧着水烟袋的闲人谈天说地,那态度是非常潇洒。他用他那熟练的手指头折一根篾,捞一朵浆糊,或是裁一张纸,都是那样从容不迫,很有艺术家的风度。

  两天或三天,他糊成一座"阴屋"。那不过三尺见方,两尺高。但是有正厅,有边厢,有楼,有庭园;庭园有花坛,有树木。一切都很精致,很完备。厅里的字画,他都请教了镇上的画师和书家。这实在算得一件"艺术品"了。手工业生产制度下的"艺术品"!

  它的代价是一块几毛钱。

  去年十月间,有一家亲戚的老太太"还寿经"。我去"拜揖",盘桓了差不多一整天。我于是看见了大都市上海的纸扎店用了怎样的方法糊"阴屋"以及"船,桥,库"了!亲戚家所定的这些"冥器",共值洋四百余元;"那是多么繁重的工作!"——我心里这么想。可

·雾中偶记·

是这么大的工程还得当天现做,当天现烧。并且离烧化前四小时,工程方才开始。女眷们惊讶那纸扎店怎么赶得及,然而事实上恰恰赶及那预定的烧化时间。纸扎店老板的精密估计很可以佩服。

我是看着这工程开始,看着它完成;用了和儿时同样的兴味看着。

这仍然是手工业,是手艺,毫不假用机械;可是那工程的进行,在组织上,方法上,都是道地的现代工业化!结果,这是商品,四百余元的代价!

工程就在做佛事的那个大寺的院子里开始。动员了大小十来个人,作战似的三小时的紧张!"船"是和我们镇上河里的船一样大,"桥"也和镇上的小桥差不多,"阴屋"简直是上海式的三楼三底,不过没有那么高。这样的大工程,从扎架到装潢,一气呵成,三小时的紧张!什么都是当场现做,除了"阴屋"里的纸糊家具和摆设。十来个人的总动员有精密的分工,紧张连系的动作,比起我在儿时所见那故乡的纸扎店老板捞一朵浆糊,谈一句闲天,那种悠游从容的态度来,当真有天壤之差!"艺术制作"的兴趣,当然没有了;这十几位上海式的"阴屋"工程师只是机械地制作着。一忽儿以后,所有这些"船,桥,库","阴屋",都烧化了;而曾以三小时的作战精神制成了它们的"工程师",仍旧用了同样的作战的紧张帮忙着烧化。

和这些同时烧化的,据说还有半张冥土的房契(留下的半张要到将来那时候再烧)。

时代的印痕也烙在这些封建的迷信的仪式上。

1932年11月8日。

(原载1932年12月16日《东方杂志》第29卷第8号)

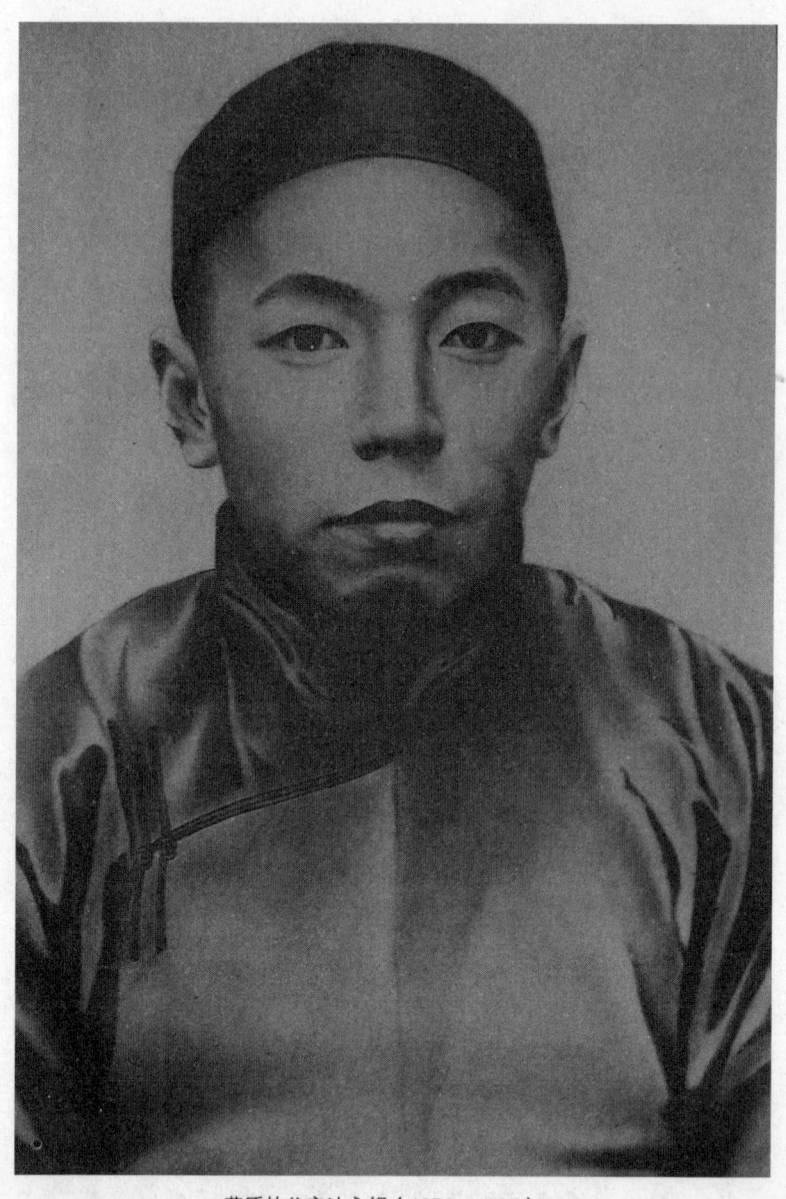

茅盾的父亲沈永锡(1872—1905)。

·雾中偶记·

香 市

  "清明"过后,我们镇上照例有所谓"香市",首尾大约半个月。
  赶"香市"的群众,主要是农民。"香市"的地点,在社庙。从前农村还是"桃源"的时候,这"香市"就是农村的"狂欢节"。因为从"清明"到"谷雨"这二十天内,风暖日丽,正是"行乐"的时令,并且又是"蚕忙"的前夜,所以到"香市"来的农民一半是祈神赐福(蚕花二十四分),一半也是预酬蚕节的辛苦劳作。所谓"借佛游春"是也。
  于是"香市"中主要的节目无非是"吃"和"玩"。临时的茶棚,戏法场,弄缸弄甏,走绳索,三上吊的武技班,老虎,矮子,提线戏,髦儿戏,西洋镜,——将社庙前五六十亩地的大广场挤得满满的。庙里的主人公是百草梨膏糖,花纸,各式各样泥的纸的金属的玩具,灿如繁星的"烛山",熏得眼睛流泪的檀香烟,木拜垫上成排的磕头者。庙里庙外,人声和锣鼓声,还有孩子们手里的小喇叭、哨子的声音,混合成一片骚音,三里路外也听得见。

·雾中偶记·

我幼时所见的"香市",就是这样热闹的。在这"香市"中,我不但赏鉴了所谓"国技",我还认识了老虎,豹,猴子,穿山甲。所以"香市"也是儿童们的狂欢节。

"革命"以后,据说为的要"破除迷信",接连有两年不准举行"香市"。社庙的左屋被"公安分局"借去做了衙门,而庙前广场的一角也筑了篱笆,据说将造公园。社庙的左偏殿上又有什么"蚕种改良所"的招牌。

然而从去年起,这"迷信"的"香市"忽又准许举行了。于是我又得机会重温儿时的旧梦,我很高兴地同三位堂妹子(她们运气不好,出世以来没有见过像样的热闹的"香市"),赶那"香市"去。

天气虽然很好,"市面"却很不好。社庙前虽然比平日多了许多人,但那空气似乎很阴惨。居然有锣鼓的声音。可是那声音单调。庙前的乌龙潭一泓清水依然如昔,可是潭后那座戏台却坍塌了,屋椽子像瘦人的肋骨似的暴露在"光风化日"之下。一切都不像我儿时所见的"香市"了!

那么姑且到唯一的锣鼓响的地方去看一看罢。我以为这锣鼓响的是什么变把戏的,一定也是瘪三式的玩意了。然而出乎意料,这是"南洋武术班",上海的《良友画报》六十二期揭载的"卧钉床"的大力士就是其中的一员。那不是无名的"江湖班"。然而他们只售票价十六枚铜元。

看客却也很少,不满二百(我进去的时候,大概只有五六十)。武术班的人们好像有点失望,但仍认真地表演了预告中的五六套:马戏,穿剑门,穿火门,走铅丝,大力士……他们说:"今天第一回,人少,可是把式不敢马虎,——"他们三条船上男女老小总共有到三十个!

在我看来,这所谓"南洋武术班"的几套把式比起从前"香市"里的打拳头卖膏药的玩意来,委实是好看得多了。要是放在十多年前,怕不是挤得满场没个空隙儿么?但今天第一天也只得二百来看客。往常"香市"的主角——农民,今天差不多看不见。

后来我知道,镇上的小商人是重兴这"香市"的主动者;他们想借此吸引游客"振兴"市面,他们打算从农民的干瘪的袋里榨出几文来。可是他们这计划失败了!

(原载1933年7月15日《申报月刊》第2卷第7期)

茅盾的母亲陈爱珠(1875—1940)。

·雾中偶记·

我们这文坛

我们这文坛是一个百戏杂陈的"大世界"。有"洪水猛兽",也有"鸳鸯蝴蝶";新时代的"前卫"唱粗犷的调子,旧骸骨的"迷恋者"低吟着平平仄仄;唯美主义者高举艺术至上的大旗,人道主义者效猫哭老鼠的悲叹,感伤派喷出轻烟似的微哀,公子哥儿沉醉于妹妹风月。

我们的文坛又是一个旗帜森严各显身手的"擂台"。三山五岳的好汉们各引着同宗同派,摆开了阵势,拼一个你死我活。今天失手了,在看客的哄笑声里溜走了,明天换一个花样再来。反正健忘的看客也记不清那么多的脸。

红脸的,白脸的,黑脸的,蓝脸的,黄脸的,雷公脸的,长嘴大耳朵的,晦气色脸的,都在这"擂台"上串进串出。金瓜锤,方天戟,青龙刀,梨花枪,八卦衣,鹅毛扇,飞镖,袖箭,前膛枪,红衣大炮,三八步枪,迫击炮,水旱机关枪,飞机,坦克:人类一千年来的武器同时并见。

·雾中偶记·

我们这"擂台"的文坛打了有十多年了,还没分个决定的胜败!

我们这"擂台"的文坛也有若干各宗各派的评判员。有的捧着高头讲章,《诗韵合璧》;有的戤着牌头①,圣培韦,泰纳,托尔斯泰,玛里纳蒂,蒲列汗诺夫,白璧德②;有的更使用着新式的天平,"意德沃洛基"③。

谁也都是百分之百的合理,而别人是百分之百的没出息。

谁都自称是嫡派秘授,而别人是冒牌货,野狐禅。

我们这"擂台"的文坛上的评判员也这样进行着万花缭乱的混战!

我们这"擂台"的文坛背后还有许多后备军的青年作家。他们中间正起着变化:或者已经拜了山门,成了宗派;或者尚在彷徨,觉得什么都不好;或者远道慕名,却不知道他所崇拜的好汉早已摇身一变;或者拾起了巨子们从前的玩意儿当做法宝,大做其"身边琐事"的描写,"即兴小说","文艺自传"。

他们中间也有些倔强的,打算自己找路走;也有些胆小的,经不起一声断喝,就不敢相信自己的能力;也有些糊涂的,左看看也好,右看看也好,在那里打磨旋。

---

① 戤着牌头:沪语。意指倚仗势力。
② 圣培韦(Sainte-Beuve, 1804—1869):法国文艺批评家;泰纳(Taine, 1828—1893):法国实证主义的批评家;托尔斯泰(L.Tolstoy, 1828—1910):俄国文学家;玛里纳蒂(Marinétti, 1878—?):意大利艺术家;蒲列汗诺夫(Plekhanov, 1856—1918):俄国最早的马克思主义者之一,现通译"普列汉诺夫";白璧德(I.Babbitt, 1865—1933):美国"新人文主义"的文艺批评家。
③ "意德沃洛基":Ideology的音译。意即观念形态、意识形态。

可是他们大多数不肯向后转,他们想做新时代的"第一燕"!

我们这"擂台"的文坛背后就挤满了这许多有志的后备军的青年!

朋友!这就是我们文坛的"卡通"!朋友!这就是我们那错综动乱的社会所反映出来的文艺上的奇观!

朋友!这不是苦了看客?然而也不然。看客们不是一个印板印出来,看客们的嗜好各殊咸酸;是为的这些看客们各趋所好,这才三山五岳的好汉们能够雄踞擂台的一角,暂时弄成了各不相下。

他们看客才是真正的最有权威的评判员。他们的掉头不顾是真正的一声"银笛",任何花言巧语的宣传所挽回不来!

朋友!你也且莫担心着他们看客的口味是那样太庞杂!朋友,也许你不相信,但是你将来一定会看见:生活的紧箍咒会把这些各殊咸酸的看客们的口味渐渐弄成了一律!

三山五岳的好汉们谁能够紧紧地抓住了看客们的心弦,弹出了他们的苦痛,他们的需求,鼓动了他们的热血,指示了他们的出路,谁就将要独霸这文坛的"擂台";任何欺骗,任何威胁,任何麻醉,都奈何他不得!

朋友!现在我们不妨来作一回"梦"了。我们来"梦"一回最美满的文坛的将来,我们来"梦"一回将是怎样的狂风烈火将这大垃圾堆的文坛烧一个干净而且接着秀挺出壮健美丽的花朵。

朋友!不远的将来,从我们这里连年的战火,饥荒,水灾,旱灾,外患,一切等等所造成的罡风将吹燃了看客他们心头星星的火焰,变成了烈火滔天;烧穿了一切烟幕,一切面具,一切玩意儿的花鸟,他们看客将同声要求一些为了他们的,是他们的,属于他们的。

朋友！在这时候，鸳鸯蝴蝶也许仍在双双戏舞，可是没有人看；唯美主义的大旗将要挂在书房里，感伤的诗人琴弦将要进进，公子哥们将要再没有闲心情沉醉在妹妹风月。朋友！在那时候，只有生活的悲壮的史诗能够引起看客他们的倾听，震动他们的心弦！

但是朋友，我们文坛上那些自命为站在时代前线的三山五岳的好汉们以及青年的后备军在这历史的一幕前却也不能不自强不息。尤其那些"前卫"们，不能仍然那么狂妄地以为文坛的大任将"匪异人任"地必然地落到他们身上！

虚心的艰苦的学习，是必需的！

生活本身是他们的老师，看客大众是他们的不容情的评判员！

朋友！天亮之前有一时间的黑暗，庞杂混乱是新时代史前不可避免的阶段，幼稚粗拙是壮健美妙的前奏曲，"The Beautiful Agony of Birth"据说这就是辩证法的进展，是铁一样的规律！

只有竹子那样的虚心，牛皮筋那样的坚韧，烈火那样的热情，才能产生出真正不朽的艺术。

朋友！我们毫不客气地说：我们唾弃那些不能够反映社会的"身边琐事"的描写；我们唾弃那些"恋爱与革命"的结构，"宣传大纲加脸谱"的公式；我们唾弃那些向壁虚造的"革命英雄"的罗曼司；我们也唾弃那些印板式的"新偶像主义"——对于群众行动的盲目而无批判的赞颂与崇拜；我们唾弃一切只有"意识"的空壳而没有生活实感的诗歌、戏曲、小说！

将来的真正壮健美丽的文艺将是"批判"的：在唯物辩证法的显微镜下，敌人，友军，乃至"革命自身"，都要受到严密的分析，严格的批判。

将来真正壮健美丽的文艺将是"创造"的：从生活本身，创造了斗争的热情，丰富的内容，和活的强力的形式；转而又推进着创造着生活。

将来的真正壮健美丽的文艺因而将是"历史"的：时代演进的过程将留下一个真实鲜明的印痕，没有夸张，没有粉饰，正确与错误，赫然并在，前人的歪斜的足迹，将留与后人警惕。

将来的真正壮健美丽的文艺，不用说，是"大众"的：作者不复是大众的"代言人"，也不是作者"创造"了大众，而是大众供给了内容，情绪，乃至技术。

朋友！这不是"梦"，这和一加一等于二那样地不可强辩！

但是朋友，眼前我们却还只有庞杂混乱，幼稚粗拙！时代的大题材有多多少少还没带上我们那些作家的笔尖！时代的大步突飞猛进，我们这文坛落后了，异样的"牛步化"，没出息！朋友！可是你也毋须悲观，时代的轮子将碾碎了一些脆弱的，狂妄自夸的，懒惰不学好的，将他们的尸骸远远地抛出了进化的轨道！剩下那有希望的，将攀住了飞快的时代轮子向前！

他们必须艰苦地虚心地跟"时代"学习！

生活本身是他们的老师，看客大众是他们的不容情的评判员！

朋友！这不是"梦"，这和一加一等于二那样地不可强辩！

1932年11月28日。

（原载1933年1月1日《东方杂志》第30卷第1号）

·雾中偶记·

欢迎古物

　　自从日本帝国主义的大炮在四小时内打下了"天下第一雄关"以后,大人先生们就挂念着北平文化城里的文物。现在好了,平津尚未陷落,而古物已经装箱待运:据说共装三千大木箱,须得四列车方能运走:那么,万一不远的将来平津失守,而古物无恙,大人先生们庶可告无罪于列祖列宗。
　　古物虽有三千箱之多,但到底只有三千箱,四列车也便运了走。比不得平津的地皮是没有法子运走的。至于平津的老百姓,——几百万的老百姓,更其犯不着替他们打算,他们自己有腿!
　　况且就价值而言,也是老百姓可憎而古物可贵。不见洋大人撰述的许多讲到中华古国的书么?他们嘲笑猪一样的中华老百姓,却赞赏世界无比的中华古物呢!如果为了不值钱的老百姓而丢失了值钱的古物,岂不被洋大人所叹,而且要腾笑国际?于此,我们老百姓不能不感谢大人先生们尽瘁国事的苦心!

·雾中偶记·

然而别有心肠的日本帝国主义似乎并不因为北平古物已走而就此放手。他们正在急急忙忙增兵到热河边境。我们用火车运古物,他们用火车运兵!平津的老百姓眼见古物车南下却不见兵车北上,而又听得日军步步逼进,他们那被弃无告的眼泪只好往肚子里吞。

可惜洋鬼子的机械文明尚未臻万能之境。不然,用一架硕大的起重机把中华古国所有的国宝,例如北平的三海大内,曲阜的孔林,南京的孙陵之类,一齐都吊上喜马拉雅山的最高峰去,让大人先生们安安稳稳守在那里"长期抵抗",岂不是旷世之奇勋!

不过目前已经有四列车的古物待运,实在也是了不起的苌谋了,老百姓感激涕零之余,应该高呼三声:古物万岁!

(原载1933年2月9日《申报·自由谈》)

·雾中偶记·

时髦病

所谓"时髦病"是矛盾混乱的社会里常见的一种流行病。"时髦"二字,在这里并不作通常的"趋时"的解释,而有"硬要出语惊人"的意义。

"时髦病"有好几种,这里只说那最普遍的一种。这一种的病象是——

打倒一切:什么都是要不得了,但是谁也不配去执行那"打倒一切"的工作。

骂倒一切:觉得别人都是不彻底,都是错误的;但是他自己跳在云端里,永远不曾脚踏实地走一步,所以他就永远彻底,永远不会错了。

不屑做平凡的事:看见人家做披荆斩棘探路的工作,他是要冷笑的;他说"只要跳过去就行了,谁耐烦这么枝枝节节地干!"可是他自己永远不曾跳给人家看。

他过着小布尔乔亚的生活,但口口声声咒骂别人是小布尔乔亚；他在封建思想和封建势力的包围中，但他以为封建思想早就没落了，封建势力只有半口残喘，因而假使还有人在那里攻击封建思想，在他看来，就是时代的落伍者。

他是独往独来的英雄，他否定客观的现实！

他嘴里从不说"我"，但他的心里常有一个大字——"我"！

他天天嚷着：要光明，要自由！但是他望见了那由黑暗到光明之间的一段半明半暗的路程就害怕了，而且他用美妙的词令来掩饰了他的害怕。他要自由，可是他不肯爬上那到自由的梯子，因为他反对平凡的一步一步的爬，他的理想是"飞"！

他的喜悦是：常常有材料给他骂，他因此是一个最勇敢最彻底的"革命者"。但他的悲哀是："革命"不了解他！

（原载1933年4月25日《申报·自由谈》）

·雾中偶记·

"现代化"的话

朋友,假如你不厌烦嚣,喜欢出来走走的话,有几处地方你不可不看。

上海的"东头",杨树浦那一带,你喜欢么?想来你一定喜欢的!那边有许多纱厂,——中国轻工业的要塞。没有熟人,你只好望那些巍峨的厂门而兴叹。想来你总可以找到一个熟人罢?那么,中国棉纱大王的领土就许你进去了。可是得先关照你:你要忍耐,因为有几分钟的不舒服。因为那边的空气里全是棉花的纤维,大一点像鹅毛样的飞絮有时竟会一片一片扑到你脸上身上,粘住了不肯去;是的,那边的空气浓厚些,你一下里会觉得闷,怪胀似的。但是不过几分钟罢了,你立刻会惯。并且想来你一念及每天十二小时在那样空气中作工的,也和你一样是人,你自然会仰脸行一次深呼吸,一点也不觉得什么了。

你将被引进了弹松"花衣"的工场。许多黝黑晶亮,蹲着的巨人似的机器,伸长了粗胳膊——直径二尺的粗铁管,就同手携手似的组成了工作的一列。它们从下面的帘形滚板上(那你就说是"嘴"罢,为的那许多木条构成的滚板实在太像了牙齿),吞进了压得紧紧的"花衣",于是通过了它们的肚子,消化——唷,该说是扯松罢,于是又通过了它们的胳膊,送到另一位"巨人"的肚子里。这也干的同样工作——扯松,但一定是高级的工作,因为后来就看见它的一个斗形嘴巴里吐出那些"花衣"来了,那已经松松的,一看就叫你感得软绵绵,而且颜色也同雪一样白。

这些扯松了的"花衣"像雪块似的落下来,落进一个地洞去了。朋友,也许你当真认是一个洞罢?然而不然。洞是洞,不过洞下又是黑铁管的粗胳膊,"花衣"从这胳膊又运到另一个"巨人"的肚子里了。你要看个究竟,你得走到下层的机器间。

说来也许你不肯相信,下层机器间里的"巨人"们就好像专同上层机器间里的伙伴"憋气"似的。好好儿弹得又松又白的"花衣"到它们肚子里不知道怎样一来,就从它们屁股里拉下,早又压得紧紧的,而且变成了一张毡似的,卷在一根铁棒上。它们的扁屁股眼儿只管拉,拉,那铁棒只管卷,卷,到后来就像大筒的卷筒纸似的肥得很了,于是走来了一位工人,截断了那拉不完的"扁屎",就那么连铁棒抱起来,搁到磅秤上过磅。

这时你的"熟人"也许会告诉你,这是"花衣"变成棉纱的第一步手续(严格说,就是第二步),以后就要将这些卷筒纸样的棉毡拉成"棉条"了。

专拉"棉条"的钢巨人可就没有粗胳膊,个儿也小些,它们不很吵闹。那卷筒形的棉毡装在上面,慢慢地展开来,就同卷筒纸在印刷机上相仿;可是这专拉"棉条"的钢巨人有一把大钢梳,把那棉毡一梳一梳地又弄碎了,弄碎了就经过它们的肚子,消化做浓雾似的喷出来；——朋友，请你想象我用的这个"雾"字，你用什么字好呢？实在可说是棉的瀑布，可是没有瀑布那样势头和厚实，那是稀薄的松松的，恰像雾，——然后这"雾"又经过了或者被吸进了一个巧妙的部分，变做了手指那么粗的又白又嫩的"棉条"。这也是自动地拉出来，自动地装进了一个红漆的长圆铁筒。

以后，这些"棉条"尚须经过又一组的机器（那是小得多，看样子就觉得它们是前面所说的那班钢巨人的少爷），六根并一根，抽成了较细然而较结实的一种"棉条"。于是再经过了吵闹得很利害的"小姐"式的一组机器，纺成了"粗纱"，——这有普通麻绳那么粗。由粗纱再纺成细纱。担任这一工作的机器，是十足的摩登小姐式了，顶会吵闹。它们一列车有四百个锭子；这些小家伙本来声音不大，可是它们成千成万打伙儿闹起来，那声音就可怕，你对面谈话，喊破了喉咙也听不见。粗纱间和细纱间里要许多女工伺候着；她们是整天没得坐的。她们要"接纱头"，她们要把"罗拉"上的棉絮拭去，她们管理锭子。前面说过的钢巨人却只要很少的几个人伺候，而且大都是男工。

朋友，也许你早就在什么洋行的样子间大玻璃窗前看见过那些成排地静静地站着的纺车罢，这都是供给我们中国人来开发中国，建设中国的。并且如果你到纱厂里看过，走出厂门来松一口气的时候，也许就幻想到中国是已经走上了资本主义的路而且民族资本主义已经确立，——至少像印度似的。

一句话来包括你的感想，朋友，你是相信中国是在步步地"现代化"！

不错呀！十年前的上海和现在很不相同。现在上海被大烟囱包围着。假使你从上海的"东头"转到"西头",你就看见曹家渡一带也是纱厂林立,不过那是日本人的资本罢了。你再到南市,到闸北,到浦东,你到处看见大烟囱了。尤其是闸北,大大小小的丝厂和大大小小的各部门的工业,例如电料,洋伞,热水瓶,橡胶,搪瓷,几乎可说色色俱全,就像乡下的"露天茅坑"一样,到处可见。你进了南京路的国货商场,就觉得日用品都有"国产"的了。呵,呵,中国是在步步地"现代化"呵!

不错,中国在一步一步"现代化",或是"工业化",我也可以相信的;因为不但中国人自家开工厂,外国人也来开,拿纱厂来说罢,全中国共有纱厂一百二十八家,去年开工纱锭四百四十九万三千三百余枚,比前年增加了二十六万五千余枚;在这总数中,属于中国资本家的纱锭,计三百五十二万三千三百余枚,比前年增加了十四万一千七百多枚,属于日本资本家的,却也有一百七十八万七千余枚,比前年也增加了十万多枚。然而出品呢,去年中国纱厂对日商纱厂只成了一百四十二万七千包对八十万零五千包之比!再讲到原料呢,朋友,你的"熟人"自会告诉你,灵宝花衣怎样不行,只能捘用,因此他们是仰给于美棉的!新近成立的五千万美金大借款,据说就是专购美国的棉麦,救济中国的纺织工业的。这也可见中国将更被"开发",而且是"利用"了外资!

但是朋友,咱们是不"谈"政治的,咱们仍旧讲讲"上海景致"罢。要是你觉得看了大烟囱还不够,我劝你上三马路,北京路,宁波路,还有外滩;那边是中国的金融枢纽。你踱进了中央、中国或是交通,——这三家大银行,也许你会看到一件事觉得奇怪,那就是在一处的铜栏杆后面有些办事人老拿着一叠小小的不过半寸阔寸把长的花纸片很快地数着数着。你一定惊赞他们手法的纯熟。而且你也许会看见（要是在月底）铜栏杆外挤着人手，又都是拿了那些小小的花纸片，一束或者竟是一厚叠。朋友，这些小小的花纸片就是公债库券的息票或本息票，因为政府发行的公债库券已经有十一万万了。朋友，也许你因此会想到中国国民的储蓄能力毕竟不弱罢？那么，你最好再去观光一次上海的公债市场，在那边，每天成交在千万以上；满脸流汗的投机者，总在"百万翁"和"穷光蛋"这两者之间翻筋斗。在那边，"做交易"的冲锋似的呐喊，"空头"的大胆，"多头"的魄力，操纵的奇妙，都叫乡下土财主瞪大了眼睛莫明其妙。内地的金钱逃到上海来了，而在现代式的操纵下，不知道有多少乡下土财主压得粉碎，于是逃到上海来的金钱又这样"集中"在少数人的手里了。不用说，资金集中，"财阀"造成，也是中国的"现代化"的征象！

朋友，你喜欢乐一下么？那就有现代化的各种娱乐随你去挑选。你要是爱细腰粉腿，就有跳舞场。或是你只要看看电影，好呀，大大小小的电影院都有！新开幕的大光明，据说是东亚第一的现代化。现代式的建筑，现代式的装潢；一百多尺的灯塔，远远地就领导你的路向；三个喷水泉喷射五色的花雨；最新科学发明的冷气和热气的装置，最新式的发音机，没有回声的软砖，二千个舒服的座位；而且开映的将是最近欧美现代生活的影片。

并且请你千万不要忘记大光明左近就有建筑中的二十二层的四行储蓄会大厦。这是上海建筑现代化的代表。

所以谁说中国没有"进步"，不是盲目，就是丧心病狂。

朋友，再说内地农村罢。现在大家都嚷着农村经济破产。但是破产尽管破产，现代化仍是步步地在进行呀！这个，你不到农村去看，也可以知道。这几年来，公路建成了不少，乡下人也有眼福看见汽车了；跟着交通的发达，向来闭塞，洋货和钞票不大进得去的地方也就流通无阻了；生活程度也慢慢跟着高了；生活程度高，又是"现代化"的显著征象。还有，跟着交通的发达，大都市里的时髦风气也很快地灌进内地去了；剪发，长旗袍，女大衣，廉价的人造丝织品，国产电影，一齐都来了。都市和乡镇现在正起了交流作用，乡镇的金钱流到都市，而都市的"现代"风气的装饰和娱乐流到乡镇。然而我的朋友，最好你到农村里住上几个月。那时你就知道农村之急速地"现代化"，竟出乎你的意料。譬如从前乡下人的劳力还可以就地零碎出卖：大地主收了几百石的租米，需要很多短工来打白，现在则机器碾米厂到处有的是，工作又快，工钱又便宜，乡下人的劳力就没有人请教。从前戽水用人工，逢到大水年成，乡下人自己收成无望，也还可以出卖劳力给大地主，混他个把月的食粮，现在则"洋水车"把他们排除了。这些还都不算什么。最重要的，资本主义经营的大农场也在有些地方出现了！从前高利贷者的兼并土地还不过是"蚕食"，现在农村资本主义的手腕则是"鲸吞"了。从前乡下人就怕年成不好，现在则年成好了更恐慌，这加速了农村的土地集中，而土地集中就是最显著的农村"现代化"。

所以，朋友，我再说一句：谁以为中国没有"进步"，不是盲目，就是丧心病狂！

（原载1933年7月15日《申报月刊》第2卷第7期）

·雾中偶记·

谈迷信之类

辛亥革命的"前夜",乡村里读"洋书"的青年人有被人侧目的"奇形怪状"凡三项:一是辫发截短了一半,末梢蓬松,颇像现在有些小姑娘的辫梢,而辫顶又留得极小,只有手掌似的一块,四围便是极长的"刘海";二是白竹布长衫,很短,衣袖腰身都很窄小,裤脚管散着;三呢,便是走路直腿,蒲达蒲达地像"兵操",而且要是两三个人同走,就肩挨肩地成为一排。

当时这些年青人在乡间就成为"特殊阶级"。而他们确也有许多特殊的行动。最普通的便是结伴到庙里去同和尚道士辩难,坐在菩萨面前的供桌上,或者用粉笔在菩萨脸上抹几下,碰到迎神赛会,他们更是大忙而特忙;他们往往挤在菩萨轿子边说些不尴不尬的话,乘人家一个眼错,就把菩萨头上的帽子摘了下来,藏在菩萨脚边,或者把菩萨的帽子换了个方向,他们则站在一旁拍掌大笑。

当时的青年"洋"学生好像不自觉地在干着"反宗教运

动";他们并没有什么组织,什么计划,他们的行动也很幼稚可笑,然而他们的"朝气"叫人永远不能忘却。他们对于宗教的认识,自然很不够,可是他们的反对"迷信",却出自一片热忱,一股勇气,所以乡下的迷信老头子也只好摇着头说:"这些天不怕地不怕的小伙子,菩萨也要让他们几分了!"

去年我到乡下去养病,偶然也观光了"青天白日"下的"新政",看见一座大庙的照墙上赫然写着油漆的标语:"省政府十戒"。其中第一条就是戒迷信!庙前的戏台上原来有一块"以古为鉴"的横额,现在也贴上了四块方纸,大书着"天下为公",两边的木刻对联自然也改穿新装,一边是"革命尚未成功",一边当然是"同志仍须努力"了。这种面目一新的派头,在辛亥革命时代是没有的,于是我微笑,我感到"时代"是毕竟不同了!

然而后来我又发现庙里新添的许多善男信女恭献的匾额中有一方写着"信士某某率子某某"者,原来就是二十五年前"菩萨也要让着几分"的"洋"学生。他现在皈依在神座下了!并且他"率子某某"皈依了!并且我也看不见二十五年前蒲达蒲达地直了腿走路的年青人在乡间和菩萨捣乱了!从前那个"洋学堂"只有几十个学生,现在是几百了,可是他们都没有什么"奇形怪状"。他们大都是中产阶级的子弟,也和二十五年前的一样。不过他们和二十五年前的"前辈先生"显然有点不同,就在他们所唱的歌曲上也可以看出来了;从前是"男儿志气高,年纪不妨小",而现在却是"毛毛雨"了!于是我又微笑,我不很明白这到底也是不是"时代"不同了么?

从前和菩萨捣乱的青年人读《古文观止》,做《秦始皇汉武帝合论》,知道地是圆的球形,知道"中国"实在并不居天下之中,知道富强之道在于船坚炮利——如此而已。他们的头脑实在远不及现在的年青人,然而他们和当时社会及至家庭的"思想冲突"却又远过于现在的年青人。近年来中国是"进步"了,簇新的标语,应时应节的宣传纲领,——例如什么纪念日的什么"国货运动周","航空救国周","拒毒运动周"等等,都轮流贴满了乡村里小茶馆的泥墙。正所谓"力图建设",和二十五年前的空气相差十万八千里。这在认识不足的年青人看来,当然觉得自己和社会之间没有什么了不起的不调和。而况他们的家庭既不禁止他们进学校,也不禁止他们自由结婚。

并且即使有些不顺眼的事情也都以堂皇的名义来公开实行,即如小小的迎神赛会亦何尝不在迷信之外另找一个冠冕堂皇的名目——振兴市面。

今年大都市里天天嚷着"农村破产","救济农村"。于是"振兴农村"的棉麦借款就应运而生。乡村间也要"振兴市面"的,恰好今夏少雨,于是祈雨的迎神赛会也应运而生。一个乡镇的四条街各自举行了一次数十年来未有的大规模的迎神赛会。一位"会首"说:"我们不是迷信,借此振兴市面而已!"这句话自然开通之至。因而假使有些"读洋书"的年青人夹在中间帮忙,也就"合理"得很。

迎神赛会总共闹了一个月光景。而且一次比一次"更见精采"。听说也花了万把块呢。然而茶馆酒店的"市面"却也振兴了些。有人估计,赛会的一个月中,邻近乡镇来看热闹的人,总共也有万把人;每人花费二元,就有二万元,也就是"市面"上多做了二万元的生意。这在市面清淡的现今,真所谓不无小补。

有一位"躬与其盛"的先生对我说:"最热闹的一夜,四条

·雾中偶记·

街都挤满了人,约有十万的看客。轮船局临时添了夜班,航船和快班船也添了夜班,甚至有一夜两班的。有几个邻镇向来没有轮船交通,此时也都开了临时特班轮。"

所以把一切费用都算起来,在赛会的一个月间,市面上至少多做了十万元的生意。这点数目很可使各业暂时有起色,然而对于米价的低落还是没有关系。结果,赛会是赛过了,雨也下过了,农民的收成据说不会比去年坏,不过明年的米价也许比今年还要贱些呢……①

(原载1933年11月15日《申报月刊》第2卷第11期)

---

① 写这篇杂文的时候,正闹着"农村经济破产"而又"谷贱伤农"的矛盾现象。——作者补注。1958年11月17日。

·雾中偶记·

冬　天

诗人们对于四季的感想大概颇不同罢。一般地说来,则为"游春","消夏","悲秋",——冬呢,我可想不出适当的字眼来了,总之,诗人们对于"冬"好像不大怀好感,于"秋"则已"悲"了,更何况"秋"后的"冬"!

所以诗人在冬夜,只合围炉话旧,这就有点近于"蛰伏"了。幸而冬天有雪,给诗人们添了诗料。甚至至于踏雪寻梅,此时的诗人俨然又是活动家。不过梅花开放的时候,其实"冬"已过完,早又是"春"了。

我不是诗人,对于一年四季无所偏憎。但寒暑数十易而后,我也渐渐辨出了四季的味道。我就觉得冬天的味儿好像特别耐咀嚼。

因为冬天曾经在三个不同的时期给我三种不同的印象。

十一二岁的时候,我觉得冬天是又好又不好。大人们定要我穿了许多衣服,弄得我动作迟笨,这是我不满意冬天的地方。然而野外的茅草都已枯黄,正好"放野火",我又得感谢"冬"了。

在都市里生长的孩子是可怜的,他们只看见灰色的马路,从没见过整片的一望无际的大草地,他们即使到公园里看见了比较广大的草地,然而那是细曲得像狗毛一样的草皮,枯黄了时更加难看,不用说,他们万万想不到这是可以放起火来烧的。在乡下,可不同了。照例到了冬天,野外全是灰黄色的枯草,又高又密,脚踏下去簌簌地响,有时没到你的腿弯上。是这样的草,——大草地,就可以放火烧。我们都脱了长衣,划一根火柴,那满地的枯草就毕剥毕剥烧起来了。狂风着地卷去,那些草就像发狂似的腾腾地叫着,夹着白烟一片红火焰就像一个大舌头似的会一下子把大片的枯草舐光。有时我们站在上风头,那就跟着火头跑;有时故意站在下风,看着烈焰像潮水样涌过来,涌过来,于是我们大声笑着嚷着在火焰中间跳,一转眼,那火焰的波浪已经上前去了,于是我们就又追上送它。这些草地中,往往有浮厝的棺木或者骨殖甏,火势逼近了那棺木时,我们的最紧张的时刻就来了。我们就来一个"包抄",扑到火线里一阵滚,收熄了我们放的火。这时候我们便感到了克服敌人那样的快乐。

二十以后成了"都市人",这"放野火"的趣味不能再有了,然而穿衣服的多少也不再受人干涉了,这时我对于冬,理应无憎亦无爱了罢,可是冬天却开始给我一点好印象。二十几岁的我是只要睡眠四个钟头就够了的,我照例五点钟一定醒了;这时候被窝里暖烘烘的,人是神清气爽的,而又大家都在黑甜乡,静得很,没有声音来打扰我,这时候,躲在那里让思想像野马一般飞跑,爱到哪里就到哪里,想够了时,顶天亮起身,我仿佛已经背着人,不声不响自由自在做完了一件事,也感得一种愉快。那时候，我把"冬"和春夏秋比较起来，觉得"冬"是不干涉人的，她不像春天那样逼人困倦，也不像夏天那样使得我上床的时候弄堂里还有人高唱《孟姜女》，而在我起身以前却又是满弄堂的洗马桶的声音，直没有片刻的安静。而也不同于秋天。秋天是苍蝇蚊虫的世界，而也是疟病光顾我的季节呵！

然而对于"冬"有恶感，则始于最近。拥着热被窝让思想

1934年的茅盾。

跑野马那样的事，已经不高兴再做了，而又没有草地给我去"放野火"。何况近年来的冬天似乎一年比一年冷，我不得不自愿多穿点衣服，并且把窗门关紧。

不过我也理智地较为认识了"冬"。我知道"冬"毕竟是"冬"，摧残了许多嫩芽，在地面上造成恐怖；我又知道"冬"只不过是"冬"，北风和霜雪虽然凶猛，终不能永远地不过去。相反的，冬天的寒冷愈甚，就是"冬"的运命快要告终，"春"已在叩门。

"春"要来到的时候，一定先有"冬"。冷罢，更加冷罢，你这吓人的冬！

（原载1934年1月15日《申报月刊》第3卷第1期）

·雾中偶记·

升学与就业

暑假到了,又有几万个青年人从中学校里毕业出来,在"升学"呢,或"就业"呢,这两叉路口徘徊了。

有钱有势人家的子弟,自然无所用其"徘徊"。挟了饱满的钱袋——虽然不饱满的是他的书包,他照样可以"升学",反正学校就好比"游戏场",混上三年五载,出来时便是"学士""硕士",就有钻谋差使的资格。说不定他的父母早已给他准备好什么拿钱不办事的好位置了。

很为难的是中等人家出身的中学生。翻开报纸一看,满眼是中等以上学校招生的广告,但是满报纸的夹缝里却又影影绰绰刊满了九个大字:知识分子失业的恐慌。而这些知识分子又多半是曾经"升学"过来的呀!

有些贤明的父母把很大的希望放在儿女身上,觉得中学毕业生简直是"郎勿郎,秀勿秀"①,于是多方省俭,甚至借贷,使

---

① "郎勿郎,秀勿秀":俗谚。意为既非平民百姓,亦非名门显贵。

儿女"升学"。他们自然以为将来方帽子一上头，职业就有把握了。然而这样的希望毕竟比"航空奖券"的头彩有多少把握，那也只有天晓得罢哩！

照普通的情形说，中等人家的子弟在中学毕业后，对于"升学"与"就业"的问题往往走了这样的"连环套"：

中学毕业了，因为无业可就，姑且"升学罢"；所以今日之"升学"即为他日之"就业"着想；然而今日拿出钱去"升学"，或可易如反掌，他日要"就业"而拿进钱来，竟至难如上天了，于是大学毕了业以后就真真成为无业，或者甚至于长期失业了。

依这情形，所谓"升学"也者，实在也就是"就业"的意味。大抵十个中学生内至少有九个的"升学"是含了这样的"就业"意味的。因而一般中学生的"升学"或"就业"的问题只是一个问题：谋生！

然而青年人的知识欲是强烈的，幻想是丰富的，所以问题的核心即使只是个"生计问题"，而问题的外层却很复杂，——强烈的知识欲和美满的幻想，一层一层交错包围着；而于是乎青年人在中学毕业后往往是非常烦恼地面对着这"升学"或"就业"问题了。

大而言之，这是一个严重的社会问题。在现社会一切不合理的状态尚未纠正以前，这个问题是无法解决的。但是有志气有魄力的青年也犯不着为这问题哭丧着脸终天发闷。我们敢为可爱的青年进一解，我们应拿高尔基的青年时代的经验来看一看罢。

高尔基是连中学都没有进过的，他自修到了中学的程度，十五岁那年，他忽然想到加桑①去进大学。但要进学校，第一要紧的还是钱。高尔基没有钱，大学进不成，就流落在加桑；他做码头上的

---

① 加桑：通译喀山。

小工,他又做过小小的面包店里的学徒。……这些,都是"业",不是"学",然而后来高尔基自己说:"这,我就是进了大学校了!"

学问并不一定要在学校中才有,才能学到。高尔基就是一个例。不过千万不要误会,光在码头上面包店里混,就会学问长进。高尔基那时也靠了自修。他一方面谋生,一方面还是"手不释卷"地自修。

并且千万不要误会,我们引高尔基的故事是在暗示中学生诸君都去做"文豪"。这里,不过举一个例:因为高尔基是想进大学的,但结果是做工,而且他自己后来又说:"这,我就是进了大学校了。"——这句话,刚好对于"升学"或"就业"这问题给了个很"幽默"的解答。实际上,中外古今有不少伟大的事业家都不是"学校""科班"出身,甚至科学家也有从没进过什么理工科大学的!

何必哭丧着脸呢?"升学"或"就业"这问题犯不着叫你烦恼!进了职业界,同样也还可以自修,只要自己意志坚强。可是还有一句话:假使有一位中学毕业生决心要"就业"了,而又脱不下自己的竹布长衫(假定他找不到穿长衫的职业),于是失业,于是怨天尤人,于是垂头丧气,那么,自然又当别论,而我们上面的那些话他也一定听不进耳朵。对于这样的青年,我们只能引用一句俗语:"做过三年当铺朝奉,出来卖油条都不行呀!"

我们以为有骨气的青年人决不会做了几年中学生就弄成了一个"公子哥儿"。在必要的时候,他那件竹布长衫可以脱掉,而且脱掉了竹布长衫后,他依然不忘记自修。在这样的青年人,"升学"或"就业",都不成问题了!

(原载1934年6月1日《中学生》第46期)

·雾中偶记·

苍　蝇

　　左拉在小说《娜娜》里借一个新闻记者——也算是剧评家的嘴巴说，娜娜好比是金苍蝇，它从龌龊的地方飞出来，停在"高贵"的人们的身上，散布了毒害。

　　其实像娜娜那样的金苍蝇，并不多见。世上"金苍蝇"多得很，但大都跟娜娜式不同；它们不是从龌龊的地方飞到"高贵"人们身上，而是从高贵的粪窖里飞到茅草棚里散布它们身上十万八千的病菌的。

　　表面一看，它们红顶金袍，胖胖的，就像要到跳舞场去似的，——要是那样，倒也好，因为那边原是一些病菌的制造场，然而不，它们飞到了孩子们的头上，停在孩子们的饭碗边，它们又专同装不起纱窗的穷小子为难，你一个不留心，它们身上的病菌已经下了种了。

　　不过金苍蝇的为害还是容易了然的。就是没有科学知识的人罢，因为早就见过它喜欢住在粪窖里，而且拍一下，它身里满满的粪汁就射了出来,所以对它早就有了戒心。一般人容易忽略的是青蝇,俗名饭苍蝇。它来时并没金苍蝇那么嗡嗡嗡声势煊赫,它那一身的麻衣也颇有"平民"式的意味,或者你也可以说它俨然"处士风度"。它似乎卑谦,悄悄地钉在一个角落里会许多时候一动不动。它又好像很能战斗似的,看中了一个酒糟鼻子的时候会一而再再而三地进攻,不是荷马就称赞过"勇敢的苍蝇"么?你拍一下,它也不像金苍蝇那样射出一泡粪,它肚子里好像干净得很。而且平常时候它亦只在饭篮旁边爬,表示它并非趋腥附膻之徒。

要是你不用显微镜去照,你就不会知道这位"处士风度"的勇敢的苍蝇,它身上原来带着和金苍蝇所有同样的十万八千病菌!

在阴沉的天气,这种饭苍蝇特别多。我们偶尔静下来用心听,就会听得它们嘤嘤地叫道:"杂文,杂文!不要杂文!"

原来它们也颇能自知它们是经不起显微镜来照的,而杂文却是专检查无论地方的病菌的显微镜。

(原载1934年11月20日《漫画生活》第3号)

·雾中偶记·

雷雨前

清早起来,就走到那座小石桥上。摸一摸桥石,竟像还带点热。昨天整天里没有一丝儿风。晚快边响了一阵子干雷,也没有风,这一夜就闷得比白天还厉害。天快亮的时候,这桥上还有两三个人躺着,也许就是他们把这些石头又困得热烘烘。

满天里张着个灰色的幔。看不见太阳。然而太阳的威力好像透过了那灰色的幔,直逼着你头顶。

河里连一滴水也没有了,河中心的泥土也裂成乌龟壳似的。田里呢,早就像开了无数的小沟,——有两尺多阔的,你能说不像沟么?那些苍白色的泥土,干硬得就跟水门汀差不多。好像它们过了一夜工夫还不曾把白天吸下去的热气吐完,这时它们那些扁长的嘴巴里似乎有白烟一样的东西往上冒。

站在桥上的人就同浑身的毛孔全都闭住,心口泛淘淘,像要呕出什么来。

这一天上午,天空老张着那灰色的幔,没有一点点漏洞,也没有动一动。也许幔外边有的是风,但我们罩在这幔里的,把鸡毛从桥头抛下去,也没见它飘飘扬扬踱方步。就跟住在抽出了空气的大筒里似的,人张开两臂用力行一次深呼吸,可是吸进来只是热辣辣的一股闷气。

汗呢,只管钻出来,钻出来,可是胶水一样,胶得你浑身不爽快,像结了一层壳。

午后三点钟光景,人像快要干死的鱼,张开了一张嘴,忽然天空那灰色的幔裂了一条缝!不折不扣一条缝!像明晃晃的刀口在这幔上划过。然而划过了,幔又合拢,跟没有划过的时候一样,透不进一丝儿风。一会儿,长空一闪,又是那灰色的幔裂了一次缝。然而中什么用?

像有一只巨人的手拿着明晃晃的大刀在外边想挑破那灰色的幔,像是这巨人已在咆哮发怒越来越紧了,一闪一闪满天空瞥过那大刀的光亮,隆隆隆,幔外边来了巨大的愤怒的吼声!

猛可地闪光和吼声都没有了,还是一张密不通风的灰色的幔!

空气比以前加倍闷!那幔比以前加倍厚!天加倍黑!

你会猜想这时那幔外边的巨人在揩着汗,歇一口气;你断得定他还要进攻。你焦躁地等着,等着那挑破灰色幔的大刀的一闪电光,那隆隆隆的怒吼声。

可是你等着,等着,却等来了苍蝇。它们从龌龊的地方飞出来,嗡嗡嗡的,绕住你,叮你的涂一层胶似的皮肤。戴红顶子像个大员模样的金苍蝇刚从粪坑里吃饱了来,专拣你的鼻子尖上蹲。

也等来了蚊子。哼哼哼的,像老和尚念经,或者老秀才读古文。苍蝇给你传染病,蚊子却老实要喝你的血呢!

你跳起来拿着蒲扇乱扑,可是赶走了这一边的,那一边又是一大群乘隙进攻。你大声叫喊,它们只回答你个哼哼哼,嗡嗡嗡!

外边树梢头的蝉儿却在那里唱高调:"要死哟!要死哟!"

你汗也流尽了,嘴里干得像烧,你手里也软了,你会觉得世界末日也不会比这再坏!

然而猛可地电光一闪,照得屋角里都雪亮。幔外边的巨人一下子把那灰色的幔扯得粉碎了!轰隆隆,轰隆隆,他胜利地叫着。胡——胡——挡在幔外边整整两天的风开足了超高速度扑来了!蝉儿噤声,苍蝇逃走,蚊子躲起来,人身上像剥落了一层壳那么一爽。

霍!霍!霍!巨人的刀光在长空飞舞。

轰隆隆,轰隆隆,再急些!再响些吧!

让大雷雨冲洗出个干净清凉的世界!

(原载1934年9月20日《漫画生活》第1号)

让大雷雨冲洗初个干净清凉的世界!

谈 月 亮

不知道什么原因,我跟月亮的感情很不好。我也在月亮底下走过,我只觉得那月亮的冷森森的白光,反而把凹凸不平的地面幻化为一片模糊虚伪的光滑,引人去上当;我只觉得那月亮的好像温情似的淡光,反而把黑暗潜藏着的一切丑相幻化为神秘的美,叫人忘记了提防。

月亮是一个大骗子,我这样想。

我也曾对着弯弯的新月仔细看望。我从没觉得这残缺的一钩儿有什么美;我也照着"诗人"们的说法,把这弯弯的月牙儿比作美人的眉毛,可是愈比愈不像,我倒看出来,这一钩的冷光正好像是一把磨得锋快的杀人的钢刀。

我又常常望着一轮满月。我见过她装腔作势地往浮云中间躲,我也见过她像一个白痴人的脸孔,只管冷冷地呆木地朝着我瞧;什么"广寒宫",什么"嫦娥",——这一类缥缈的神话,我永远联想不起来,可只觉得她是一个死了的东西,然而她偏不肯安分,她偏要"借光"来欺骗漫漫长夜中的人们，使他们沉醉于空虚的满足，神秘的幻想。

月亮是温情主义的假光明！我这么想。

呵呵，我记起来了，曾经有过这么一回事，使得我第一次不信任这月亮。那时我不过六七岁，那时我对于月亮无爱亦无憎。有一次月夜，我同邻舍的老头子在街上玩。先是我们走，看月亮也跟着走；随后我们就各人说出他所见的月亮有多么大。"像饭碗口"，是我说的。然而邻家老头子却说"不对"，他看来是有洗脸盆那样子。

"不会差得那么多的！"我不相信，定住了眼睛看，愈看愈觉得至多不过是"饭碗口"。

"你比我矮，自然看去小了呢。"老头子笑嘻嘻说。

于是我立刻去搬一个凳子来，站上去，一比，跟老头子差不多高了，然而我头顶的月亮还只有"饭碗口"的大小。我要求老头子抱我起来，我骑在他的肩头，我比他高了，再看看月亮，还是原来那样的"饭碗口"。

"你骗人哪！"我作势要揪老头儿的小辫子。

"嗯嗯，那是——你爬高了不中用的。年纪大一岁，月亮也大一些，你活到我的年纪，包你看去有洗脸盆那样大。"老头子还是笑嘻嘻。

我觉得失败了，跑回家去问我的祖父。仰起头来望着月亮，我的祖父摸着胡子笑着说："哦哦，就跟我的脸盆差不多。"在我家里，祖父的洗脸盆是顶大的。于是我相信我自己是完全失败了。在许多事情上都被家里人用一句"你还小哩！"来剥夺了权利的我，于是就感到月亮也那么"欺小"，真正岂有此理。月亮在那时就跟我有了仇。

·雾中偶记·

呵呵,我又记起来了,曾经看见过这么一件事,使得我知道月亮虽则未必"欺小",却很能使人变得脆弱了似的,这件事,离开我同邻舍老头子比月亮大小的时候也总有十多年了。那时我跟月亮又回到了无恩无仇的光景。那时也正是中秋快近,忽然有从"狭的笼"①里逃出来的一对儿,到了我的寓处。大家都是卯角之交,我得尽东道之谊。而且我还得居间办理"善后"。我依着他们俩铁硬的口气,用我自己出名,写了信给双方的父母,——我的世交前辈,表示了这件事恐怕已经不能够照"老辈"的意思挽回。信发出的下一天就是所谓"中秋",早起还落雨,偏偏晚上是好月亮,一片云也没有。我们正谈着"善后"事情,忽然发现了那个"她"不在我们一块儿。自然是最关心"她"的那个"他"先上楼去看去。等过好半晌,两个都不下来,我也只好上楼看一看到底为了什么。一看可把我弄糊涂了!男的躺在床上叹气,女的坐在窗前,仰起了脸,一边望着天空,一边抹眼泪。

"哎,怎么了?两口儿斗气?说给我来评评。"我不会想到另有别的问题。

"不是呀!——"男的回答,却又不说下去。

我于是走到女的面前,看定了她,——凭着我们小时也是捉迷藏的伙伴,我这样面对面朝她看是不算莽撞的。

"我想——昨天那封信太激烈了一点。"女的开口了,依旧望着那冷清清的月亮,眼角还噙着泪珠。"还是,我想,还是我回家去当面跟爸爸妈妈办交涉,——慢慢儿解决,将来他跟我爸爸妈妈也有见面之余地。"

---

① "狭的笼":原为俄国盲诗人爱罗先珂所作童话的篇名,这里借指封建家庭的樊笼。

我耳朵里轰地响了一声。我不知道什么东西使得这个昨天还是嘴巴铁硬的女人现在忽又变计。但是男的此时从床上说过一句来道：

"她已经写信告诉家里，说明天就回去呢！"

这可把我骇了一跳。糟糕！我昨天全权代表似的写出两封信，今天却就取消了我的资格；那不是应着家乡人们一句话：什么都是我好管闲事闹出来的。那时我的脸色一定难看得很，女的也一定看到我心里，她很抱歉似的亲热地叫道："×哥，我会对他们说，昨天那封信是我的意思叫你那样写的！"

"那个，只好随它去；反正我的多事是早已出名的。"我苦笑着说，盯住了女的面孔。月亮光照在她脸上，这脸现在有几分"放心了"的神气；忽然她低了头，手捂住了脸，就像闷在瓮里似的声音说："我撇不下妈妈。今天是中秋，往常在家里妈给我……"

我不愿意再听下去。我全都明白了，是这月亮，水样的猫一样的月光勾起了这位女人的想家的心，把她变得脆弱些。

从那一次以后，我仿佛懂得一点关于月亮的"哲理"。我觉得我们向来有的一些关于月亮的文学好像几乎全是幽怨的，恬退隐逸的，或者缥缈游仙的。跟月亮特别有感情的，好像就是高山里的隐士，深闺里的怨妇，求仙的道士。他们借月亮发了牢骚，又从月亮得到了自欺的安慰，又从月亮想象出"广寒宫"的缥缈神秘。读几句书的人，平时不知不觉间熏染了这种月亮的"教育"，临到紧要关头，就会发生影响。

原始人也曾在月亮身上做"文章"，——就是关于月亮的神话。然而原始人的月亮文学只限于月亮本身的变动；月何以东升西没，何以有缺有圆有蚀，原始人都给了非科学的解释。至多亦不过想象月亮是太阳的老婆,或者是姊妹,或者是人间的"英雄"逃上天去罢了。而且他们从不把月亮看成幽怨闲适缥缈的对象。不,现代澳洲的土人反而从月亮的圆缺创造了奋斗的故事。这跟我们以前的文人在月亮有圆缺上头悟出恬淡知足的处世哲学相比起来,差得多么远呀!

把月亮的"哲理"发挥得淋漓尽致的,也许只有我们中国罢?不但骚人雅士美女见了月亮,便会感发出许多的幽思离愁,扭捏缠绵到不成话;便是喑呜叱咤的马上英雄也被写成了在月亮的魔光下只有悲凉,只有感伤。这一种"完备"的月亮"教育"会使"狭的笼"里逃出来的人也触景生情地想到再回去,并且我很怀疑那个邻舍老头子所谓"年纪大一岁,月亮也大一些"的说头未必竟是他的信口开河,而也许有什么深厚的月亮的"哲理"根据罢!

从那一次以后,我渐渐觉得月亮可怕。

我每每想:也许我们中国古来文人发挥的月亮"文化",并不是全然主观的;月亮确是那么一个会迷人会麻醉人的家伙。

星夜使你恐怖,但也激发了你的勇气。只有月夜,说是没有光明么?明明有的。然而这冷凄凄的光既不能使五谷生长,甚至不能晒干衣裳;然而这光够使你看见五个指头却不够辨别稍远一点的地面的坎坷。你朝远处看,你只见白茫茫的一片,消弭了一切轮廓。你变做"短视"了。你的心上会遮起了一层神秘的迷迷糊糊的苟安的雾。

人在暴风雨中也许要战栗,但人的精神,不会松懈,只有紧张;人撑着破伞,或者破伞也没有,那就挺起胸膛,大踏步,咬紧了牙关,冲那风雨的阵,人在这里,磨炼他的奋斗力量。然而清淡

・雾中偶记・

的月光像一杯安神的药,一粒微甜的糖,你在她的魔术下,脚步会自然而然放松了,你嘴角上会闪出似笑非笑的影子,你说不定会向青草地下一躺,眯着眼睛望天空,乱麻麻地不知想到哪里去了。

自然界现象对于人的情绪有种种不同的感应,我以为月亮引起的感应多半是消极。而把这一畸形发挥得"透彻"的,恐怕就是我们中国的月亮文学。当然也有并不借月亮发牢骚,并不从月亮得了自欺的安慰,并不从月亮想象出神秘缥缈的仙境,但这只限于未尝受过我们的月亮文学影响的"粗人"罢!

我们需要"粗人"眼中的月亮;我又每每这么想。

1934年中秋后。

(原载1934年10月15日《申报月刊》第3卷第10期)

·雾中偶记·

疯 子

大概是三十年以前罢,我第一次知道了什么叫做疯子。

那时我不过七八岁,我的家乡的住了三代的老屋对门是一家卖水果的;他家除了沿街的两间铺面,后边就是一块空地,据说是"长毛"烧了一直就没有钱再造起。空地后边就是河,小小的石埠,临水有一棵老桑树和栀子树。就是他家,出了我所知道的第一个疯子。

因为他家那块空地是夏天乘凉冬天晒太阳的好所在,我那时差不多天天到他家去玩。他们是卖水果的,上午很忙,下午却空闲了,他们的小儿子阿四也许到城隍庙前的书场上听"程咬金卖柴扒",他们的老当家就坐在铺门边的竹椅子上打瞌睡;和我们几个一般是邻舍的孩子在空地上玩耍的,总是他们的六十多岁的老婆婆,还有一位不曾许人家的二十多岁的姑娘叫做阿绣。我们不大喜欢阿绣。因为她拉住了我们不是问谁做的鞋子,就是问我们妈妈梳的新式的髻叫什么名字,再不然,就是捉得我们中间一个叫骑在她膝上,她使劲地摇,嘴里哼一些我们听不懂的调子。我们顶喜欢缠住了那老婆婆要她讲"长毛"故事。

老婆婆的"长毛"故事总从她家这块烧掉了房子的空地开头。她指着空地上一块半埋在土里的石墩儿，或者是那棵老桑树，就讲她那反复过无数次的故事。照例听到后来我们一定要怕的，我们先是大家挤紧在一堆，不敢再望一眼那石墩或桑树，然后，我们中间有谁忽然怪叫了一声，于是我们也都一齐叫起来，带怕带玩笑似的一齐跑进了屋子。老婆婆的"长毛"故事就这样从来没有讲到过尾巴。

我们跑进屋子去，十回有九回是找他家的左手两个指头缺了一节的阿三。也是卖水果的，但不及阿四那样会唱曲子似的叫卖，并且下午闲了也不上书场去，却躲在他屋里玩他的玩意儿。他会画红面孔大胡子的关帝，白脸的曹操，或者赤发金脸的奎星。他画奎星特别拿手。活像他家隔壁文昌阁上那一个。但是他画来画去只这三位，而且或坐或立，也总是那一套的样子。虽是那么着，我们却也看不厌，我们总是从空地上一哄进来就挤在他四周；他像有点嫌我们打扰了他似的，不过也不作声，正正经经画他的。有时我们中间有谁太放肆了，弄他的画笔，或是骑到他坐着的那张竹椅子背上去，那他就要慢慢地站起来，一脚踏在竹椅子上，右手拿一根他自家做的戒尺，举得高高地横在头顶，睁圆了眼睛，鼓起腮巴，朝那个太放肆的孩子"胡"地喷一口气。据说这是赵玄坛打老虎的姿势。于是我们都笑着拍手。但他的画儿也这样画到一半搁起。

除了画关帝，画曹操，画奎星，这位阿三又能塑菩萨。那一定是弥勒佛。也就在自家空地上挖点泥，晒干了研得细细的，然后搀了水塑起来。他的弥勒佛可不及他的画儿高明，只有那大肚子和拉开了的笑口叫人看了想到这尊菩萨是"笑弥陀"。

然而那张笑口一定大得过分了一点。我们说阿三左手断脱的那两节指头可以给那小小的泥菩萨含在嘴里。阿三听了倒也不生气,——从没见他笑过,却也没见他开口骂人,他只是捧着他的作品横看竖看,看过一会,就悄悄地放在板桌上。等过一两天,泥菩萨不见了,他已经把它还原为泥。

阿三同他老子娘以及弟弟妹妹都不大说话。他们背后都说他有点疯疯癫癫,——一个疯子。那时我常常想:疯子也怪有趣的。

然而后来叫我第一次辨味着"疯子"这个名儿的意味的,却不是这阿三,而是他的弟弟阿四。

阿四本来是他家最能干聪明的人儿。他家的买卖是他一个人在那里主持。他看见了我们孩子总是笑嘻嘻的,有时还笑嘻嘻给我们一些水果,枇杷,金橘或者半个里半个的石榴。但是我们不常同他在一处玩,为的他除了笑嘻嘻,就是个没嘴的葫芦。他倒实在同阿三有点像,跟那也算能干姑娘的阿绣可就不像是一个娘胎里爬出来的;阿绣是顶爱说话,一天到晚咕咕刮刮只有她一张嘴。

现在我已经不记得怎么一来这个聪明能干笑嘻嘻的阿四忽然就疯了。我只记得那是在阿三失踪——大家都说他出家做和尚去了,而且在阿四娶了老婆以后。阿四这老婆,原是童养媳,然而据说领来后只住了半年光景就又颠倒寄养在一个乡下人家里,每月贴饭钱。这回是年纪大到再也搁不下去了,这才领回家来同阿四成亲。有一天,我照例到他家去玩,忽然看见一个陌生面孔的身材矮小的女人在扫地,阿绣就拉住我悄悄地说道:"这个新来的,就是阿四的新娘子。"

又过了几天,就听说阿四成亲了,我们看见他穿了新做的蓝布短衫裤,头上破例戴个瓜皮帽红帽结,一条老是盘在额角上的

·雾中偶记·

辫子居然梳光了垂在脑后;他本来生得白皙,这么一打扮,看去也就很像个新郎官。

但是娶了老婆以后的阿四却更加寡言,嘴角上的笑影也一天一天少见。晴天午后我们照常到他家空地上去玩,有时在门口碰着了他,也不像从前那样朝我们嘻开了嘴笑,也不再给我们什么枇杷之类,他却用了阴凄凄的眼光望着我们,或者,拉住了我们中间一个,钉住了看一会,于是忽然拍拍手,叹一口气,就自顾走了。他这拍手,后来成为一种习惯,——也许是他自己发明的表示烦恼的方法;每天早上我们刚起身就听得街上传来了拍拍的声音,我们就知道是阿四站在他自家门前朝天拍手了。晚饭时,我们在饭桌旁敲着碗筷等候开出饭来,也常常看见小丫头好奇似的跑来报告道:"对门的阿四又在拍手了!"那时大家听了也不过一笑,并没有想到那拍手是一幕悲剧的开头呀。

这样拍手的早晚课继续了一些日子,就又添出新花样来:是在拍手的时候又把腿用劲地踢。再过后不多几天,又添了第三项:嘴里嘘嘘地吹。早晚两次,他拍得吹得很响,一天比一天响,隔一进房子也分明听得出。好像他是因为要引起人家的注意,所以隔了几天就增加一个新的动作,并且把声音弄得一天响似一天。到这时候,人们就常常说阿四也有点疯疯癫癫了。不过他还能够照常做买卖。而且拍手踢脚嘘气的早晚课做过以后,他静默地不开口,一点异样也没有。

是有什么极大的烦闷在阿四心头罢?那时我并不明白。我只记得我们到他家去玩的时候,竟不觉得他家早已多了一个新娘子。我们,老婆婆,阿绣,同在空地上玩笑的时候,那新娘子从不露脸。而老婆婆和阿绣也从不谈到他家这个"新来的人"。有时我们凑巧早上就到他家的小石埠上钓鱼，凑巧那新娘子也在那里洗衣服，凑巧老婆婆和阿绣都不在跟前，那时候，新娘子就要笑迷迷地朝我们看，问长问短。原是怪和气的。我们都觉得她比咭咭刮刮的阿绣好。然而说不了几句话，阿绣就像嗅到了气味似的跑来了，一双眼睛怪样地东张西望。新娘子就立刻变成哑口，低着头匆匆洗衣服，我们问她话，她也不回答了。不一会，提着湿淋淋的衣服急急忙忙走了。这当儿，阿绣的眼光时时瞥到她身上，而她却头也不抬，似乎非常局促不安。

这样的情形，后来又碰到过好几次。我们小孩子也不大理会得。可是有一天，我和邻家一个小朋友在将吃中饭的时候闯到了他家去，阿绣和老婆婆正忙着做饭，空地上只有那新娘子一个人在扫地，她看见了我们不理，我们也自顾采了些凤仙花坐在一块石头上玩。她扫地扫到我们跟前时，忽然立定了，像要说话似的朝我们看。"新娘子！"我们这样叫着，我们是一直这样叫她的。她听得叫，就把脸色一板，拿起那芦花扫帚的柄，用手比一比，意思是这就算人头罢，却把右手扁着像刀似的砍在那扫帚柄头，低声喝一句"杀"，又伸手偷偷指着厨房那边。她那神气是这样的阴森可怕，我们都忍不住惊叫了起来。她连忙对我们摇手，淡淡一笑，就走了。这一幕哑谜，我那时不懂得，就到现在我还是不很明白，但那时我的孩子的心似乎也依稀辨到了阿绣和新娘子这两个女人中间好像有仇似的。什么仇呢？我那时当然不会知道。我回家把这事情告诉了大人，他们都喝我"不许多说"。但后来，我听得烧饭的老妈子悄悄告诉我祖母道："对门的老婆婆不让她儿子在新娘子房里睡觉，都是阿绣搬弄口舌。"于是我确定阿绣和新娘子有仇了。我的孩子气的心倒是帮着新娘子这一

·雾中偶记·

边。为什么？我也不知道。我只觉得她比咭咭刮刮的阿绣好。

这以后不多几时,母亲忽然禁止我到对门去玩,说是他家的阿四当真疯了。我不大肯相信,却也当真不去玩了。因为他们一家的人似乎都有点变样了：老当家午后不再坐在门口的竹椅子里打瞌睡,却上书场去了；老婆婆代了老当家坐在那里,却老是叽哩咕噜骂些我听不懂的话；阿绣呢,脸总是绷得紧紧的,脸上几点细麻子分外明显,看去叫人怕；阿四连生意也不肯做了。

早晚两次的拍手踢脚嘘气,阿四仍然没有忘记。不过又新添了一项：嘘气的时候叫着两个字,仿佛是"杀胚",这两个字使得我们孩子听了很怕,以为疯子者就是那么想杀什么人的罢,同时我每逢听得他这么叫,我就记起了他家新娘子用扫帚柄比着头低声说的一字"杀",我觉得他家迟早总要弄出杀人的事来罢。

但是有时在街上远远地看见阿四,觉得他跟别人没有什么两样。只在走近了时,才看得出他的眼光不定,面色青白；而且他像避猫的老鼠似的在人们身边偷偷地走过,怀疑地偷相着别人的面孔,似乎一切人都会害他。

不是他想杀人,倒是他怕被人家谋害罢！——我常常这样想。

两年后进了学校里去住宿,我就只在星期日回家的时候还听得阿四仍然做着他的早晚课,但听说他的老婆已经被他的老子娘卖给乡下人家又做新娘子去了。我听得了这消息就忍不住想道："那家乡下人是不是也有一个像阿绣那样的咭咭刮刮的大姑娘？"

新娘子去后,阿四似乎有一个时候比较安静。人们说他间或也做做生意了。但不久忽然又发作起来,不吃饭睡了几天,起来后就站在门口骂人,不知他骂谁,人们也不去理会他。就我所知,阿四骂人,这是新记录。

以后就添了一项新功课,早晚两次站在大门口骂人。走路的人谁朝他看了一眼,他就要骂;骂些什么,从来没有人听得明白。

这样也继续了半年光景,终于有一天阿四也同他哥哥阿三似的忽然不见了。过了半月,有人说镇外近处河里浮起一个死尸。阿四的老子去看了回来说:"不是阿四!"究竟这人到哪里去了。始终没有人知道。

卖水果的这两老儿,就剩了咭咭刮刮的大姑娘阿绣。她还在"待字闺中",虽然年纪总快要三十了。而这阿绣,后来永远是那样咭咭刮刮,也不用担心她会疯。"因为她是这样咭咭刮刮,所以不会疯罢?"——我常常这样想。

(原载1934年11月15日《申报月刊》第3卷第11期)

·雾中偶记·

沙滩上的脚迹

他,独自一个,在这黄昏的沙滩上彳亍。

什么都看不分明了,仅可辨认,那白茫茫的知道是沙滩,那黑魆魆的是酝酿着暴风雨的海。

远处有一点光明,知道是灯塔。

他,用心火来照亮了路,可也不能远,只这三二尺地面,他小心地走着,走着。

猛可的,天空瞥过了锯齿形的闪电。他看见不远的前面有黑簇簇的一团,呵呵,这是"夜的国"么,还是妖魔的堡寨?

他又看见离身丈把路的沙上,是满满的纵横重叠的脚迹。

哈哈,有了!赶快!他狂喜地跳着,想踏上那些该是过去人的脚迹。

他浑身一使劲,迸出个更大些的心火来。

他伛着腰,辨认那纵横重叠的脚迹,用他的微弱的心火的光焰。

咄!但是他吃惊地叫了起来。

这纵横重叠的,分明是禽兽的脚迹。大的,小的,新的,旧的,延展着,延展着,不知有几多远。而他,孤零零站在这兽迹的大海中间。

他惘然站着,失却了本来的勇气;心头的火光更加微弱,黄苍苍地像一个毛月亮,更不能照他一步两步远。

于是抱着头,他坐在沙上。

他坐着,他想等到天亮;他相信:这纵横重叠的鸟兽的脚迹中,一定也有一些是人的脚迹,可以引上康庄大道,达到有光明温暖的人的处所的脚迹,只要耐守到天明,就可以辨认出来。

他耐心地等着,抱着头,连远处的灯塔也不望它一眼。他相信,在恐怖的黑夜中,耐心等候是不错的。然而,然而——

隆隆隆的,他听得了叫他汗毛直竖的怪响了。这不是雷鸣,也不是海啸,他猛一抬头,他看见无数青面獠牙的夜叉从海边的黑浪里涌出来,夜叉们一手是钢刀,一手是人的黑心炼成的金元宝,慌慌张张在找觅牺牲品。

他又看见跟在夜叉背后的,是妖娆的人鱼,披散了长发,高耸着一对浑圆的乳峰,坐在海滩的鹅卵石上,唱迷人的歌曲。

他闭了眼,心里这才想到等候也不是办法;他跳了起来,用最后的一分力,把心火再旺起来,打算找路走。可是——那边黑簇簇的一团这时闪闪烁烁飞出几点光来,飞出的更多了!光点儿结成球了,结成线条了,终于青闪闪地排成了四个大字:光明之路!

呵!哦!他得救地喊了一声。

这当儿,天空又撒下了锯齿形的闪电。是锯齿形!直要把这

·雾中偶记·

昏黑的天锯成了两半。在电光下,他看得明明白白,那边是一些七分像人的鬼怪,手里都有一根长家伙,怕就是人身上的什么骨头,尖端吐出青绿的鬼火,是这鬼火排成了好看的字。

在电光下,他又分明看到地下重重叠叠的脚迹中确也有些人样的脚迹,有的已经被踏乱,有的却还清楚,像是新的。

他的心一跳,心好像放大了一倍,从心里射出来的光也明亮得多了;他看见地下的脚迹中间还有些虽则外形颇像人类但确是什么只穿着人的靴子的妖魔的足印,而且他又看见旁边有小小的孩子们的脚印。有些天真的孩子上过当!

然而他也在重重叠叠的兽迹和冒充人类的什么妖怪的足印下,发现了被埋藏的真的人的足迹。然而这些脚迹向着同一的方向,愈去愈密。

他觉得愈加有把握了,等天亮再走的念头打消得精光,靠着心火的照明,在纵横杂乱的脚迹中他小心地辨认着真的人的足印,坚定地前进!

(原载1934年11月20日《太白》第1卷第5期)

·雾中偶记·

天 窗

　　乡下的房子只有前面一排木板窗。暖和的晴天,木板窗扇扇开直,光线和空气都有了。

　　碰着大风大雨,或者北风虎虎地叫的冬天,木板窗只好关起来,屋子里就黑得地洞里似的。

　　于是乡下人在屋面开一个小方洞,装一块玻璃,叫做天窗。

　　夏天阵雨来了时,孩子们顶喜欢在雨里跑跳,仰着脸看闪电,然而大人们偏就不许,"到屋里来呀!"孩子们跟着木板窗的关闭也就被关在地洞似的屋里了;这时候,小小的天窗是唯一的慰藉。

　　从那小小的玻璃,你会看见雨脚在那里卜落卜落跳,你会看见带子似的闪电一瞥;你想象到这雨,这风,这雷,这电,怎样猛厉地扫荡了这世界,你想象它们的威力比你在露天真实感到的要大这么十倍百倍。小小的天窗会使你的想象锐利起来!

　　晚上,当你被逼着上床去"休息"的时候,也许你还忘不了

·雾中偶记·

月光下的草地河滩,你偷偷地从帐子里伸出头来,你仰起了脸,这时候,小小的天窗又是你唯一的慰藉!

你会从那小玻璃上面的一粒星,一朵云,想象到无数闪闪烁烁可爱的星,无数像山似的,马似的,巨人似的奇幻的云彩;你会从那小玻璃上面掠过的一条黑影想象到这也许是灰色的蝙蝠,也许是会唱的夜莺,也许是恶霸似的猫头鹰,——总之,美丽的神奇的夜的世界的一切,立刻会在你的想象中展开。

啊唷唷!这小小一方的空白是神奇的!它会使你看见了若不是有了它你就想不起来的宇宙的秘密;它会使你想到了若不是有了它你就永远不会联想到的种种事件!

发明这"天窗"的大人们,是应得感谢的。因为活泼会想的孩子们会知道怎样从"无"中看出"有",从"虚"中看出"实",比任凭他们看到的更真切,更阔达,更复杂,更确实!

(原载1934年11月20日《太白》第1卷第5期)

小小的天窗是下雨是孩子们唯一的慰藉

·雾中偶记·

狂欢的解剖

从前欧洲中世纪的"黑暗时代",十三世纪那时候,有些青年人——大都是那时候几个新兴商业都市新设的大学校的学生,是很会寻快乐的。流传到现在,有一本《放浪者的歌》,算得是"黑暗时代"这班狂欢者的写真。

《放浪者的歌》里收有一篇题为《于是我们快乐了》的长歌,开头几句是这样的:

> 且生活着罢,快活地生活着,
> 当我们还是年青的时候;
> 一旦青春成了过去,而且
> 潦倒的暮年也走到尽头,
> 那我们就要长眠在黄土荒丘!

朋友,也许你要问:这班生在"黑暗时代"的年青人有什么可以快乐的？他们寻快乐的对象又是什么呢？这个，哦，说来也好像很不高明，他们那时原没有什么可以快乐的，不过他们觉得犯不着不快乐，于是他们就快乐了，他们的快乐的对象就是美的肉体（现世的象征），——比之"红玫瑰是太红而白玫瑰又太白"的面孔，"闪闪地笑着……亮着"像黑夜的明星似的眼睛，"迷人的酥胸"，"胜过珊瑚梗的朱唇"。

一句话，他们什么也不顾，狂热地要求享有现实世界的美丽。然而他们不是颓废。他们跟他们以前的罗马人的纵乐，所谓罗马人的颓废，本质上是不同的；他们跟他们以后的十九世纪末年的要求强烈刺激，所谓世纪末的颓废，出发点也是完全不同的。他们的要求享乐现世，是当时束缚麻醉人心的基督教"出世"思想的反动，他们唾弃了什么未来的天堂，——渺茫无稽的身后的"幸福"，他们只要求生活得舒服些，像一个人应该有的舒服生活下去。他们很知道，当他们的眼光只望着"未来的天堂"的时候，那几千个封建诸侯把这世界弄得简直不像人住的。如果有什么"地狱"的话，这"现世"就是！他们不希罕死后的"天堂"，他们却渴求消灭这"现世"的活地狱；他们的寻求快乐是站在这样一个积极的出发点上的。

他们的"放浪的歌"是"心的觉醒"。而这"心的觉醒"也不是凭空掉下来的。他们是趁了十字军过后商业活动的涨潮起来的"暴发户"，他们看得清楚，他们已经是一些商业都市里的主人公，而且应该是唯一的主人公。他们这种"自信"，这种"有前途"的自觉，就使得他们的要求快乐跟罗马帝国衰落时代的有钱人的纵乐完全不同，那时罗马的有钱人感得大难将到而又无可挽救，于是"今日有酒今日醉"了；他们也和十九世纪的"世纪末的颓废"完全不同,十九世纪末的"颓废"跟"罗马人的颓废"倒有几分相似。

所谓"狂欢"也者,于是也有性质不同的两种:向上的健康的有自信的朝气蓬勃的作乐,以及没落的没有前途的今日有酒今日醉的纵乐。前者是"暴发户"的意识,后者是"破落户"的心情。

这后一意味的"狂欢"我们也在"世界危机"前夜的今年新年里看到了。据路透社的电讯,今年欧美各国的"庆祝新年"的热烈比往年"进步"得多。华盛顿、纽约、罗马、巴黎这些大都市,半夜里各教堂的钟一齐响,各工厂的汽笛一齐叫,报告一九三五年"开幕"了;几千万的人在这些大都市的街上来往,香槟酒突然增加了消耗的数量,……真所谓满世界"太平景象"。然而同时路透社的电讯却又报告了日本通告废除《华盛顿海军条约》,美国也通过了扩充军备的预算,二次世界大战的"闹场锣鼓"是愈打愈急了。在两边电讯的对照下,我们明明看见了"今日有酒今日醉"那种心情支配着"今日"还能买"酒"的人们在新年狂欢一下。

我记起阳历除夕"百乐门"的情形来了。约莫是十二时半罢,忽然音乐停止,跳舞的人们都一下站住,全场的电灯一下都熄灭,全场是一片黑,一片肃静,一分钟,二分钟,突然一抹红光,巨大的"1935"四个电光字!满场的掌声和欢呼雷一样地震动,于是电灯又统统亮了,音乐增加了疯狂,人们的跳舞欢笑也增加了疯狂。我也被这"狂欢"的空气噎住了,然而我听去那喇叭的声音,那混杂的笑声,宛然是哭,是不辨哭笑的神经失了主宰的号啕!

·雾中偶记·

我又记起废历年的前后来了。这一个"年关"比往年困难得多,半个月里倒闭的商店有几十,除夕上一天,又倒闭了两家大钱庄,可是"狂欢"的气势也比往年"浓厚"得多。下午二点钟,几乎所有的旅馆全告了客满。并不是上海忽然多了大批的旅客,原来是上海人开了房间作乐。除夕下午市场上突然流行的谣言——日本海军陆战队要求保安队缴械的消息,似乎也不能阻止一般市民疯狂地寻求快乐;不,也许因此他们更需要发狂地乐一下。影戏院有半夜十二时的加映一场,有新年五日内每日上午的加映一场,然而还嫌座位太少。似乎全市的人只要袋里还有几个钱娱乐的,哪怕是他背上有千斤的债,都出动来寻强烈刺激的快乐。在他们脸上的笑纹中(这纹,在没有强笑的时候就分明是愁纹,是哭纹),我分明读出了这样的意思:"今天不知明天事,有快乐能享的时候,且享一下罢,因为明天你也许死了!"

而这种"有一天,乐一天"的心理并不限于大都市的上海呵!废历新年初六以后的报纸一边登着各地的年关难过的恐慌,一边也就报告了"新年热闹"胜过了往年。"越穷是越不知道省俭呵!"这样慨叹着。不错,从不穷而到穷,明明看见没有前途的"破落户",是不会"省俭"的,他们是"得过且过";现在还没"穷",然而恐怖着"明天"的"不可知"的人们,也是不肯"省俭"的,他们是"有一天,乐一天"!例外的只有生来就穷的人,饿肚子的人,他们跟发疯的"狂欢"生不出关系。

我又记起废历元旦瞥见的一幕了。那是在"一·二八"火烧了的废墟上,一队短衣的人们拿着钢叉、关刀、红缨枪,带一个彩绘的布狮子。他们不是卖艺的,他们是什么国术团的团员,有一面旗子。我看见他们一边走,一边舞他们的布狮子,一边兴高采烈地笑着叫着。我觉得他们的笑是"除夕"晚上以及"元旦"这一日我所听到的无数笑声中唯一的例外。他们的,没有"今日有酒今日醉"的音调,然而他们的笑,不知怎地,我听了总觉得多少是原始的、蒙昧的,正像他们肩上闪闪发光的钢叉和关刀!

"今日有酒今日醉"的"狂欢",时时处处在演着,不过时逢"佳节"更加表现得尖锐罢了。我好像听见这不辨悲喜的疯狂的笑,从伦敦,从纽约,从巴黎、柏林、罗马,也从东京,从大阪,……我好像看见他们看着自己的坟墓在笑。然而我也听得还有另一种健康的有自信心的朝气的笑,也从世界的各处在震荡;我又知道这不是为了"现世"的享乐而笑,这是为了比《放浪者的歌》更高的理想,因为现在到底不是"中世纪"了。

1935年2月20日。

(原载1935年3月15日《申报月刊》第4卷第3期)

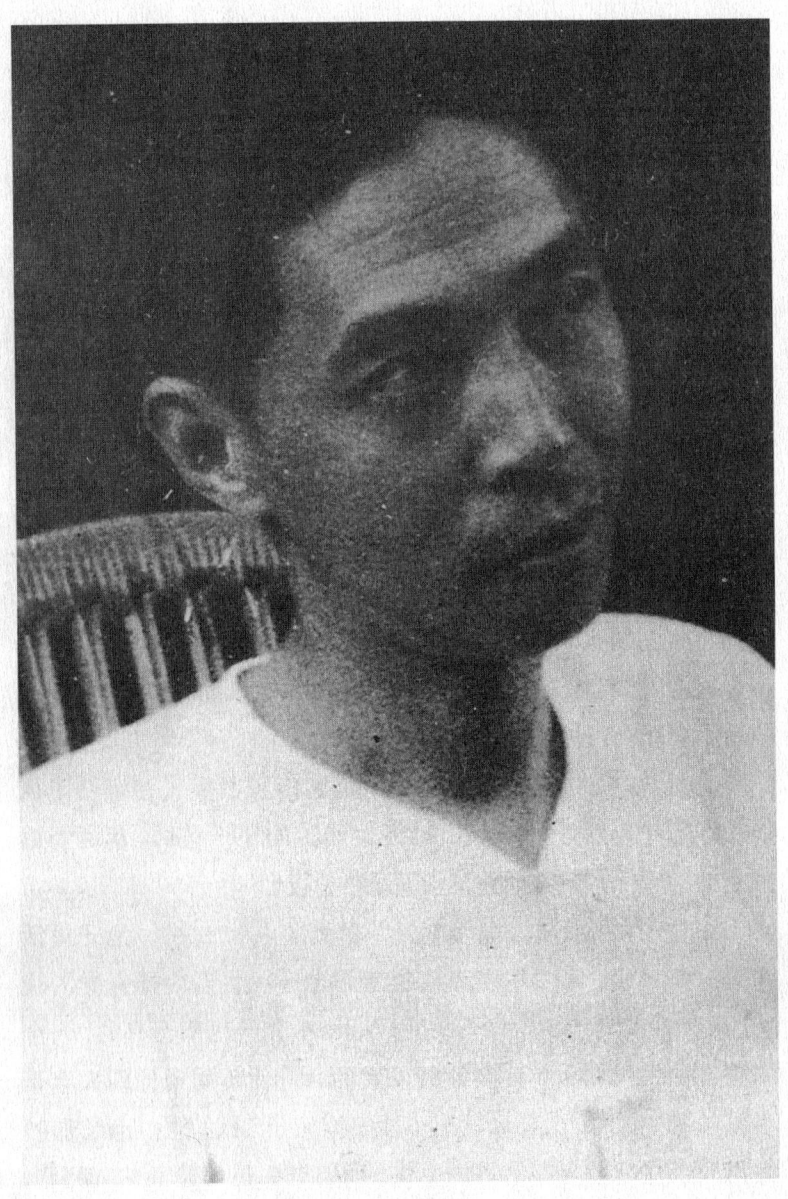

1935年的茅盾。

·雾中偶记·

交易所速写

门前的马路并不宽阔。两部汽车勉强能够并排过去。门面也不见得怎么雄伟。说是不见得怎么雄伟,为的想起了爱多亚路那纱布交易所大门前二十多步高的石级。自然,在这"香粉弄"一带,它已经是唯一体面的大建筑了。我这里说的是华商证券交易所的新屋。

直望进去,一条颇长的甬道,两列四根的大石柱阻住了视线。再进一步就是"市场"了。跟大戏院的池子仿佛。后方上面就是会叫许多人笑也叫许多人哭的"拍板台"。

正在午前十一时,紧急关头,拍到了"十二关"。池子里活像是一个蜂房,请你不要想象这所谓池子的也有一排一排的椅子,跟大戏院的池子似的。这里是一个小凳子也不会有的,人全站着,外圈是来看市面准备买或卖的——你不妨说他们大半是小本钱的"散户",自然也有不少"抢帽子"的。他们不是那吵闹得耳朵痛的数目字潮声的主使。他们有些是仰起了头,朝台上看,——请你不要误会,那卷起袖子直到肩胛边的拍板人并没有什么好看,而且也不会看出什么道理来的;他们是看着台后像"背景"似的显出"×××库券","×月期"……之类的"戏目"(姑且拿"戏目"作个比方罢),特别是这"戏目"上面那时时变动的电光记数牌。这高高在上小小的嵌在台后墙上的横长方形,时时刻刻跳动着红字的阿剌伯数目字,一并排四个,两个是单位"元"以下,像我们在普通帐单上常常看见的式子,这两个小数下边有一条横线,红色,字体可也不小,因而在池子里各处都可以看得明明白白。这小小的红色电光的数目字是人们创造,是人们使它刻刻在变,但是它掌握着人们的"命运"。

不——应该说是少数人创造那红色电光的记录,使它刻刻在变,使它成为较多数人的不可测的"命运"。谁是那较多数呢?提心吊胆望着它的人们,池子外圈的人们自然是的,——而他们同时也是这魔法的红色电光记录的助成者,虽然是盲目的助成者;可是在他们以外还有更多的没有来亲眼看看自己的"命运"升沉的人们,他们住在上海各处,在中国各处,然而这里台上的红色电光的一跳,会决定了他们的破产或者发财。

被外圈的人们包在中央的,这才是那吵得耳朵痛的数目字潮声的发动器。很大的圆形水泥矮栏,像一张极大的圆桌面似的,将他们范围成一个人圈。他们是许多经纪人手下做交易的,他们的手和嘴牵动着台上墙头那红色电光数目字的变化。然而他们跟那红色电光一样,本身不过是一种器械,使用他们的人——经纪人,或者正交叉着两臂站在近旁,或者正在和人咬耳朵。忽然有个伙计匆匆跑来,于是那经纪人就赶紧跑到池子外他的小房间去听电话了,他挂上了听筒再跑到池子里,说不定那红色电光就会有一次新的跳动,所有池子里外圈的人们会有一次新的紧张——掌不住要笑的,咬紧牙关眼泪往肚子里吞的,谁知道呢,便是那位经纪人在接电话以前也是不知道的。他也是程度上稍稍不同的一种器械罢了。

池子外边的两旁,——上面是像戏院里"包厢"似的月楼,摆着一些长椅子,这些椅子似乎从来不会被同一屁股坐上一刻钟或二十分的,然而亦似乎不会从来没有人光顾,做了半天冷板凳的。这边,有两位咬着耳朵密谈;那边,又是两位在压低了嗓子争论什么。靠柱子边的一张椅子里有一位弓着背抱了头,似乎转着念头:跳黄浦呢,吞生鸦片烟?那边又有一位,——坐在望得见那魔法的红色电光记录牌的所在,手拿着小本子和铅笔,用心地记录着,像画"宝路"似的,他相信公债的涨落也有一定的"路"的。

也有女的。挂在男子臂上,太年青而时髦的女客,似乎只是一同进来看看。那边有一位中年的,上等的衣料却不是顶时式的裁制,和一位中年男子并排站着,仰起了脸。电光的红字跳一,她就推推那男子的臂膊;红字再跳一,她慌慌张张把男子拉在一边叽叽喳喳低声说了好一大片。

一位胡子刮得光光的,只穿了绸短衫裤,在人堆里晃来晃去踱方步,一边踱,一边频频用手掌拍着额角。

这当儿,池子里的做交易的叫喊始终是旋风似的,海潮似的。

你如果到上面月楼的铁栏干边往下面一看,你会忽然想到了旧小说里的神仙:"只听得下面杀声直冲,拨开云头一看",你会清清楚楚看到中央的人圈怎样把手掌伸出缩回,而外圈的人们怎样钻来钻去,像大风雨前的蚂蚁。你还会看见时时有一团小

·雾中偶记·

东西,那是纸团,跟纽子一般模样的,从各方面飞到那中央的人圈。你会想到神仙们的祭起法宝来罢?

有这么一个纸团从月楼飞下去了。你于是留心到这宛然各在云端的月楼那半圆形罢。这半圆圈上这里那里坐着几个人,在记录着什么,肃静得一点声音都没有。他们背后墙上挂着些经纪人代表的字号牌子。谁能预先知道他们掷下去的纸团是使空头们哭的呢还是笑的?

无稽的谣言吹进了交易所里会激起债券涨落的大风波。人们是在谣言中幻想,在谣言中兴奋,或者吓出了灵魂。没有比他们更敏感的了。然而这对于谣言的敏感要是没有了,公债市场也就不成其为市场了。人心就是这么一种怪东西。

(原题为《证券交易所》,载于1936年2月15日《良友》图画杂志第114号,收入1936年10月文化生活出版社版《印象·感想·回忆》时改题为《交易所速写》)

·雾中偶记·

不是恐怖手段所能慑伏的

近来每天清晨便听得敌人的飞机在屋顶的上空嗡嗡地回旋。我准知道这样回旋的,是敌人的飞机。因为这里离战区颇远,而且是属于英军防守区域的,而且尊重"租界安全"的我国的空军听说早已避免飞行在租界上空了;而嗡嗡的回旋者则是侦察或伺隙一击,这在既离战区颇远而又属于租界上空的此地,当然不会是我国的空军。

事实证明我这推想并没错,嗡嗡的几圈以后就惨厉地像受伤之狗叫起来,——这是敌人的飞机自以为觅得了目标疾如鹰隼地向下急降;接着,轰的一声炸弹。

听炸声,知道是在西方,——也许是真如一带罢。后来看晚报果然是真如无线电台受了点损失,暨南大学的校舍遭了灾。

哼!敌人的堂堂的空军原来只向没有武装的交通机关和文化机关施威么!

我这里门前常有乡下人种了青菜来卖。他们大都来自真如一带。我偶然和他们闲谈。我知道他们这些青菜正是每天清晨在敌人飞机追逐威胁之下一直挑负了来的,这样的青菜,本来值十文钱的,就是卖二十文,也不算多吧?然而他们并不肯抬价。

"日本飞机天天来轰炸,不怕么?"我冒冒失失问了。

可是那些紫铜色的脸儿却笑了笑回答:

"怕么?要怕的话,就不能做乡下人了!"

呵呵!这是多么隽永的一句话!我于是更觉得敌人这种"威胁后方"的飞机战略不但卑劣而且无聊。

前昨两天敌人飞机照例的"早课"更做得俨然了。这两天秋老虎又颇厉害,我要写点文章多半是趁早凉时间。心神一有所注,嗡嗡声或轰轰声都听而不见了。然而我开始觉得敌人这种卑劣的战略妨碍了我的工作了。我那间卧室兼书室的天花板曾经粉刷过,大概那位粉刷匠用了不行的东洋货吧,只两年功夫,那一层粉便像风干的橘子皮似的皱缩起来,上次风暴,忘记关了一扇窗,——仅仅一扇,天花板上那白粉竟像雪片似的掉下来;此番,趁早凉我正在写作,那雪片样的东西忽又连续而下,原稿纸上都洒满了。我不得不停笔,抬头朝上看,而恰在此时照例的轰轰似乎比以前近些,房子也有点震动,呸!原来那白粉作雪花舞,也是敌人飞机作的怪!听声音又在西方,或许偏北。我拂去了纸上的粉屑,陡然又想起几天前那几位真如来的农民回答我的那一句掷地作金石声的名言,我忍不住微笑了。对于敌人飞机此种徒然的而又无聊的威胁或破坏手段,我老老实实引不起正常的愤怒或憎恨,只能作轻蔑的微笑,我相信敌人中间的所谓"支那通"一辈子也不会了解大中华民族的农民的虽似麻木然而坚凝的性质!

·雾中偶记·

可是待到我知道这回是敌人空军在北新泾等处轰炸徒手的民众而且连续轰炸至数小时之久,我的血便沸腾了!世界上会有这样卑劣无耻的军人么?

当然,他们这卑劣无耻的举动有其目的:想要在我们后方民众中间撒布恐怖,动摇人心。但是农民子孙的我敢于回答道:不能——绝对不能!中国农民的神经诚然有些迟钝,然而血,血淋淋的屠杀,可正是刺激他们奋起而坚决了复仇的意志!"民不畏死奈何以死惧之",这是我们古代哲人的金言。中国民众决不是什么恐怖手段所能吓倒的!

敌人以为轰毁了几个乡镇,就能动摇我们民众的抵抗的决心么?那是梦想!中国农民诚然富于保守性的多,诚然感觉是迟钝的;一个老实的农民当他还有一间破屋可蔽风雨,三餐薄粥可喂饿肚子的时候,诚然是恋家惜命的,但当他什么都没有了时,他会像一头发怒的狮子一样勇敢!中国民族绝不是暴力所能慑伏的!

中国民众所受的政治训练诚然还不大够,但是敌人的疯狂的轰炸屠杀恰就加强了我们民众的政治意识。

现在敌人的飞机天天在我们各地的和平的城镇施行海盗式的袭击。这是撒布恐怖么?不错,诚然有一点是恐怖的,但恐怖之心只是一刹那,在这以后是加倍的决心和更深刻的认识,认识了侵略者的疯狂和残酷,决心拼性命来保卫祖国!

1937年9月6日。

(原载1937年9月8日《救亡日报》第10号)

1937年抗战前夕,茅盾在上海寓所前的花圃中小憩。

·雾中偶记·

无 题

秋凉了,天也夜得快些。七点钟的静安寺路,并不比平时冷静,但似乎总带点肃杀的气氛;霓虹招牌血也似的强光,高耀在钉了木板的橱窗上,刺得眼睛不好受;各色的汽车像两条对面奔来的长蛇,似乎比平时匆忙紧张些。

我看见有大卡车,满插着作为掩护用的竹枝,四五位黄制服的——大概是童子军,蹲在车里。在漂亮的轿车队中,这卡车是惹眼的,正像少爷小姐队里夹着个粗朴的大汉,然而它是多么威武,它越过了漂亮小巧的轿车们,直向西去。

我知道这是到前线去救护伤兵的。敌人的飞机见了没有武装的救护车就要来施威,我们勇敢的童子军已经牺牲了几位,幸而天公也还照例地有昼有夜,"太阳"有没落的时候。

我目送着这勇敢的大卡车,我想,此时它疾驰于平坦的柏油路上,但不久它将在满布着敌人飞机轰炸出来的弹穴的路上,关了车灯,摸盲似的走;也许天空,忽然亮起了敌人的照明弹,继之以机关枪扫射,二百五十磅的炸弹落在它前后,然而它一定勇敢地走,它冲过弹雨,不到目的地不休。

我并不能看清车上那几位黄制服的,可是我知道他们的年纪都不过十八九。在别的国家,即使在战时罢,这么一点年龄的嫩芽大概是不让他们去冒危险,大概是在安全的后方上着"最后的一课"的;但我们这里是无可奈何的。而也正惟有这,以及无数同类的"无可奈何",我们现代这一页历史是空前的伟大、壮烈,同时我们确信了自己的最后胜利。

在我们这非生即死的时代,一个人如果处处以"西方标准"来看来想,一定会落到悲观而自馁。有些人们,满脑子的"西方标准",而又稍知自己这面的"现实",便觉得我们是"战必败,而且败必亡国"的。"那么,依你说,怎么办呢?"他们的回答是:"日苏战争终必爆发。那时候,我乘其敝。"但是敌人并非笨伯,不让我们安坐而得这巧宗儿,宛平城外的炮声打破了这种"渔翁主义"。直至"八一三"民族抗战的号炮响了,而且证明了我们在各方面的力量虽未达"理想的"或"西方的"标准,但也颇足与敌人相周旋了,"西方标准"先生们还是惶惶不自安,眼巴巴望着英国的态度,美国的表示,苏联的举动……

(原载1937年10月10日《文学》第9卷第3号)

1938年2月，茅盾一家（妻孔德沚、女沈霞、子沈霜）途经广州时，在中山纪念堂所摄。

· 雾中偶记 ·

风 景 谈

前夜看了《塞上风云》的预告片,便又回忆起猩猩峡外的沙漠来了。那还不能被称为"戈壁",那在普通地图上,还不过是无名的小点,但是人类的肉眼已经不能望到它的边际,如果在中午阳光正射的时候,那单纯而强烈的返光会使你的眼睛不舒服;没有隆起的沙丘,也不见有半间泥房,四顾只是茫茫一片,那样的平坦,连一个"坎儿井"也找不到;那样的纯然一色,即使偶尔有些驼马的枯骨,它那微小的白光,也早溶入了周围的苍茫;又是那样的寂静,似乎只有热空气在作哄哄的火响。然而,你不能说,这里就没有"风景"。当地平线上出现了第一个黑点,当更多的黑点成为线,成为队,而且当微风把铃铛的柔声,丁当,丁当,送到你的耳鼓,而最后,当那些昂然高步的骆驼,排成整齐的方阵,安详然而坚定地愈行愈近,当骆驼队中领队驼所掌的那一杆长方形猩红大旗耀入你眼帘,而且大小丁当的谐和的合奏充满了你耳管,——这时间,也许你不出声,但是你的心里会涌上了这样的感想的：多么庄严，多么妩媚呀！这里是大自然的最单调最平板的一面，然而加上了人的活动，就完全改观，难道这不是"风景"吗？自然是伟大的，然而人类更伟大。

于是我又回忆起另一个画面，这就在所谓"黄土高原"！那边的山多数是秃顶的，然而层层的梯田，将秃顶装扮成稀稀落落有些黄毛的癞头，特别是那些高秆植物颀长而整齐，等待检阅的队伍似的，在晚风中摇曳，另有一种惹人怜爱的姿态。可是更妙的是三五月明之夜，天是那样的蓝，几乎透明似的，月亮离山顶，似乎不过几尺，远看山顶的小米丛密挺立，宛如人头上的怒发，这时候忽然从山脊上长出两支牛角来，随即牛的全身也出现，掮着犁的人形也出现，并不多，只有三两个，也许还跟着个小孩，他们姗姗而下，在蓝的天，黑的山，银色的月光的背景上，成就了一幅剪影，如果给田园诗人见了，必将赞叹为绝妙的题材。可是没有完。这几位晚归的种地人，还把他们那粗朴的短歌，用愉快的旋律，从山顶上飘下来，直到他们没入了山坳，依旧只有蓝天明月黑魆魆的山，歌声可是缭绕不散。

另一个时间。另一个场面。夕阳在山，干坼的黄土正吐出它在一天内所吸收的热，河水汤汤急流，似乎能把浅浅河床中的鹅卵石都冲走了似的。这时候，沿河的山坳里有一队人，从"生产"归来，兴奋的谈话中，至少有七八种不同的方音。忽然间，他们又用同一的音调，唱起雄壮的歌曲来了，他们的爽朗的笑声，落到水上，使得河水也似在笑。看他们的手，这是惯拿调色板的，那是昨天还拉着提琴的弓子伴奏着《生产曲》的，这是经常不离木刻刀的，那又是洋洋洒洒下笔如有神的，但现在，一律都被锄锹的木柄磨起了老茧了。他们在山坡下，被另一群所迎住。这里

·雾中偶记·

正燃起熊熊的野火,多少曾调朱弄粉的手儿,已经将金黄的小米饭,翠绿的油菜,准备齐全。这时候,太阳已经下山,却将它的余辉幻成了满天的彩霞,河水喧哗得更响了,跌在石上的便喷出了雪白的泡沫,人们把沾着黄土的脚伸在水里,任它冲刷,或者掬起水来,洗一把脸。在背山面水这样一个所在,静穆的自然和弥满着生命力的人,就织成了美妙的图画。

在这里,蓝天明月,秃顶的山,单调的黄土,浅濑的水,似乎都是最恰当不过的背景,无可更换。自然是伟大的,人类是伟大的,然而充满了崇高精神的人类的活动,乃是伟大中之尤其伟大者!

我们都曾见过西装革履烫发旗袍高跟鞋的一对儿,在公园的角落,绿荫下长椅上,悄悄儿说话,但是试想一想,如果在一个下雨天,你经过一边是黄褐色的浊水,一边是怪石峭壁的崖岸,马蹄很小心地探入泥浆里,有时还不免打了一下跌撞,四面是静寂灰黄,没有一般所谓的生动鲜艳,然而,你忽然抬头看见高高的山壁上有几个天然的石洞,三层楼的亭子间似的,一对人儿促膝而坐,只凭剪发式样的不同,你方能辨认出一个是女的,他们被雨赶到了那里,大概聊天也聊够了,现在是摊开着一本札记簿,头凑在一处,一同在看,——试想一想,这样一个场面到了你眼前时,总该和在什么公园里看见了长椅上有一对儿在偎倚低语,颇有点味儿不同罢!如果在公园时你一眼瞥见,首先第一会是"这里有一对恋人",那么,此时此际,倒是先感到那样一个沉闷的雨天,寂寞的荒山,原始的石洞,安上这么两个人,是一个"奇迹",使大自然顿时生色!他们之是否恋人,落在问题之外。你所见的,是两个生命力旺盛的人,是两个清楚明白生活意义的

· 雾中偶记 ·

人,在任何情形之下,他们不倦怠,也不会百无聊赖,更不至于从胡闹中求刺戟,他们能够在任何情况之下,拿出他们那一套来,怡然自得。但是什么能使他们这样呢?

不过仍旧回到"风景"罢;在这里,人依然是"风景"的构成者,没有了人,还有什么可以称道的?再者,如果不是内生活极其充满的人作为这里的主宰,那又有什么值得怀念?

再有一个例子:如果你同意,二三十棵桃树可以称为林,那么这里要说的,正是这样一个桃林。花时已过,现在绿叶满株,却没有一个桃子。半爿旧石磨,是最漂亮的圆桌面,几尺断碑,或是一截旧阶石,那又是难得的几案。现成的大小石块作为凳子,——而这样的石凳也还是以奢侈品的姿态出现。这些怪样的家具之所以成为必要,是因为这里有一个茶社。桃林前面,有老百姓种的荞麦,也有大麻和玉米这一类高秆植物。荞麦正当开花,远望去就像一张粉红色的地毯,大麻和玉米就像是屏风,靠着地毯的边缘。太阳光从树叶的空隙落下来,在泥地上,石家具上,一抹一抹的金黄色。偶尔也听得有草虫在叫,带住在林边树上的马儿伸长了脖子就树干搔痒,也许是乐了,便长嘶起来。"这就不坏!"你也许要这样说。可不是,这里是有一般所谓"风景"的一些条件的!然而,未必尽然。在高原的强烈阳光下,人们喜欢把这一片树荫作为户外的休息地点,因而添上了什么茶社,这是这个"风景区"成立的因缘,但如果把那二三十棵桃树,半爿磨石,几尺断碣,还有荞麦和大麻玉米,这些其实到处可遇的东西,看成了此所谓风景区的主要条件,那或者是会贻笑大方的。中国之大,比这美得多的所谓风景区,数也数不完,这个值得什么?所以应当从另一方面去看。现在请你坐下,来一杯清茶，两毛钱的枣子，也作一次桃园的茶客罢。如果你愿意先看女的，好，那边就有三四个，大概其中有一位刚接到家里寄给她的一点钱，今天来请请同伴。那边又有几位，也围着一个石桌子，但只把随身带来的书籍代替了枣子和茶了。更有两位虎头虎脑的青年，他们走过"天下最难走的路"，现在却静静地坐着，温雅得和闺女一般。男女混合的一群，有坐的，也有蹲的，争论着一个哲学上的问题，时时哗然大笑，就在他们近边，长石条上躺着一位，一本书掩住了脸。这就够了，不用再多看。总之，这里有特别的氛围，但并不古怪。人们来这里，只为恢复工作后的疲劳，随便喝点，要是袋里有钱；或不喝，随便谈谈天；在有闲的只想找一点什么来消磨时间的人们看来，这里坐的不舒服，吃的喝的也太粗糙简单，也没有什么可以供赏玩，至多来一次，第二次保管厌倦。但是不知道消磨时间为何物的人们却把这一片简陋的绿荫看得很可爱，因此，这桃林就很出名了。

因此，这里的"风景"也就值得留恋，人类的高贵精神的辐射，填补了自然界的贫乏，增添了景色，形式的和内容的。人创造了第二自然！

最后一段回忆是五月的北国。清晨，窗纸微微透白，万籁俱静，嘹亮的喇叭声，破空而来。我忽然想起了白天在一本贴照簿上所见的第一张，银白色的背景前一个淡黑的侧影，一个号兵举起了喇叭在吹，严肃，坚决，勇敢，和高度的警觉，都表现在小号兵的挺直的胸膛和高高的眉棱上边。我赞美这摄影家的艺术，我回味着，我从当前的喇叭声中也听出了严肃，坚决，勇敢，和高度的警觉来，于是我披衣出去，打算看一看。空气非常清冽，朝霞笼住了左面的山，我看见山峰上的小号兵了。霞光射住

· 雾中偶记 ·

他，只觉得他的额角异常发亮，然而，使我惊叹叫出声来的，是离他不远有一位荷枪的战士，面向着东方，严肃地站在那里，犹如雕像一般。晨风吹着喇叭的红绸子，只这是动的，战士枪尖的刺刀闪着寒光，在粉红的霞色中，只这是刚性的。我看得呆了，我仿佛看见了民族的精神化身而为他们两个。

如果你也当它是"风景"，那便是真的风景，是伟大中之最伟大者！

1940年12月于枣子岚垭。

（原载1941年1月10日《文艺阵地》第6卷第1期）

人们在简陋的绿荫里休息。

1938年10月,茅盾全家摄于九龙太子道寓所。

雾中偶记

前两天天气奇寒,似乎天要变了,果然昨夜就刮起了大风来,窗上糊的纸被老鼠钻成一个洞,呜呜地吹起哨子,——像是什么呢?我说不出。从破洞里来的风,特别尖利,坐在那里觉得格外冷,想拿一张报纸去堵住,忽然看见爱伦堡那篇"报告"——《巴黎沦陷的前后》,便想起白天在报上看见说,巴黎的老百姓正在受冻挨饿,情形是十分严重的话。

这使我顿然记起,现在是正当所谓"三九",北方不知冷得怎样了,还穿着单衣的战士们大概正在风雪中和敌人搏斗,便是江南罢,该也有霜有冰乃至有雪。在广大的国土上,受冻挨饿的老百姓,没有棉衣吃黑豆的战士,那种英勇和悲壮,到底我们知道了几分之几?中华民族是在咆哮了,然而中国似乎依然是"无声的中国"——从某一方面看。

不过这里重庆是"温暖"的,不见枯草,芭蕉还是那样绿,而且绿得太惨!

·雾中偶记·

而且是在雾季,被人"祝福"的雾是会迷蒙了一切,美的,丑的,荒淫无耻的,以及严肃的工作。……在雾季,重庆是活跃的,因为轰炸的威胁少了,是活动的万花筒:奸商、小偷、大盗、汉奸、狞笑、恶眼、悲愤、无耻、奇冤,一切,而且还有沉默。

原名《鞭》的五幕剧,以《雾重庆》的名称在雾重庆上演;想起这改题的名字似乎本来打算和《夜上海》凑成一副对联,总觉得带点生意眼,然而现在看来,"雾重庆"这三个字,当真不坏。尤其在今年!可歌可泣的事太多了。不过作者当初如果也跟我现在那样的想法,大概这五幕剧的题材会全然改观罢?我是觉得《鞭》之内容是包括不了雾重庆的。

剧中那位诗人,最初引起了我的回忆,——他像一个朋友:不是身世太像,而是容貌上有几分,说话的神气有几分。到底像谁呢?说不上来。但是今天在一件事的议论纷纷之余,我陡然记起了,呀,有点像他,再细想,似乎不像的多。不过这位朋友的声音笑貌却缠住了我的回忆。我不知他现在在哪里?平安不?一个月前是知道的,不过,今天,鬼晓得,罪恶的黑手有时而且时时会攫去我们的善良的人的。我又不知道和他在一处的另外几个朋友现在又在哪里了,也平安不?

于是我又想起了鲁迅先生。在《为了忘却的记念》中,鲁迅先生说过那样意思的话:血的淤积,青年的血,使他窒息,于无奈何之际,他从血的淤积中挖一个小孔,喘一口气。这几年来,青年的血太多了,敌人给流的,自己给流的;我们兴奋,为了光荣的血,但也窒息,为了不光荣的没有代价的血。而且给喘一口气的小孔也几乎挖不出。

回忆有时是残忍的,健忘有时是一宗法宝。有一位历史家批评最后的蒲尔朋王朝说：他们什么也没有忘记，但什么也没有学得。为了学得，回忆有时是必要，健忘有时是不该。没有出息的人永远不会学得教训，然而历史是无情的。中华民族解放的斗争，不可免地将是长期而矛盾而且残酷，但历史还是依照它的法则向前。最后胜利一定要来，而且是我们的。让理性上前，让民族利益高于一切，让死难的人们灵魂得到安息。舞台在暗转，袁慕容的戏快完，家棣一定要上台，而且林卷好的出走的去向，终究会有下落。

据说今后六十日至九十日，将是最严重的时期（美国陆长斯汀生之言）；希特勒的春季攻势，敌人的南进，都将于此时期内爆发罢？而且那雾季不也完么？但是敌人南进，同时也不会放松对我们的攻势的！幻想家们呵，不要打如意算盘！被敌人的烟幕迷糊了心窍的人们也该清醒一下，事情不会那么简单。

夜是很深了罢？你看鼠子这样猖獗，竟在你面前公然踱方步。我开窗透点新鲜空气，茫茫一片，雾是更加浓了罢？已经不辨皂白。然而不一定坏。浓雾之后，朗天化日也跟着来。祝福可敬的朋友们，血不会是永远没有代价的！民族解放的斗争，不达目的不止，还有成千成万的战士们还没有死呢！

1941年2月16日夜。

（原载1941年2月25日《国讯》第261期）

茅盾在重庆与老舍、于立群合影。

如是我见我闻

兰州杂碎

南方人一到兰州,这才觉得生活的味儿大不相同。

一九三九年的正月,兰州还没有遭过轰炸,唯一漂亮的旅馆是中国旅行社办的"兰州招待所"。三星期之内,"招待所"的大厅内,有过七八次的大宴会,做过五次的喜事,其中最热闹的一次喜事,还把"招待所"的空客房全部租下。新郎是一个空军战士,据说是请准了三天假来办这场喜事,假期一满,就要出发,于是"招待所"的一间最大的客房,就权充作三天的洞房。

"招待所"是旧式房屋,可是有新式门窗,绿油的窗,红油的柱子,真辉煌!有一口自流井,抽水筒成天Ka—ta—Ka—ta叫着。

在上海受过训练的南方籍茶房,给旅客端进了洗脸水和茶水来了;嘿,清的倒是洗脸的,浑的倒是喝的么?不错!清的是井水,是苦水,别说喝,光是洗脸也叫你的皮肤涩巴巴地难受;不用肥皂倒还好,一用了肥皂,你脸上的尘土就腻住了毛孔,越发弄不下。这是含有多量碱质的苦水,虽清,却不中使。

浑的却是河水。那是甜水。一玻璃杯的水,回头沉淀下来,倒有小半杯的泥浆,然而这是"甜"水,这是花五毛钱一担从城外黄河里挑来的。

不过苦水也还是水。甘肃省有许多地方,据说,连苦水也是宝贝,一个人独用一盆洗脸水,那简直是"骇人听闻"的奢侈!吃完了面条,伸出舌头来舐干那碗上的浓厚的浆汁算是懂得礼节。用水洗碗——这是从来没有的。老百姓生平只洗两次身:出世一次,去世一次。呜呼,生在水乡的人们哪里想得到水竟是这样宝贵!正如不自由的人,才知道自由之可贵。

然而在洪荒之世,甘肃省大部分恐怕还是一个内海呢!今之高原,昔为海底。单看兰州附近一带山壁的断面,像夹肉面包似的一层夹着一层的,隐约还见有贝壳的残余。但也许是古代河床的遗迹,因为黄河就在兰州身边过去。

正当腊月,黄河有半边是冻结的,人、牲畜、车子,在覆盖着一层薄雪的冰上走。但那半边,滔滔滚滚的急流,从不知何处的远远的上游,挟了无数大大小小的冰块,作雷鸣而去,日夜不休。冰块都戴着雪帽,浩浩荡荡下来,经过黄河铁桥时互相碰击,也碰着桥础,于是隆隆之中杂以訇豁的尖音。这里的河面不算仄,十丈宽是有的,站在铁桥上遥望上游,冰块拥挤而来,那上面的积雪反映日光,耀眩夺目,实在奇伟。但可惜,黄河铁桥上是不许站立的,因为是"非常时期",因为黄河铁桥是有关国防的。

·雾中偶记·

兰州城外的河水就是那样湍急，所以没有鱼。不过，在冬天兰州人也可以吃到鱼，那是青海湟水的产物，冰冻如石。三九年的正月，兰州的生活程度在全国说来，算是高的，这样的"湟鱼"，较大者约三块钱一尾。

三九年三月以前，兰州虽常有警报，却未被炸；兰州城不大，城内防空洞不多，城垣下则所在有之。但入口奇窄而向下，俯瞰宛如鼠穴。警报来时，居民大都跑避城外；城外群山环绕，但皆童山，人们坐山坡下，蚂蚁似的一堆一堆，老远就看见。旧历除夕前一日，城外飞机场被炸，投弹百余，但据说仅死一狗。这是兰州的"处女炸"。越三日，是为旧历新年初二，日机又来"拜年"，这回在城内投弹了，可是空战结果，被我方击落七架（或云九架），这是"新年的礼物"。从此以后，老羞成怒的滥炸便开始了，几乎每一条街，每一条巷，都中过炸弹。四〇年春季的一个旅客，在浮土寸许厚、软如地毡的兰州城内关外走一趟，便往往看见有许多房子，大门还好好的，从门隙窥视，内部却是一片瓦砾。

但是，请你千万不要误会兰州就此荒凉了。依着"中国人自有办法"的规律，四〇年春季的兰州比一年前更加"繁荣"，更加飘飘然。不说俏皮话，经过多次滥炸后的兰州，确有了若干"建设"：物证就是有几条烂马路是放宽了，铺平了，路两旁排列着簇新的平房，等候商人们去繁荣市面；而尤其令人感谢的，电灯也居然像"电"灯了。这是因为一年中间整饬市容的责任，是放在一双有计划的切实的手里，而这一双手，闲时又常常翻阅新的书报——在干，然而也在朝四面看看，不是那种一埋首就看见了自己的角色。

但所谓"繁荣",却也有它的另一方面。比方说,三九年的春天,要买一块肥皂,一条毛巾,或者其他的化妆品,当然不是"踏破铁鞋无觅处",可是货色之缺乏,却也显而易见。至于其他"洋货",凡是带点奢侈性的,只有几家"百货店"方有存储,而且你要是嫌它们"货色不齐全"时,店员就宣告道:"再也没有了。这还是从前进来的货呢,新货来不了!"但是隔了一年工夫,景象完全不同,新开张的洋货铺子三三两两地在从前没有此类店铺的马路上出现了,新奇的美术字的招牌异常触目,货物的陈列式样也宛然是"上海气派";陌生牌子的化妆品、人造丝袜、棉毛衫裤、吊袜带、手帕、小镜子、西装领带,应有尽有,非常充足。特别是玻璃杯,一年以前几乎少见的,这时也每家杂货铺里都有了。而且还有步哨似的地摊,则洋货之中,间或也有些土货。手电筒和劣质的自来水笔、自动铅笔,在地摊上也常常看到。战争和封锁,并没有影响到西北大后方兰州的洋货商——不,他们的货物的来源,倒是愈"战"愈畅旺了!何以故?因为"中国人自有办法"。

为了谋战争时的自给,中国早就有了"工合"运动。"工合"在西北大概颇组织了些手工业。但是今天充斥了西北大小城市(不但是兰州)里的工业品,有多少是"工合"的出品呢?真是天晓得。大多数商人不知道有所谓"工合",你如果问他们货从哪里来的,他们毫不犹豫地答着:"天津"或"上海"。这意思就是:上海和天津的"租界"里还有中国人办的工厂,所以这些工业品也就是中国货了。偶尔也有一二非常干练的老板,则在上上下下打量你一番之后,便幽默地笑道:"咱们是批来的,人家说什么,咱们信什么;反正是那么一回事,非常时期吗,可不是?"

一个在特种机关里混事的小家伙发牢骚说，这是一个极大的组织，有包运的，也有包销的。在路上时，有武装保护，到了地头，又有虎头牌撑腰。值一块钱的东西，脱出手去便成为十块二十块，真是国难财！然而，这是一种特权，差不多的人，休想染指。全部的缉私机构在他们的手里。有些不知死活的老百姓，穷昏了，居然也走这一道，肩挑背驮的，老鼠似的抄小路硬走个十站八站路，居然也会弄进来；可是，沿途碰到零星的队伍，哪一处能够白放过，总得点缀点缀。要是最后一关碰到正主儿的检查，那就完了蛋，货充公，人也押起来。前些时，查出一个巧法儿：女人们把洋布缠在身上，装作大肚子混进来。现在凡是大肚子女人，都要脱光了检验……嘿，你这该明白了罢——一句话，一方面是大量的化公为私，又一方面则是涓滴归'公'呵！"

这问题，决非限于一隅，是有全国性的，不过，据说也划有势力范围，各守防地，不相侵犯。这也属于所谓"中国人自有办法"。

地大物博的中国，理应事事不会没有"办法"，而且打仗亦既三年多，有些事也应早有点"办法"。西北一带的根本问题是"水"。有一位水利专家指点那些秃顶的黄土山说："土质并不坏，只要有水！"又有一位农业家看中了兰州的水果，幻想着如何装罐头输出。皋兰县是出产好水果的，有名的"醉瓜"，甜而多汁，入口即化，又带着香蕉味一般的酒香。这种醉瓜，不知到底是哈密瓜的变种呢，或由它一变而为哈密瓜，但总之，并不比哈密瓜差。苹果、沙果、梨子，也都不坏。皋兰县是有发展果园的前途的。不过，在此"非常时期"，大事正多，自然谈不到。

·雾中偶记·

风雪华家岭

"西兰公路"在三八年还是有名的"稀烂公路"。现在（一九四〇年）这一条七百多公里的汽车路，说一句公道话，实在不错。这是西北公路局的"德政"。现在，这叫做兰西公路。

在这条公路上，每天通过无数的客车、货车、军车，还有更多的胶皮轮的骡马大车。旧式的木轮大车，不许在公路上行走，到处有布告。这是为的保护路面。所谓胶皮轮的骡马大车，就是利用汽车的废胎，装在旧式大车上，三匹牲口拉，牲口有骡有马，也有骡马杂用，甚至两骡夹一牛。今天西北，汽油真好比血，有钱没买处；走了门路买到的话，六七十元一加仑。胶皮轮的骡马大车于是成为公路上的骄子。米、麦粉、布匹、盐……以及其他日用品，都赖它们转运。据说这样的胶皮轮大车，现在也得二千多块钱一乘，光是一对旧轮胎就去了八九百。公路上来回一趟，起码得一个月工夫，光是牲口的饲料，每头每天也得一块钱。如果依照迪化一般副官勤务们的"逻辑"，五匹马拉的大车，载重就是五千斤，那么，兰西公路上的骡马大车就该载重三千斤了。三乘大车就等于一辆载货汽车，牲口的饲料若以来回一趟三百元计算，再加车夫的食宿薪工共约计七百，差不多花了一千元就可以把三吨货物在兰西公路上来回运这么一趟，这比汽车实在便宜了六倍之多。

但是汽车夫却不大欢喜这些骡马大车，为的它们常常梗阻了道路，尤其是在翻过那高峻的六盘山的时候，要是在弯路上顶头碰到这么一长串的骡马大车，委实是"伤脑筋"的事。也许因为大多数的骡马是刚从田间来的"土包子"，它们见了汽车就惊骇，很费了手脚才能控制。

　　六盘山诚然险峻，可是未必麻烦；路基好，全段铺了碎石。一个规矩的汽车夫，晚上不赌、不嫖、不喝酒，睡一个好觉，再加几分把细，总能平安过去；倒是那华家岭，有点讨厌。这里没有弯弯曲曲的盘道，路面也平整宽阔，路基虽是黄土的，似乎也还结实，有坡，然而既不在弯道上，且不陡；倘在风和日丽之天，过华家岭原亦不难，然而正因为风和日丽不常有，于是成问题了。华家岭上是经常天气恶劣的。这是高原上一条山岗，拔海五六千尺，从兰州出发时人们穿夹衣，到这里就得穿棉衣，——不，简直得穿皮衣。六七月的时候，这里还常常下雪，有时，上午还是好太阳，下午突然雨雪霏霏了，下雪后，那黄土作基的公路，便给你颜色看，泞滑还是小事，最难对付的是"陷"，——后轮陷下去，成了一条槽，开上"头挡排"，引擎是呜——胡胡地痛苦地呻吟，费油自不必说，但后轮切不着地面，只在悬空飞转。这时候，只有一个前途：进退两难。

　　四〇年的五月中旬，一个晴朗的早晨，天气颇热，人们都穿单衣，从兰州车站开出五辆客车，其中一辆是新的篷车，站役称之为"专车"；其实车固为某"专"人而开，车中客却也有够不上"专"的。条件优良，果然下午三时许就到了华家岭车站。这时岭上彤云密布，寒风刺骨，疏疏落落下着几点雨。因为这不是普通客车，该走呢，或停留，车中客可以自择。但是意见分歧起来了：主张赶路的，为的恐怕天变，——由雨变成雪，主张停留过宿的，为的天已经下雨了，路上也许麻烦，而华家岭到底是个"宿站"。结果，留下来。那一天的雨，到黄昏时光果然大了些，有檐溜了。

雾中偶记

天黑以前,另外的四辆客车也陆续到了,都停留下来。五辆车子一百多客人把一个"华家岭招待所"挤得满坑满谷,当天晚上就打饥荒,菜不够,米不够,甚至水也用完,险些儿开不出饭来。可是第二天早起一看,糟了,一个银白世界,雪有半尺厚,穿了皮衣还是发抖。旅客们都慌了,因为照例华家岭一下雪,三五天七八天能不能走,都没准儿,而问题还不在能不能走,却在有没有吃的喝的。华家岭车站与招待所孤悬岭上,离最近的小村有二十多里,柴呀,米呀,菜蔬呀,通常是往三十里以外去买的,甚至喝的用的水,也得走十多里路,在岭下山谷挑来。招待所已经宣告:今天午饭不一定能开,采办柴米蔬菜的人一早就出发了,目的地是那最近的小村,但什么时候能回来,回来时有没有东西,都毫无把握云云。

雪早停了,有风,却不怎样大。采办员并没空手回来,一点钟左右居然开饭。两点钟时,有人出去探了路,据说雪已消了一半,路还不见得怎样烂,于是"专车"的"专人"们就主张出发:"要是明天再下雪,怎么办?"华家岭的天气是没有准儿的。司机没法,只得"同意",三点钟光景,车出了站。

爬过了一个坡以后,天又飘起雪来。"怎么办呢?""还是赶路吧!新车,机器好,不怕!"于是再走。但是车轮打滑了。停车,带上链子,费去半小时。这其间,雪却下大了,本来已经斑驳的路面,这时又全白了。不过还希望冲出这风雪范围,——因为据说往往岭上是凄迷风雪,岭下却是炎炎烈日。然而带上链子的车轮还是打滑,而且又"陷"起来。雪愈来愈大,时光也已四点半;车像醉汉,而前面还有几个坡。司机宣告:"不能走了,只有回去。"看路旁的里程碑,原来只走了十多公里。回去还赶得上吃夜饭。

·雾中偶记·

可是车子在掉头的时候,不知怎样一滑,一对后轮搁浅在路沟里,再也不能动了,于是救济的程序一件一件开始:首先是旅客都下车,开上"头挡排"企图自力更生,这不成功;仍开"头挡排",旅客帮着推,引擎呜呜地叫,后轮是动的,然而反把湿透的黄土搅成两道沟,轮子完全悬空起来,车子是纹丝儿也没动。路旁有预备改造路基用的碎石堆,于是大家抓起碎石来,拿到车下,企图填满那后轮搅起来的两道沟,有人又到两里路外的老百姓家里借来了两把铲,从车后钢板下一铲一铲去掘湿土,以便后轮可以着地;这也无效时,铲的工作转到前面来。司机和助理员(他是高中毕业生)都躺在地下,在泥泞里奋斗。旅客们身上全是雪,扑去又积厚,天却渐渐黑下来了,大家又冷又饿。最后,助理员和两个旅客出发,赶回站去呼救,其余的旅客们再上车,准备万一救济车不来时,就在车上过夜。

这时四野茫茫,没有一个人影,只见鹅毛似的雪片,漫天飞舞而已。华家岭的厉害,算是领教过了。全车从司机到旅客二十八人,自搁浅当时起,嚷着,跑着,推着,铲着,什么方法都想到,也都试了,结果还是风雪和黄土占了胜利。不过尚有一着,没人想到;原来车里有一位准"活佛"的大师,不知那顽强的自然和机械肯听他法力的指挥否。大师始终默坐在那里掐着数珠,态度是沉着而神妙的。

救济车终于来了,车上有工程师,有工人,名副其实的一支生力军。公路上扬起了更多的人声,工作开始。铲土,衬木板,带上铁丝缆,开足了引擎,拉,推,但是湿透的黄土是顽强而带韧性的,依然无可奈何。最后的办法,人和行李都搬上了救济车,回了招待所。助理员带了铺盖来,他守在那搁浅的客车里过夜。

·雾中偶记·

　　这一场大雪到第二天早晨还没停止,车站里接到情报,知道东西两路为了华家岭的风雪而压积的车辆不下四五十乘,静宁那边的客人也在着急,静宁站上不断地打电话问华家岭车站:"你们这边路烂得怎样?明天好走么?……呀,雪还没停么?……"有经验的旅客估计这雪不会马上停止,困守在华家岭至少要一个星期。人们对招待所职员打听:"米够么?柴还够么?你们赶快去办呀!"有几个女客从箱子角里找出材料来缝小孩子的罩衫了。

　　但是当天下午雪停,太阳出来了。"明天能走么?"性急的旅客找到司机探询。司机冷然摇头:"融雪啦!更糟!"不过有经验的旅客却又宽慰道:"只要刮风。一天的风,路就燥了。"

　　果然天从人愿,第二天早上有太阳又有风,十点光景有人去探路,回来说:"坡这边还好,坡那边,可不知道。"十一点半光景,搁浅在路旁的那辆"专车"居然开回来了,下午出发的声浪,激荡在招待所的每个角落。两点钟左右,居然又出发了。有人透了口气说:"这回只住了三天,真是怪!"

　　沿途看见公路两旁斑斑驳驳,残雪未消;有些向阴的地方还是一片纯白。车行了一小时以后,车里的人把皮衣脱去,又一小时,连棉的也好像穿不住了。

西京[①]插曲

　　四〇年五月下旬,华侨慰劳团三十余人刚到了那赫赫有名

---

① 西京:即西安,抗战时称为西京。——作者原注。

的西京。就在他们到达的前一晚,这一座"现代化"的古城,受过一次空袭,繁盛的街市中,落弹数枚。炸飞了瓦面,震倒了墙壁和门窗的房屋,还没有着手清除,瓦砾堆中杂着衣服和用具;有一堵巍然独峙的断垣,还挑着一枝晾衣的竹竿,一件粉红色的女内衫尚在临风招展,但主人的存亡,已不可知。

街上时常抬过新丧的棺材,麻衣的家属跟着走;也还有用了三四个军乐队吹吹打打的。这一天,烈日当头,万里无云,人们的衣服都换了季。下午二时许,警报又响了,人和车子的奔流,以钟楼为中心点,像几道水渠似的向六个城门滚滚而去。但敌机并没进入市空。

华侨慰劳团被招待在一所有名的西京招待所。这是西安最漂亮的旅馆,道地的西式建筑,受过训练的侍役(有不少是从上海来的)。不过也只能说在目前西安,它是最漂亮的旅馆。然而我相信"西京招待所"这名儿,将与中国历史永垂不朽,因为"双十二"事变①的一部分是在这里扮演的。可是那座大饭厅早已被炸一洞。至今未加修补。

炸后电灯尚未修好,那一晚西安市上烛光荧荧,人影幢幢,颇为别致。但月色却皎洁得很。西京招待所的院子里停着两部卡车和二部小轿车,似乎料到今晚还要有一次警报。果然,七点钟左右,警报响了,招待所立刻混乱起来了。事实上那时候西京招待所的客人只有两大帮,一是华侨慰劳团,又一便是第二战区所属的什么队,院子里的两部卡车恰好一帮一部。然而那天招待所里却也有几位"散客",——也不妨说是一小帮,他们全是

---

① "双十二"事变:即发生于1936年12月12日的"西安事变"。

·雾中偶记·

第一次到西安,什么都摸不着头绪。警报响过,茶房立刻来锁房门了,这几位"散客"莫明其妙地跑到大院子里,断定了这几辆汽车一定是招待所准备着给旅客们躲警报用的,于是便挤到车旁。这时候,突然发见了大批警察(后来知道他们是来保护那华侨慰劳团的),更有些穿便服的古怪角色,在院子里嚷嚷吵吵,似乎一面在等人催人,一面又在检点人数。卡车之一,已经站了许多人,另一部呢,却不断地有人上去,也有下来,好像互相寻找。那一帮"散客"是五个人,其中一位身材魁梧的C君,摇摇摆摆上了那已经站着许多人的卡车。其余的四位,S君①夫妇及其子女,则向另一卡车进攻,可是那一对少爷小姐刚刚挤了上去,那车子就开走了。S夫妇立即转移目标到另一辆小包车,车门开着,里面有人向外招呼,他俩也没问一声,就进去了,他们绝没有想到,这是私人的车子;坐定以后,才看明白车中那人是一个军官模样的中年人,而军官模样的,也看清这上来的两位不是他所要招呼的人,可是这当儿,有一个带盒子炮的勤务兵跑到车门外说道:"太太找她不到,光景是坐了那车子走了。"于是军官模样的,便叫开车。

车子出了城门,便开足速率;路旁很荒凉,仅见前面隐隐也有车。坐在车里的三个人都不说话。经过了一带树林以后,路旁已有一部卡车停着,小包车赶过去一箭之路,也停住了;军官模样的立即下车。S夫妇挂念着两个孩子,就问那个司机道:"就在这里么?怎么不见那两部卡车?"

"什么,哪一部卡车?"

---

① S君:即作者。

"就是一块儿停在招待所院子里的。"

"那可不知道。"

"哦——你们不是一起的么?"

"不是。"说完这句话,那司机开了车门下车去了。

S夫妇觉得不对,也下了车,原来路左就是一块高地,种着大麦,有好些人在这里,显然都是躲警报来的。S夫妇上了坡,走到麦田边,却见两个孩子坐在地上,原来他们的车先到,也正在望着人丛找他们的爸妈。

现在明白:他们四个人坐的车子都是私人的车。而且这里离城大概又不远,因为那不是西安市么,在月光下像一大堆烟雾。

夜气愈来愈凉,天宇澄清,麦田里有些草虫在叫。敌机到底来不来呢,毫无朕兆。S夫妇他们四人拣一个幽静的地方坐下,耐心地等着。忽然有一个年轻人轻手轻脚走了过来,就在他们近旁的麦田里躺下去了,密茂的麦秆把他的身体遮住。

S他们四人谈着回头如何回城去,觉得仍旧挤上来时的车子有点不好意思。"又不知道离城有多远,又不认识路!"S夫人踌躇地说。可是他们的男孩子担保路并不远,而且只要顺着来路回去,不会错。这时麦田里忽然有个声音接口道:"不远,至多七八里。"S夫妇冷不防吃了一惊,但随即想起这便是躺在那里的年轻人的声音,不禁笑了笑。

那青年人这时也坐起来了,用手指着路那边道,"也能雇到车。那边不是有好几辆么?西安的人力车也逃警报。"

"恐怕早有人雇定了罢?"S望着那边说,"坐了出来的人,不是仍旧要坐了回去?"

"不一定。"那个青年回答,"警报解除回去的时候,从容得多了,有些人便不打算再坐车。"停了一会,他又说,"你们是刚到西安罢?从前来过没有?"

"没有。今天下午刚到。才落了旅馆,就碰到警报。"S夫人说。

这时,S他们看清了那青年的面孔了,一张方脸,五官端正,可是头发乱蓬蓬的,脸色也颇憔悴。青年朝S君看了几眼,嘴唇微微牵动,似乎想说一句什么话而又在迟疑,终于忸怩轻声问道:"你——你是S先生么?怎么也到了西安呢?"

"哦——"S君微笑,含糊地应了一声,转脸对夫人笑了一笑。

"你是S先生!"青年确定地说了,"去年你在L城作过一次演讲,我也去听的。不过,你比以前瘦了些。"

于是谈话就多起来了,那青年自言,他到西安有半个月了,是投奔一个朋友打算找事的,谁知到了以后,刚见过一面,事情还没一点头绪,他那朋友忽然不知去向。说到这里,他迟疑地朝S君看了一眼,然后又轻声接下去道:"那不是太怪么?好好一个人忽然会不知去向,可是我不久也就明白是怎么一回事了。我既然和他是朋友应当代他想想办法。我找到了他的一些朋友,请他们帮忙,可是……"他第二次顿住,头低下去了。

"大概是你的朋友的朋友也忽然不知去向了罢?"S君轻轻地说,那青年又抬起头来,朝四面望了一眼,叹口气摇摇头。

过了一会儿,S君觉得他不愿再多说,于是就转换了话题问道:"那么你现在作什么打算,找到了事没有呢?"

"可是——"那青年并没回答S君的询问,依然继续他那说了一半的话,"有一天,我自己,我正在街上走,突然被几个人拦住,带我到了一个地方。学校不像学校,兵营不像兵营,进去了就不让出来。第一天饿了肚子。第二天才摸到一点咸菜。而且有人来和我谈话：问我是哪里人，从前做什么的，来这里干什么，我都告诉了。又拿出一张照片来给我看，问我认识不认识照片上那个人——"

"哦！那人是谁呢？你认识他吗？"S夫人说。

"就是我那朋友。认识，我回答他们，我认识。他们就盘问我：你这朋友和你说过什么话，答应你给找什么事？……"

"嘿！可是你那朋友到底犯了什么罪？"

"我也不知道呵！不过我相信他没有什么。他好好地在一个私立中学教书。"那青年似乎有点激昂了，但接着又颓然说，"那时我回答：只谈了几句不相干的话，他很忙，我们就分手了。"他低头下去，两手托住了脸，又加一句道，"盘问到此为止。"

这时听得坡下有人叫道："拉紧急警报了。不要站在路旁！上坡去，麦田里也好，那边树底下也好！"

S他们都蹲下。暂时大家都不作声。看天空，一色净蓝，什么也没有。过了一会儿，S君的孩子们拉着S夫人的衣角，悄悄地说："可是他怎么又出来了？"

但是那青年已经听见，就苦笑了一声，低低说，"我也不明白。过了三四天，他们说你去罢，我就出来了。"

"哦！可是你不要再瞎跑了，也不要乱找人呵！"S暗示地说。

于是都静点了。那青年腹部向下伏着，两臂支起了半身，挽过一节麦秆来咬在口里，无意识地嚼着。

天空隐隐传来一片嗡嗡的声音，近处有人压低了嗓门叫："大家别动！飞机来了！"嗡嗡的声音似乎清晰些了，但一会以后，又听不见了。附近一带，却有人在说："我看见的，两架！"也有人说"三架"！接着就有人站起来，而且轻快地招呼着他的同伴们道:"下去罢!飞机已经过去了,快该解除警报了。"有些人影子在移动,都往坡下跑。

那青年也坐了起来,对S君说,"快解除警报了。"沉吟了一下,又接着道,"S先生,打算拜托一件事,行不行?""什么事呢?你且说了再看罢。"S君感到有点兀突。

"你不是要到重庆去么?那边我有几个朋友,请你带个信,怎样?"

S君也沉吟起来了。觉得有人拉他的衣角,一抬眼,却见S夫人的眼光在他脸上一瞥。他将脸向那青年看着,终于回答道:"好。我把一个朋友的住址告诉你,把信送到他那里转交我就是了。"

可是当S君把朋友的姓名说了出来时,那青年的脸色就变了,睁大了眼,露出疑惧的神色来。

"不相干,"S君微笑着给解释,"他是一位极肯帮忙的好人,你放心好了。——嗯,其实你就是去见他谈谈也不妨。"

"哦,哦,"那青年口里应着,但是他眼睛里疑惧的神色并不消掉。三年前给蛇咬了一口,见条草绳也怕:S君是明白这种心理的,他还想再解释几句,但是终于缩住了。同时,坡下的人声忽然响亮起来,一叠声欢呼道,"解除了,解除了,走罢!"汽车马达的声音也嘈然纷作。S君对那青年点头笑了一笑,就和夫人孩子们下坡去,到达公路上时,那些汽车都已开动了。他们顺步走回去,不到一箭之路,就雇到了人力车。看表,已十二点了。

第二天上午S君去看了朋友回来,刚走进招待所的前厅,就有一个穿西装的人拦住他问道:"找谁呀?"S君看了那人一眼,觉得此人既非侍役,亦非职员,好生古怪,当时就回答道:"不找谁。我是住在这里的。"但此人却又问道:"住在哪一号房间?"S君更觉得古怪了,还没回答,招待所的一个侍役却走过来向那人说道:"他是×号的客人。另外的。"那人"哦"了一声,也就走开。S君看见他走到前厅的门边和一个宪兵说话去了,并且同时也看到从前厅到那边客房的甬道里还有五六个宪兵。

S君回到自己房里,刚刚坐下,同伴C君来了。C君一面拭着额角的汗珠,一面说,"好天气!说不定会有空袭罢。"于是拿起桌子上的水瓶倒了一杯水,喝了半口,又说:"今天这里有宪兵又有便衣,你注意到没有?"

"刚才都看见了。似乎还盘问进出的人呢?"

"哦哦,你也碰到了么?我正在奇怪。"C君说着,把那一杯水都喝了,就在一张沙发里坐下。"听说是因为慰劳团住在这里,所以要——"

"要特别保护罢。"S君接口笑着说,向他夫人望了一眼。

"可是人家是从海外跑来慰劳的……"S夫人也加入谈话,这时她正在整理一双衣箱。

"所以要特别保护呀!"S君重说了一句,转眼望住了C君这边。"同时恐怕也含有格外招待的意思。比方说,来访问的人们有些是应该挡驾的,干脆给挡了回去,那不是免得远客们太劳碌,也省却地主的麻烦。C君,你说这推论对不对?"

"对!"C君手托住了下巴,点了点头,"可是这作风,这方式——啊哟哟!"

这时S夫人已经整理好了衣箱,便把昨晚上躲警报碰着的事,告诉了C君,要他下一个判断。C君托着下巴沉吟了一会儿,说:"可能的!可能!对于一个青年,更随便。"忽然他把声音放郑重了，转脸对着S君的孩子道："双双，不要一个人出去乱跑了，要到什么地方玩，我们一同去。——哦，有一个碑林，可以去看看。"

"一块儿去吃饭罢，快十二点了。"S君伸了一个懒腰站起来。

在附近的馆子里吃过了午饭，又在钟楼左近的热闹街道走了一转。这里是西京市的精华所在，敌机曾在这里下过弹，不过大体上这条街还整齐热闹。十分之六的店铺窗上都没有玻璃，钉上了薄纱。

下午三点多钟回到招待所，却见大院子里停着两三部卡车，一些侍役正把大批的床铺桌子椅子往车上装。招待所的一个职员满头大汗地走来走去指挥。"又是为什么呢？搬到安全的地方去？"S夫人纳闷地说。后来问了侍役，才知道S夫人的猜度有一半是对的；原来当真为谋安全，不过不是那些家具，而是人，据说因为这几天常有警报，慰劳团住在这里太非安全之道，所以要请到华山去住了，床铺椅子桌子是向招待所借用的。

"华山在哪里？离这里有多远？"S夫人问。

"大概有几十里路罢。"C君回答，"没有什么人家，风景也许不差。"

"哈，那是十足安全了，而且，在保护和招待方面，也方便！"S君笑了笑说，觉得现在有些聪明的事情当真为古人所万万不及。

听说那天中午，因有某某办事处邀请慰劳团吃饭，临时惹起了另外两处的宴会，结果是团员诸公连吃两顿中饭尚不得闲，只有不扰某办事处那一顿了，夜饭呢，光景是要到华山去吃了，不过迄无正确材料，姑以存疑。

[附记]

此篇发表时被国民党的检查官删削了不少。原稿早已遗失,现在记不清那被删削的是些什么内容,只依稀记得,那是用讽刺的笔调,点明那华侨慰劳团之所以被"请"到华山去住,表面上为了安全,事实上是怕慰劳团和群众接触。慰劳团的团长是陈嘉庚先生。

1958年11月13日作者补注。

市　场

此所谓"市场",不是售卖鱼肉蔬菜的"菜场",也不是专供推销洋货的什么"商场";这是大圈子(城市)里的一个小圈子,形形色色,有具体而微之妙。

不知道是否也有规律,在西北大小的都市中,"市场"几乎成为必需品,市政当局的建筑计划中,必有开辟"几个市场"的"几年计划"。房子造好,铺户或摊户标租齐全,于是"市场"开幕了;人生所需的一切,在这里是大体都有,——自然只是"平民生活"所需而已。当这样一个"市场"成为一个"社会单位"出现于热闹市街旁边的时候,它的性质委实耐人寻味:从商业的眼光看来,这古怪的东西颇像"集体的"平民化的百货公司,但是不那么简单,这里的铺户或摊户照例是"漫天讨价"的,而且照例玄虚百出,一把水壶当场试过很好,拿到家里仍然漏水,一顶皮帽子戴了两天,皮毛会片片飞去——诸如此类的欺诈行为,在这里是视为当然的。从这上头看,它又是一个"合法的""旧

· 雾中偶记 ·

式商业恶习的保存所",它依"市政计划"而产生,但是它在逐渐现代化的"大圈子"里面(而"现代化"正是市政计划的主眼呢),却以保存"旧习"而出现,成为一个特殊的"小圈子"。

然而倘从生活动态这方面去看,那么,这"小圈子"实在又是那"大圈子"的缩影,谁要明白那"大圈子"的真面目,逛一下这"小圈子"就可得十之七八。

我所见此类中最"完备"——简直可起"模范作用"的一个,便在鼎鼎大名、西北第一"现代化"都市的S市[①]。

这"市场"的大门就像一个城门。挨近门边是一个测字摊,破板桌前一幅肮脏的白布,写着两句道:"唤醒潦倒名士,指点迷路英雄。"狭长脸,两撮鼠须,戴一顶猫皮四合帽的"赛神仙",就坐在他那冷板凳上,眯细了一对昏沉的眼睛,端详着进出的人。他简直有"检查站"官吏那股气派。测字摊的旁边,一溜儿排着几副熟食担子,那是些膻羊肉,瘟猪脏腑,锅块——但花卷儿却是雪白;它们是不远的更多的面摊和饭店的"前卫"。一种浓郁的怪味儿,大盘熟肉上面放着些鲜红的辣椒,汤勺敲着锅边的声音。一个赤膊汉子左手捧一块白面,右手持刀飞快地削,匀称的"削面"条儿雪片也似,纷纷下落,忽然那汉子将刀抛向空中,反手接住,嘴里一声吆喝,便拿起爪篱往汤锅中一搅!

另外一个部门,那就文静得多了。两面都是洋杂货的铺户,花布、牙刷、牙粉、肥皂、胭脂、雪花膏、鞋帽、手电筒……伙计们拿着鸡毛帚无聊地拍一下。有一块画得花花绿

[①] S市:即在1940年被称为西京的西安市。——作者原注。

绿的招牌写着两行美术字：新法照相，西式镶牙。夹在两面对峙的店铺之中，就是书摊；一折八扣的武侠神怪小说和《曾文正公家书日记》、《曾左兵法》之类，并排放着，也有《牙牌神数》、《新达生篇》，甚至也有《麻将谱》。但"嫖经"的确没有，未便捏造。

然而这是因为"理论"究不如"实践"，在这"市场"的一角已有了"实践"之区。那是一排十多个"单位"，门前都有白布门帘，但并不垂下，门内是短短一条甬道有五六个房，也有门帘，这才是垂下的，有些姑娘们正在甬道上梳妆。

秦腔戏院的前面有一片空地，卖草药的地摊占了一角，余下一角则两位赤膊的好汉正在使枪弄棒，叫卖着"狗皮膏药"。最妙者，土墙上挂着一张石印的"委员长玉照"，下面倚着一张弓。卖艺（或是卖药）的那汉子拿起弓来作势要扳，但依然放下，却托着一叠膏药走到观众面前来了。原来那膏药上还印了字："提倡国术，保种强民。"

最后值得一说的，是戏院旁边一家贴着"出租新旧小说"纸条的旧书铺。那倒确是兼收并蓄，琳琅满目，所有书籍居然也分了类，从《三民主义》到零星不全的小学教科书，也有《诉讼须知》。小说是新旧都有，抗战小说却被归入"党义"一类。

这一个"小圈子"真不愧为"市场"；因为它比其他同类特出的，还居然有"人肉市场"，而且这一个"小圈子"也十足是那"大圈子"的缩影，因为在"人肉市场"左近，还可以嗅到阿芙蓉香，这也是独立的"单位"，并且附属于娼寮。

出来时猛回头一看，原来还有一块牌子，斗大四字："民众市场"。哦！

市场门边的测字摊儿、熟食摊儿、面摊儿。

·雾中偶记·

"战时景气"的宠儿——宝鸡

宝鸡,陕西省的一个不甚重要的小县,战争使它崭露头角。人们称之为"战时景气"的宠儿。

陇海铁路、川陕大道,宝鸡的地位是枢纽。宝鸡的田野上,耸立了新式工厂的烟囱;宝鸡城外,新的市区迅速地发展,追求利润的商人、投机家,充满在这新市区的旅馆和酒楼;银行、仓库,水一样流转的通货,山一样堆积的商品和原料。这一切,便是今天宝鸡的"繁荣"的指标。人们说:"宝鸡有前途!"

西京招待所的一个头等房间,弹簧双人床、沙发、衣橱、五斗橱、写字桌、浴间、抽水马桶、电铃,——可称色色齐全了,房金呢,也不过十二元五角。宝鸡新市区的旅馆,一间双人房的房金也要这么多,然而它有什么?糊纸的矮窗,房里老是黄昏,按上手去就会吱吱叫的长方板桌,破缺的木椅,高脚木凳,一对条凳两副板的眠床,不平的楼板老叫你绊脚,——这就是全部,再没有了。但是天天客满,有时你找不到半榻之地,着急得要哭。你看见旅馆的数目可真也不少,里把长的一条街上招牌相望,你一家一家进去看旅馆牌,才知道长包的房间占了多数。为什么人们肯花这么多的冤枉钱?没有什么稀奇。人们在这里有生意,人们在这里挣钱也来得痛快,房金贵,不舒服,算得什么!

而且未必完全不舒服。土炕虽硬,光线虽暗,铺上几层毡,开一盏烟灯,叫这么三两个姑娘,京调、秦腔、大鼓,还不是照样乐!而且也还有好馆子,陇海路运来了海味,鱼翅、海参,要什么,有什么。华灯初上,在卡车的长阵构成的甬道中溜达,高跟鞋卷发长旗袍的艳影,不断地在前后左右晃;三言两语就混熟

·雾中偶记·

了,"上馆子小吃罢?"报你嫣然一笑。酒酣耳热的时候,你尽管放浪形骸,贴上你的发热的脸,会低声说:"还不是好人家的小姐么,碰到这年头,咳,没什么好说啦!家在哪里么,爹做什么?不用说了,说起来太丢人呵!"于是土包子的暴发户嘻开嘴笑了,心头麻辣辣的别有一种神秘温馨的感觉。呵,宝鸡,这是一个不可思议的地方!

×旅馆的一位长客,别瞧他貌不惊人,手面可真不小。短短的牛皮大衣,青呢马裤,獭皮帽,老拿着一根又粗又短的手杖,脸上肉彩很厚,圆眼睛,浓眉毛。他的朋友什么都有:军,政,商,以至不军不政不商的弄不明白的脚色。说他手上有三万担棉花,现在棉花涨到三块多钱一斤了,可是他都不肯放。但这也许是"神话"罢,你算算,三块多一斤,三万担,该是多少?然而确是一个不可思议的人物。有一部商车的钢板断了,轮胎也坏了,找他罢,他会给你弄到;另一部商车已经装好了货,单缺汽油。"液体燃料管理委员会"统制汽油多么严格,希望很少。找他罢,"要多少?""三百加仑!""开支票来,七十块钱一加仑,明天就有了!"他什么都有办法。宝鸡这地方就有这样不可思议的"魔术家"!

但是这天天在膨胀的新市区还不能代表宝鸡的全貌。你试登高一看,呵,群山环抱,而山坳里还有些点点的村落。棉花已经收获,现在土地是暂时闲着;也有几片青绿色,那是菜,但还有这样充裕的"劳动力"的人家已经不多了,并且,一个"劳动力"从保长勒索的册子里解放出来,该付多少代价,恐怕你也无从想象。

离公路不过里把路,就有一个小小村庄,周围一二十家,房屋相当整齐，大都是自己有点土地的，从前当然是小康之家。单讲其中一家，一个院子，四间房，只夫妻两口带一个吃奶的婴孩，门窗都很好，住人的那房里还有一口红漆衣橱，屋檐下和不住人的房里都挂满了长串的包谷，麻布大袋里装着棉籽。院子里靠土墙立着几十把稻草，也有些还带着花的棉梗搁在那里晒。有一只四个月大的猪。看这景象，就知道这份人家以前很可以过得去。现在呢，自然也还"比下有余"。比方说，六个月前，保长要"抽"那丈夫的时候（他们不懂得什么兵役法，保长嘴里说的，就是王法），他们还能筹措四百多块钱交给保长，请他代找一个替身。虽然负了债，还不至于卖绝那仅存的五六亩地。然而，棉花是在"官价"之下卖了出去，麦子的十分之五又是作为"军粮"，而换不到多少钱；天气冷了，他们的婴孩没有棉衣，只好成天躺在土炕上那一堆破絮里，夫妇俩每天的食粮是包谷和咸菜辣椒末，油么，那是不敢想望的奢侈品。不错，他们还养得有一口猪，但这口猪身上就负担着丈夫的"免役费"的半数，而且他们又不得不从自己嘴里省下包谷来养猪。明年有没有力量再养一口，很成问题。人的脸色都像害了几年黄疸病似的，工作时候使不出劲。他们已经成为"人渣"，但他们却成就了新市区的豪华奢侈，他们给宝鸡赢得了"繁荣"！

"拉拉车"

从宝鸡到广元（四川），要经过那有名的秦岭，秦岭虽高，并不怎么险；公路盘旋而上，汽车要走一小时光景方到山顶。你如果不向车外望，只听那内燃机的沉浊而苦闷的喘息声，你知道车子是在往上爬,可不知道究竟爬了多少高,但你若向外一望,才知道秦岭之高是可惊的,再向远处看,你又知道秦岭之大也是惊人的。

然而这样高而且大的秦岭却没有树林,除了山沟里有些酸枣之类的灌木,它可说是一座童山。虽非终年积雪,但一年之中它的高峰不戴雪帽的时候,也很少了,往往岭下有雨,在岭上便是雪。不过空气依然干燥得很可爱。人们常说,过了秦岭,气候便突然不同,秦岭之南要暖和得多;其实这是岭上与岭下气温之差,倒不在乎南北。

村落之类,秦岭上是没有的。道旁偶有三数土屋,那是"小商店",有货的时候是几包香烟,几张锅块,或者也有柿子梨子和鸡蛋,至于缺货的时候简直可以什么都没有。秦岭之顶,却颇广阔,很可以容纳几个村庄,现在村庄似乎还没有产生,但由小饭店和杂货店凑合而成的十来户人家的小"镇",确已有了。这是供过往人们打尖的,必要时,饭店和杂货店又可权充旅店。因为秦岭道上,现在也是一天一天繁荣起来了。

在这条路上,有一种特别的车子,——一种特别的人力车,人们称之为"拉拉车"。这是两轮车,轮即普通人力车所用者,也有的是木制,极简陋,但仍用橡皮轮胎;座位不作椅形,而为榻形,故不能坐,只能卧;——总之,这就是在轮轴上铺放宽约二尺许、长约五尺的几块板,极像运货的"塌车",惟较小而已。川陕道中,尤其宝鸡至广元一段,客车不多,商车亦不愿载客,因其不如载货之利厚。向公路局登记挂号待车,往往候至一月之久尚无眉目,于是此等"拉拉车"应运而生,大行其时。客人随身倘有两件行李,便可以把铺盖打开,拥被而卧,箱子可作靠枕，或可竖立，权作屏风。颠簸之苦是没有的，倘风和日丽，拥被倚箱，一壶茶，一支烟，赏览山川壮丽，实在非常"写意"。

缺点是太慢，自宝鸡到广元，通常要"拉"十多天，倘遇风雪，不得不在小村里"抛锚"，那就等上个三五天，七八天，都没准儿。然而通盘计算，坐"拉拉车"还是比汽车快；"拉拉车"算它二十天到广元，但倘无特别门路，则二十天之内你休想买到车票。这是指公路局的客车。至于商车（即主要是运货，而亦兼载客人），也得有熟门路方能买到票，价钱可不小，比公路客车票价贵了二三成，而且车子容易出毛病，往往半路"抛锚"，前不巴村，后不着店，如果修理无效，那简直叫天不应。那倒不如"拉拉车"按站而走，入暮投宿，虽系荒村，但总不会住在露天。

"拉拉车"的车费，据说从宝鸡到广元，单趟也得国币二百元左右。那跟公路局客车的票价也不相上下了，但在旅客方面，也还觉得合算，为的你如果在宝鸡或西安等车，一天房饭花上十块钱并不算阔。万一之虑是路上遇到土匪。去年冬，有一批军火被劫，货车被劫也有过，但"拉拉车"被劫似乎尚未听说；现在的土匪，眼睛也看大了，单身客人值不了几百块的东西，不值他们一顾，他们是往大处着眼的。

来回一趟，车夫可有四百元的收入，——到广元后如果拉不到人，可以拉货，所得亦不相上下。如果车是自己的，那么，除去路上走一个月的食宿等费（这条路上的伙食很贵，而车夫倘不吃得多点和好点，就拉不动车了），大约尚可剩余百数十元；如果是租车，则所余仅五六十元而已，养家活口还是困难。

一车连人带行李，少说也有一二百斤，要翻过秦岭，而且秦岭以外还有不少山，这一工作实在不轻便。现在川陕道上，这种

"拉拉车"多如"过江之鲫"。看他们上坡时弯腰屈背,脑袋几乎碰到地面,那种死力挣扎的情形,真觉得凄惨;然而和农村里的他们的兄弟们相较,据说他们还是幸运儿呢!

秦岭之夜

下午三点钟出发,才开出十多公里,车就抛了锚。一个轮胎泄了气了。车上有二十三人。行李倒不多,但是装有商货(依照去年颁布的政令,凡南行的军车,必须携带货物,公家的或商家的,否则不准通行),两吨重的棉花。机器是好的,无奈载重逾额,轮胎又是旧的。

于是有组织的行动开始了。打千斤杠的,卸预备胎打气的,同时工作起来。泄气的轮胎从车上取下来了,可是要卸除那压住了橡皮外胎的钢箍可费了事了。绰号"黑人牙膏"的司机一手能举五百斤,是一条好汉,差不多二十分钟,才把那钢箍的倔强性克服下来。

车又开动了,上坡,"黑人牙膏"两只蒲扇手把得定定的,开上"头挡排",汽车吱吱地苦呻,"黑人牙膏"操着不很圆润的国语说:"车太重了呀!"秦岭上还有积雪,秦岭的层岚叠嶂像永无止境似的。车吱吱地急叫,在爬。然而暝色已经从山谷中上来。忽然车停了,"黑人牙膏"跳下车去,俯首听了听,又检查机器,糟糕,另一轮胎也在泄气了,机器又有点故障。"怎么了呀?"押车副官问,也跳了下来。"黑人牙膏"摇头道:"不行呀!可是不要紧,勉强还能走,上了坡再说。""能修么?""能!"

挨到了秦岭最高处时,一轮满月,已经在头顶上。这里有两家面店,还有三五间未完工的草屋,好了,食宿都不成问题了,于是车就停下来。

第一件事是把全体的人,来一个临时部署:找宿处并加以分配,——这是一班;卸行李,——又一班;先去吃饭——那是第三班。

未完成的草房,作为临时旅馆,说不上有门窗,幸而屋顶已经盖了草。但地下潮而且冷,秦岭最高处已近雪线。幸而有草,那大概是盖房顶余下来的。于是垫起草来,再摊开铺盖。没有风,但冷空气刺在脸上,就像风似的。月光非常晶莹,远望群山骈列,都在脚下。

二十三人中,有六个女的。车得漏夜修,需要人帮忙。车停在这样的旷野,也需得有人彻夜放哨。于是再来一个临时部署。帮忙修车,五六个人尽够了;放哨每班二人,两小时一班,全夜共四班。都派定了,中间没有女同志。但是W和H要求加入。结果,加了一班哨。先去睡觉的人,把皮大衣借给放哨的。

跟小面店里买了两块钱的木柴,烧起一个大火堆。修车的工作就在火堆的光亮下开始了。原来的各组组长又分别通知:"睡觉的尽管睡觉,可不要脱衣服!"但即使不是为了预防意外,在这秦岭顶上脱了衣服过夜,而且是在那样的草房里,也不是人人能够支持的;空气使人鼻子里老是作辣,温度无疑是在零下。

躺在草房里朝外看,月光落在公路上,跟霜一般,天空是一片深蓝,眨眼的星星,亮得奇怪。修车的同志们有说有笑,夹着工作的声音,隐隐传来。可不知什么时候了,公路上还有赶着大

· 雾中偶记 ·

车和牲口的老百姓断断续续经过。鸣鞭的清脆声浪,有时简直像枪响。月光下有一个人影从草房前走过,一会儿,又走回来:这是放哨的。

"呵,自有秦岭以来,曾有过这样的一群人在这里过夜否?"思绪奔凑,百感交集,眼睛有点润湿了,——也许受了冷空气的刺激,脸上是堆着微笑的。

咚咚的声音,隐约可闻;这是把轮胎打了气,用锤子敲着,从声音去辨别气有没有足够。于是眼前又显现出两位短小精悍的青年,——曾经是锦衣玉食的青年,不过一路上你看他们是那样活泼而快活!

在咚咚声中,有些人是进了睡乡了,但有些人却又起来,——放哨的在换班,天明之前的冷是彻骨的。……不知那火堆还有没有火?

朦胧中听得人声,猛睁眼,辨出草房外公路上已不是月光而是曙色的时候,便有女同志的清朗的笑声愈来愈近了。火堆旁围满了人,木柴还没有烧完。行李放上车了。司机座前的玻璃上,冰花结成了美丽的图案。火堆上正烧着一罐水。滚热的毛巾揩拭玻璃上的冰花,然而随揩随又冻结。"黑人牙膏"和押车副官交替着摇车,可是车不动,汽油也冻了。

呵呵!秦岭之夜竟有这么冷呢!这时候,大家方始知道昨夜是在零下几度过去的。这发见似乎很有回味,于是在热闹的笑语中弄了草来烘汽车的引擎。

[附记]

此篇所记,乃是一九四〇年初冬,作者从延安到西安,又在西安坐了八路军的军车经过秦岭时的事实。此篇发表时也被国民党的检查官删去了一些句子,现在既无底稿,也记不清,只好就这样罢。

1958年11月13日作者补记。

某 镇

反正在四川境内,这样的镇很多,我们就称它为某镇罢。这是位置在公路旁边的,而且地位适中,多数的车子都到这里过夜。这一点地利,使得某镇在其同辈中一天一天特异起来。

东西向的一条街,约有里把长,街两旁,不折不扣的住家房屋占十分之三,"营业性"的,占十分之七。这里用了"营业性"三字,略略费过一点斟酌:旅馆之类,诚然不妨称为商店,但住家其名而赌窟娼寮其实者,可就难以"正名",故总称之曰"营业性",以示概括。

全街——应该说就是全镇,约有茶馆二十余家,密度占第一。上茶馆,"摆龙门阵",是这里的风尚。矮的竹椅子,矮的方桌(不过比凳子高这么一二寸罢),乃至同样矮的圆桌和大菜台式的长方桌,错综杂陈,室内既满,则跨槛而出,占领了街面一尺八。茶馆营业时间,从早六点起,直到晚上九点、十点。穿了件蓝布长衫的茶客,早上泡一碗茶,可以喝到晚上,——其间自然也有离开茶馆的时候,比方说,他总有点公事或私事,但他那一碗茶照例是保留着的。这里说"穿蓝布长衫",并无标示"身份"之意,因为在四川,长衫是非常普遍的,卖豆腐干的小贩穿它,摇船的也穿它,甚至挑粪的也穿,虽然褴褛到不成话。

但是同为"蓝布长衫",却也可以从旁的方面看出"身份"的不同来。例如,悠然坐在矮竹椅上,长烟袋衔在嘴里,面前桌上摆这么几片烟叶,从容不迫地把烟叶展平,卷成"雪茄"——有这样"气派"的,便是高超的人物,至少是甲长之流。

旅馆的密度,要占第二了;这倒数过,共计十五家半。何以有"半"?需要小小的说明。有一家饭馆,亦兼营旅馆业,可是并没正式挂牌。而且又是"特种"旅馆,平常人畏其喧嚣,不大愿意进去。至于其他的旅馆,说一句良心话,确是十分规矩;虽则有些单身男客的房里到十点以后忽然会多出一个女的,但这是人家男女间的事,旅馆当然不便负责。又或另一方式,十点以前就有女的在了,那么在适当时光,茶房就来打招呼道:"先生,查房间的快要来了。"于是女的飘然引退,男的正襟危坐,恭候查房。但这当然又是茶房与旅客间的事,与旅馆相应无涉。

旅馆规模大者,竟有三层楼,实在的三层,不过每层的高度只配五短身材的人们挺胸昂首而已。楼板有弹性,而且不知何故,上又覆以土货的"泥",于是又像铺了"橡皮地毯"。床是固定的,竹条为垫,上加草荐,又宛然是钢丝弹簧的风格。板壁之薄,几与马粪纸媲美。但这样的旅馆确是抗战以后的新建设,是为了需要而产生的。

现在每月还有新房子加入这市镇的繁荣阵线。

饭店的数目,似乎太少了一点,全街只有十四家,因此,异常拥挤。

理发店仅有两家,但居然时髦,能烫发成一团乱茅草,而且招牌上不曰"世界",就是"亚美",口气之大,和它的门面成为反比例。全镇上以本镇居民为营业对象的,恐怕只此两家理发店;而在本镇居民之中,成为这两家理发店之好主顾者,据说就是晚间常常忽然出现于单身男客房中的女子。

为了"生存竞争"的必要,这些神秘的女性当然不能不有章身文面之具,章身谈何容易,文面则比较好办;于是镇上卖香烟的杂货店里便又罗列着"廉价"的化妆品。此中最"吃香"的一种便是所谓"雪花膏"。这装在粗瓷的瓮内,其白如石灰,其硬如土块,真不知是哪一等的技师,用了何等原料来"法制"的!

有一家专卖"大曲"的酒店,居然也有玻璃瓶装的瓶头酒:老板娘在自制瓶塞。原料是去了米粒的玉米棒,以及包香烟的锡纸,但不知此种玉米是用手工剥掉的呢,还是用牙齿去咬的?一想到我们中国人最善于"人弃我取",那么大概齿咬是更近于实际罢,而且这也或者合于"战时经济"的原则的。

最后,不得不请注意:这个随时势而繁荣的小镇,别的虽比不上重庆之类的大都市,但物价之昂贵却毫不落后。

"雾重庆"拾零

二十九年(一九四〇年)我到重庆刚赶上了雾季。然而居然也看见了几天的太阳,据说这是从来少有的。人们谈起去年的大轰炸,犹有余怖;我虽未曾亲身经历,但看了水潭(这是炸弹洞)那样多,以及没有一间屋子不是剥了皮,——只这两点就够了,更不用说下城那几条全毁的街道,也就能够想象到过去的大轰炸比我所听见的,实际上要厉害得多。

然而雾重庆也比我所预料的更活跃,更乌烟瘴气,而且也更

雾中偶记

其莫明其妙,雾重庆据说是有"朦胧美"的,朦胧之下,其实有丑,但此处只能拾零而已。

重庆的雾季,自每年十一月开始,至翌年四月而终结,约有半年之久。但是十一月内,"逃炸"的人们尚未全归,炸余的房屋尚未修葺齐整,而在瓦砾堆上新建筑的"四川式"的急就的洋房也未必就能完工,所以这一个月还没活跃到顶点。至于四月呢,晴天渐多,人与"货"又须筹备疏散,一年内的兴隆,至此遂同"尾声",故亦当别论。除去首尾两月,则雾重庆的全盛时代,不过四个月;可是三百六十行就全靠在这四个月内做大批的生意,捞进一年的衣食之资,享乐之费,乃至弥补意外的损失。

而且三百六十行上下人等,居然也各自达到了他们的大小不等的"生活"目的,只看他有没有"办法"!有办法,而且办法颇多的脚色,自可得心应手,扶摇直上;办法少的人呢,或可幸免于冻馁,但生活费用既因有些人们之颇多办法而突飞猛进,终至于少办法者变成一无办法,从生活的行列中掉了队。有人发财,亦不免有人破产;所以虽在雾重庆的全盛期,国府路公馆住宅区的一个公共防空洞中,确有一个饿莩搁在那里三天,我亲眼看见。

这里只讲一位比上不足,比下有余的人物。浙籍某,素业水木包工,差堪温饱,东战场大军西撤之际,此公到了汉口,其后再到重庆,忽然时来运来,门路既有,办法亦多,短短两年之间,俨然发了四五万,于是小老婆也有了,身上一皮袍数百元,一帽一鞋各数十元,一表又数百元,常常进出于戏院、酒楼、咖啡馆,居然阔客。他嗤笑那些叹穷的人们道:"重庆满街都有元宝乱滚,只看你有没有本事去拾!"不用说,此公是有"本事"的,然而倘凭他那一点水木包工的看家本事,他如何能发小小的四五万?正如某一种机关的一位小老爷得意忘形时说过的一句话:"单靠薪水,卖老婆当儿子也不能活!"

这些比上不足比下有余的小小暴发户,今天成为"繁荣"雾重庆的一分子。酒楼、戏院、咖啡馆、百货商店、旧货拍卖行,赖他们而兴隆;同时,酒楼、戏院、咖啡馆、百货商店、旧货拍卖行的老板们,也自然共同参加"繁荣市面"。

重庆市到处可见很大的标语:"藏钞危险,储蓄安全。"不错,藏钞的确"危险",昨天一块钱可以买一包二十枝装的"神童牌",今天不行了,这"危险"之处,是连小孩子也懂得的;然而有办法的人们却并不相信"储蓄安全",因为这是另一方式的"藏"。他们知道囤积最安全,而且这是由铁的事实证明了的。什么都囤,只要有办法;这是大后方一部分"经济战士"的大手笔。如果壮丁可以不吃饭,相信也有人囤积壮丁,以待善价的。据说有一个囤洋钉的佳话,在成都方面几乎无人不知:在二十八年(一九三九年)之夏,成都有某人以所有现款三四千元尽买洋钉,而向银行抵押,得款再买洋钉,再做抵押,如此反复数次,洋钉价大涨,此人遂成坐拥十余万元之富翁。这故事的真实性,我颇怀疑,然而由此可见一般人对于囤积之向往,也可见只要是商品,囤积了就一定发财。

重庆市大小饭店之多,实足惊人。花上三块钱聊可一饱的小饭店中,常见有短衫朋友高踞座头,居然大块吃肉大碗喝酒。中山装之公务员或烂洋服之文化人,则战战兢兢,猪油菜饭一客而已。瞎眼的诗人于是赞美道:劳力者与劳心者生活之差数,渐见消灭了,劳力者的生活程度是提高了。但是,没"办法"之公

・雾中偶记・

务员与文化人固属可怜,而出卖劳力的短衫朋友亦未必可羡。一个光身子的车夫或其他劳力者每天拼命所得,或许是多于文化人或公务员,每星期来这么两次大块吃肉,大碗喝酒,也许是不成问题的,然而,要是他有家有老有小,那他的"生活程度"恐怕还是提不高的。君不见熙熙攘攘于饭店之门者,短衫朋友究有若干?

"耶诞"①前后,旧历新年首尾,政治上愁云重重,疑雾漫漫,但满街红男绿女,娱乐场所斗奇竞艳,商场之类应节新开,"胜利年"的呼声嘈嘈盈耳,宛然一片太平景象。不过也有不值得"见之报章"的"小事",为"胜利年"之例外点缀:例如,在那几天十多个青年"失踪"之后,居然出现于川东师范的防空洞内,也有人看见了,但关心者探询时所得的回答还是干脆的两个字:"没有!"又有一件小事,则发生于全市共庆元旦,铺张扬厉之日:事缘胜利年之元旦,大重庆的防护团与三青团都应扎扮停当,恭候检阅,某区(市外)奉到命令,即便转饬所属,着于元旦清晨集合,不得有误。讵料该区所属某乡名额上虽写明防护团员七人,三青团员五人,都共十有二人,但实际只有八位老乡两兼差;元旦之晨,此八位老乡果然全体出马,恭候带往大队集合,防护团之分队长一看总数八人,尚多一人,但如同时检阅,则八位既无分身之术,势必两面皆不能足额。于是各为奉队部之名誉计,两方互争足额,毫不相让,口舌不能解决,终至于拔枪相向。八位老乡在先还是没人儿似的坐在一旁看热闹,及见动武,则大骇而起,拔脚便逃。分队长与支部长喝止不住,盛怒之下,遂

---

① "耶诞":基督教传说中的耶稣诞生日(公历12月25日)。

开枪制止,可怜子弹不生眼睛,八人之中,一人倒地,本来不足之名额,至是更少——但此时名额之争,倒又成为不关重要了。

新年前后,盛传"胜利年"中加强"文化建设"已有具体计划,单就文化事业费一项而论,将视去年增加数倍,而"重庆市图书杂志审查会"之经费则将由每月二万元增至六万元,云云。本来审查会诸公,贤劳过甚,凡属"免予登载"之件,必附加长批,某诗人叹为"不亚于胡风之理论大文";又不但审而查之而已焉,时时且为作家删改文章,其点窜之妙,能使鹿变为马,白转成黑,每每一篇放出,墨团盈纸(凡有删抹之处,例必浓墨涂抹,故曰墨团盈纸),作家捧读,啼笑不得;如此"精神劳动",陪都文化界早已有口皆碑,是以骤闻经费将大增加,机构将大扩充,凡属笔耕之流,莫不认为右文之典,理所宜然,但事隔一月,案尚留中,谓为经费无所出耶,则本年度岁支七十余万万,区区每月六万之数,何啻九牛之一毛?但截到二月中旬为止,审查会仍以原有太少之人力应付繁重之工作,则为事实。不过,似乎调剂的新办法是在采用。例如,有一向来无所谓的某书局,资本不大不小,出书若有若无,但既列肆而为书局,总不能不印一二套书,于是收进了有关抗战的文艺稿子若干部,且又拟办一刊物,稿费已经付出,刊物合同亦已签订,忽然奉到谈话之命,备聆转弯抹角之训词,结果老板知难而退,合同取消,书稿退回,稿费奉送。这一件事的做法,委实令人莫测高深。盖法令具在,书报内容倘有不妥,只消审查会"免予刊载"四字,便已一了百了,何必另生办法,转觉不大光明。唯一的解释,也许是顾全诸公工作的繁重,特为釜底抽薪。但也许是"空室清野"的战略应用于文化?究竟如何,书呆子们实在猜详不透,只能说,因其是

雾中偶记

雾重庆，故万事如堕五里雾中。

拍卖行之多而且营业发达，表示了中产阶层部分的新陈代谢。究竟有多少拍卖行？恐怕不容易回答。因为这一项"新兴事业"，天天在滋长。而且"两栖类"也应时而生了，一家卖文具什么的铺子可以加一块招牌"旧货寄售"，一家糖果店也可以来这么一套，而且堂堂的百货商店内也有所谓"旧货部"。所谓"拍卖行"者，其实也并不"拍"而卖之，只是旧货店而已，但因各物皆为"寄售"性质，标价由物主自定，店方仅取佣金百分之十五，故与"民族形式"之旧货店不同。此种没本钱的生意，自然容易经营，尤其是那些"两栖类"，连开销都可省。据说每家平均每日约有二千元的生意，倘以最低限度全市五十家计算，每天就有十万元的买卖，照重庆物价之高而言，十万元其实也没几注生意好做。被卖的物品，形形色色都有，就只不曾见过下列三样：棺木，军火，和文稿。也没有什么好东西，比方说，一件磨光了绒头的毛织的女大衣，标价一百四五十元，立刻就卖出了；这好像有点出奇，但再看一看，所谓"平民式"的棉织品（而且极劣）的女大衣，在"牺牲"的名义下也要卖到一百九十九元一件，就知道旧货之吃香，正是理所当然了。旧货的物主，当然是生活天天下降的一部分中产阶层，可是买主是哪一路脚色呢？真正发国难财的阔佬们，甚至真阔佬们，对这些"破烂古董"连正眼也不会瞧一眼的，反之，三百元左右收入的薪水阶级，如果是五口之家，那他的所入，刚够吃饭，也没有余力上"拍卖行"。剩下来的一层，就是略有办法的小商人以及走运的汽车司机，乃至其他想也想不到的幸运的国难的产儿。这班小小的暴发户，除了吃喝女色之外，当然要打扮得"高贵些"，而他们的新宠或少爷小姐当然也要装饰一下,于是战前中产者的旧货就有了出路。

去年十二月尾,重庆各报登载了某院长①提倡的"食物营养研究会"的消息,并所谓"新生活维他命西餐"的餐单,——据说这是最节俭且最富于营养的设计;兹照录该餐单如下:

一、汤:黄豆泥汤。

二、正菜:猪肝、洋葱、烘山芋、酱豆瓣、青菜。

三、点心:糖芋头。

四、副品:葱花"维他饼"、花生酱、乳腐、维他豆汁、川橘。

看了这餐单,谁要是还说不够节约,那他就算"没良心";但是,如果懂得重庆粮价物价,不妨计算一下,这样一顿"新生活维他命西餐",够一个平常人吃饱,谁要是说花不了一块五毛钱,那他也是"没良心"!一块五毛国币一市斤的米,一个没有胃病的人一个月光吃米就该多少?五口之家,丈夫有三百元的月入,两个儿女如果想进初中,那简直是很少办法;即退一步,不说读书,但求养活,则以每月三百元来养五口,实在无可再节约,而且也谈不到什么营养。故对大多数人而言,今天的问题既非节约,更谈不到营养,而是如何活命。听说有在军事机关供职者,阶级是上校,月饷及仆从津贴等等,共得二百七八十元,饭

---

① 某院长:指当时任国民党政府行政院副院长的孔祥熙。1940年12月,他发起所谓"食物营养研究会",无视饿殍遍野、民不聊生的现实,侈谈"国家之富强,多于人民之健壮;而人民之健壮,在乎食品营养之充分适宜",以及"物价愈贵,愈要讲求营养"等等。

·雾中偶记·

碗是铁饭碗,职务亦不辛苦,但吃亏的是油水全无,而此公又太老实,不会另寻"办法",更该死的是家有老母妻儿都只会张口待哺,年复一年,借贷已经断了门路,典当亦更无长物。一日夫妇吵架,妻谓"如此不如为娼"。那同志忿极而去,亦声言,"悉听尊便,自寻活路。"然出门后,气渐平,仍思设法借钱,以济眉急,不料正待告假一日,长官又责其办错了事,申斥一顿,这位同志就连假也不敢请了,挨至散值,碰了几个钉子,才借到数升米的钱,急急回家,则家中已如活地狱——妻子不知去向,老母高悬梁上,饿了一天又受惊吓的小儿女躺在败絮里,跟死了差不多;这位同志心中一急,便拔出"成功成仁"之剑,竟自"成仁"去了。

南温泉为名胜之区,虎啸尤为幽雅,主席与某院长别墅对峙于两峰之巅,万绿丛中,红楼一角,自是"不凡"。除此以外,属于所谓南泉市区者,无论山石水泉,都嫌纤巧不成格局,——甚或有点俗气。花溪本来也还不差,可是西岸的陪衬太糟了,颇为减色。这一条水里,终天来往着渡船,渡费每人一毛,包船则为一元。据船夫说:四五年前,渡船一共仅六七只,渡费每人一分,每日每船可得三毛;现在呢,渡船之数为六十余,每船每日可得五元。去了船租二元,仅余三元。够一人伙食而已。今日之五元不及以前之三毛。然而出租渡船的老板们的收入,却是今胜于昔。据船夫说,他的老板就是南温泉一个地主,有渡船八只,每月可得租费四百八十元,一年为六千元强,去修理费每年约共二千元,尚可净余四千元。至于渡船的造价,现在每只约需六百元(从前仅四五十元),八只为四千八百元。一年之内,本钱都已捞回,第二年,所得已为纯利了。但这样的好生意还不算国难财,真怪!

最漂亮的生意

现在天字第一号的生意,该推运输业。这勾当是赚钱的,然而又妙在处处合法。走私,囤积,都能发大财,可是美中不足之点,——名气太坏。哪里能及运输业,既赚钱,又有贡献于抗战建国!

这样的好生意,自然不是人人可得而为之了。门路,后台,手腕,都不可缺,而资金尚属余事。此中翘楚,如官商合办,"国府特许"之某运输公司,拥有卡车千余辆,雄视西南,俨然一"王国"。然而公私物资需要流通者太多了,运输工具总感觉不够,所以虽有"王国"在上,附庸仍可存在。最小者,有车一辆,身兼车主与司机,仆仆风尘,形同负贩,但也照样赚钱。据此道中人说,此中困难,不在得车,而在领照;不患无客,而患在缺油。照与油必如何而可得,那就要看各人的有没有"办法"了。如果你在这一门生意上站稳了,那么,财富逼人来,你即无意多赚,"时势"亦不许可。福特或道奇货车一辆,已经有了上万公里的记录,虽尚能服务,却已如肺病第三期的痨病鬼,可是你若"出让",还可以收回买价四倍乃至六倍之多,而且包你没人敢说你一句"心黑"。

运输业对于抗建的贡献,早已赫赫在人耳目,毋庸我再表扬,但它在公路上的荒凉去处,往往蓦地创造出一个繁华的市镇,——这样的"功德",却是不可不记的,这里,便有一个标本。

地点,离重庆约十余公里。本来是连"村"也不够格的小地方,只看路旁一色的新房子,便可明白。但自从有了"站",特别是有了某大运输公司的"厂"以后,便完全不同了。这里有一家

·雾中偶记·

旅馆，每天塞足了各省口音的旅客，军政商各界的人物。有大大小小的饭店十多家，招牌上不曰"天津"，即称"上海"。有理发馆，门面实在不坏。甚至也有专门的"汤圆大王"。而最足表示其特色的，还有游击式的擦皮鞋童子。除旅馆而外，一切的"物质设备"都是为了该运输公司的从业员。而从业员之中，什九是曾在上海居留过的江浙人，故满街吴侬软语，几令人忘记了这地方是四川。

在货车奔驰，黄尘如雾的路旁，时常见有装束入时的少妇，电烫的飞机头，高跟皮鞋，拿了手杖或不拿手杖，轻盈缓步，香气扑人，浑身是久惯都市生活的派头。她们大都是高级职员的姨太太或临时太太。但也有服装虽然摩登举止依旧不脱土气的少妇，那大概是司机先生们的"家里人"，——司机先生们是在沿线的大去处都有一个"家"的，此处是"起点"，自然应该有。卖笑生活的女子，又是另一种作风：花洋布的衣服，狼藉不匀的脂粉，短发打成两根小辫子，挂在颈边，辫梢是粉红色的大绸结。她们的来历，可就复杂了：有的是从敌人的炮火下逃得了性命，千里流亡，被生活的鞭子赶上了这条路的；也有的未尝流亡，丈夫或哥哥正在前线流血，她们在后方却不得不牺牲皮肉从那些"为抗建服务"的幸运儿手里乞取一点衣食的资料。

这里没有电灯。晚上用古式灯台，点胡麻子油，光昏烟重。但这并不妨碍了人们在室内的活动。当公路上车辆绝迹，饭店里酒阑人散的时候，卖笑女出动了，而雀战也开场了。几家杂货店的老板娘能够从洋烛的销售数目计算出当夜有几场麻将。到了第二天中午，在饭店里广播战绩了：输赢不大，某主任掏出了三百，某管理员进帐五六百，某科员终场未得一和，也不过输了九百多元罢了！这个数目，差不多等于该科员全年的薪水，然而他在一夜之间就输去了，却毫不在意。

司机生活片断

在西北公路上，对于司机的称呼，最好是这样四个字：司机同志。如果称他为"开车的"，那你便是不懂得"争取技术人员"的冒失鬼。我看见过西北公路局的"司机管理规章"之类的文件，知道对于司机的教育工作，的确下了相当的注意。而我所遇到的一位，也的确很规矩，颇知自爱自重，言谈行举都是受过点教育的派头，——虽然有人说，我所坐的那辆车是特别车，因而那司机也是特挑的司机，但无论如何，能有好的挑得出来，总是差堪满意的事罢。①

我不知道西南公路是否也有相同的"司机管理规章"之流的东西。想来是一定有的。因为半官的大公司的司机们是有一个管理员的，而且还是个"党员"，而且据说司机们大部分是加入了三青团的。管理员之流，虽然每个晚上要来一场"阵地战"，而且他亦不否认有一妻一妾，但每天早上的训话（对司机们）确是未尝荒废。司机们不许酗酒宿娼，不过并无明文不许讨姨太太，因此，如果没有一两个姨太太，似乎便是损了司机身份似的；他们谈话中承认司机至少有两个家，分置在路线的起点与终点——比方说，重庆一个，贵阳一个。

因为认我是同乡，有一个司机告诉了我他们的一些职业上

---

① 参看本辑《风雪华家岭》篇。那辆"专车"是为那个准活佛的大师专开的，但也卖票给有介绍信的客人，我是这样坐上了这辆"专车"的。——1958年11月13日作者补志。

的特点。月薪都不大,四五十元而已,但"奖励金"却是一笔指望;所谓"奖励金",便是开一趟车所节省下来的汽油回卖给公司所得的钱,这是百分之百合法的收入。如果天公作美,不下雨,则自重庆到贵阳一趟,大约可以节省十加仑的汽油,回卖给公司,便是四百元了。要是私下卖给别人,那就是"不合法",便要受处分,因为汽油的"黑市"每加仑六十元七十元都不一定。

"我们都不想占这一点小便宜,省下油来,总是规规矩矩回给公司。"我的司机朋友大义凛然地说,"可是公司方面还怕我们捣鬼,预先扣留四五加仑,叫做存油。这一项存油,大概可以不动用。"但有据说单靠这笔"奖励金",还是不够生活,所以得随时"挂黄鱼"。这是被默认的"不合法"的行动,但仍须回避"检查站"的耳目,免得面子上难堪。有一次,十几条"黄鱼"争求搭载时,我的司机朋友只允许了五条;"太重了,有危险!"他说,"我不能不顾到车子的安全!"这样,他表明了他不是一味贪钱,他倒是在"于人无损"的原则下与人以方便的。"黄鱼"的乘车费约为两块多钱五公里,比正式打票稍稍便宜些。

"那你一个月总有千把元的进帐,一二年你就是个财主了!"

"哪里,哪里,刚够开销罢了。"他叫屈似的分辩,"我有两个家,——两个老婆,四五个孩子,两处地方的吃用,你看,至苦也要四五百元。再说,我们干这一行的,总要吃得好一点。每月花在吃喝上,也得二百元。你瞧,光是抽香烟,一天两包老刀牌,还不是三元多么?"

这位司机先生总算是个规矩人,不嫖不赌,仅仅有两个老婆,分放在两处,成立了两个家,而且每天要抽两包老刀牌,——这在司机,也是最起码的消费了,但因他是规矩人,所以他倒安居乐业。另一个就不然了。这位司机先生,夹带了两个女子,似乎有满肚子的委屈,一路上老摆出一副"丧神脸"。他的委屈,由二女人之一说了出来时,大意是如此的:公司的算盘打得精,从前开一趟车,规定全程六十加仑汽油,现在改为四十九了,所以这方面的好处也就"看得见",但尤其岂有此理的,一个月每个司机至多挨到开三次车。"公司里,车子不添,司机却天天有新来的",少开一趟车,司机先生就少了三四百的收入,"那不是存心叫当司机的没饭吃"。因此,他的结论是:"别看它是大公司呢,越是大公司的事越难做,倒不及小公司,譬如××汽车公司,它那边的司机一个号头做上来,谁不进帐两三千!"

"丧神脸"的那位司机先生,其实是应该高高兴兴的,因为他所夹带的两个女人,其中年青的一位便是他的新宠。这里有一段小小的秘密。开车的前夜,查房间的宪警在一家旅馆内发现一男一女同在一房,宪警们早就认识这女的,知道她干的是哪一项生意,现在她和一个男子在这里,不问而知是没有什么正经的;然而宪警们还是照例问了,先问那男子:

"你是干什么的?"

"司机。"男的回答,立刻拿出证章来给他过目。

"她是你的什么人?"宪警指一指女的,狡猾地笑了一笑。

不料那司机干脆地答道:"我的老婆!"

"呵,不是罢?"警察之一倒有点不知所措了,但突然把脸一沉,转向那女的喝道,"你说,你到底是干什么的?你跟他有什么关系?"

"我和他是夫妻,我不干什么,我是他老婆。"女的也不示弱。

这可激怒了另一位警察了,他上前一步,对那女的厉声说:"你不用嘴硬,我认识你的!你天天在这条街上走,你几时嫁给他的?哼,怎样会晚上忽然跑出一个老公来了!"

女的一看瞒不过,也就认了:"我自愿跟他,你们管不了!我是今天嫁给他的!"

"呵呵!可是你有丈夫没有?你的丈夫在哪里?"

"我有丈夫!"那女的咆哮起来了,"可是和你们不相干。我的丈夫打仗去了,两年没有讯息了,谁知道他是死是活。我没法过日子,他要我,"女的指一下那司机,"我自愿跟他。谁也管不了我们俩的事!"

"那不成!"警察之一冷冷地说,却又转脸对他的同伴似乎征求他的同意道,"带她到局里去。"

"我不去!你们给我找丈夫来,我就跟你们去!去!"说着,就简直往床上一坐,摆出不再理会的姿势。

"瞧吧,你敢不去。"警察也当真生了气。"简直是蛮不讲理!"

"还我丈夫来,我就去!"女的声音忽然嘶哑了,却把脸背着人。"不让我跟他,谁来养活我?……"

"算了罢,算了罢,"另一个警察从中转圜,"随他们去。"

一手拉住了他的同伴,便打算走。

可是那一个还回头对司机问道,"你抽不抽大烟?"

"不抽。"司机回答,讨厌地扁嘴。

于是查房间的走了,这一幕完毕。

第二天,车开出站约一公里,那女的上了车,她穿一件印花的人造丝旗袍,烫发,半高跟皮鞋,短裤子,露出两条大腿,身段倒还不差,脸庞儿略扁,两颧微突,一对眼睛却颇有点风骚。

她爬上车和那另一女人（说是司机的亲戚），坐在货包上。那天是阴天，风吹来很冷，人家都穿了棉大衣，可是那女的只穿一身单衣。司机把自己的棉大衣丢给她，但仍冻得脸色发青。车走了一二小时以后，忽然停止了，司机探头叫道："下来，下来！"于是那女的爬了下来。司机要她挤在他那狭小的座位里（这一种新式福特货车，它那车头的司机座和另一个座是完全隔开的，简直没法通融），一条腿架在他身上，半个身子作为他的靠背，他的前胸紧压着驾驶盘，两只手扶在驾驶盘的最上端，转动都不大灵活，——就这样开车。

走过西南公路的，都知道那边是坡多弯多，司机的手脚经常不得闲空，"财神堂"（即车头）里多放了一点零星东西，司机还嫌碍手碍脚，一定不许可，何况司机座位上多挤上一个人呢！然而我们这位司机先生竟因舍不得他的新宠受冻而犯了行车的规章。

在车子要爬过一个山头的时候，那位司机到底觉得太冒险了，坡爬上一半就又戛然煞住了，叫那女的仍旧回到车顶货包上去，一面怒声叫道："那不是有个铺盖吗？打开来，借被子用一用，裹住了身子！——不要紧的！客人的东西，借用一用！"

司机在路上就是不折不扣的迭克推多！自然不是个个司机带了他的"爱人"去作"蜜月旅行"的。

后来那女的到了遵义下车，据她对同车的旅客说，她娘家在遵义。这和她对查房间的所说的，又显然不符。但从这点却可以推知：这位勇敢的司机先生大概要在遵义又布置一个"家"了，不用说，在重庆和贵阳，他早已各有一个。

·雾中偶记·

贵阳巡礼

二十七年(一九三八年)春,从长沙疏散到贵阳去的一位太太写信给在汉口的亲戚说:"贵阳是出人意外的小,只有一条街,货物缺乏,要一样,没有两样。来了个把月,老找不到菜场。后来本地人对我说:菜场就在你的大门外呀,怎么说没有。这可怪了,在哪里,怎么我看不到。我请人带我去。他指着大门外一些小担贩说,这不是么!哦,我这才明白了。沿街多了几副小担的地方,就是菜场!我从没见过一个称为省城的一省首善之区,竟会这样小的!那不是城,简直是乡下。亲爱的,你只要想一想我们的故乡,就可以猜度到贵阳的大小。但是我们的故乡却不过是江南一小镇罢了!可爱的故乡现在已经没有了,而我却在贵阳,我的心情,你该可以想象得到罢?"

二十七年冬,这位太太又写信给在重庆的亲戚说:"最近一次敌机来轰炸,把一条最热闹的街炸平了!贵阳只有这一条街!"

这位江南少妇的话,也许太多点感伤。贵阳城固然不大,但到底是一省首善之区,故于土头土脑之中,别有一种不平凡气象。例如城中曾经首屈一指的老牌高等旅馆即名曰"六国"与"巴黎",这样口气阔大的招牌就不是江南的小镇所敢僭有的。

但"六国"与"巴黎"现在也落伍了。它们那古式的门面与矮小的房间,跟近年的新建设一比,实在显得太寒伧。经过了大轰炸以后的贵阳,出落得更加时髦了。如果那位江南少妇的亲戚在三十年(一九四一年)的春季置身于贵阳的中华路,那她的感想一定"颇佳"。不用代贵阳吹牛,今天中华南路还有三层四层的洋房，但即使大多只得二层，可是单看那"艺术化"的门面和装修（大概是什么未来派之类罢），谁还忍心说它"土头土脑"？而况还有那么大的玻璃窗。这在一个少见玻璃的重庆客人看来委实是炫耀夺目的。

如果二十七年春季贵阳市买不出什么东西，那么现在是大大不同了。现在可以说，"要什么，有什么"。——但以有关衣食两者为限。而在"食"这一项下，"精神食粮"当然除外。三家新书店在一夜间被封了以后，文化市场的空气更形凄凉。

电影院的内部虽然还不够讲究，但那门面堪称一句"富丽堂皇"，特别是装饰在大门上的百数十盏电灯，替贵阳的夜市生色不少。几家"理发厅"仿佛是这山城已经摩登到如何程度的指标。单看进进出出的主顾，你就可以明白所谓"沪港"以及"高贵化妆品"，大概一点也不虚假。顾了头，自然也得顾脚。这里有一家擦皮鞋的"公司"。堂堂然两开间的门面，十来把特制的椅子，十几位精壮的"熟练技师"，武装着大大小小的有软有硬的刷子，真正的丝绒擦，黑色的、深棕浅棕色的、乃至白色的真正"宝石牌"鞋油，精神百倍地伺候那些高贵的顾客。不得不表白一句：游击式的擦鞋童子并不多。是不是受了那"公司"的影响，那可不知道。但"公司"委实想得周到，它还特设了几张椅子，特订了几份报纸，以便挨班待擦的贵客不至于无聊。

使我大为惊异的，是这西南山城里，苏浙沪气味之浓厚。在中华南北路，你时时可以听到道地的苏白甬白，乃至生硬的上海话。你可以看到有不少饭店以"苏州"或"上海"标明它的特性，有一家"综合性"的菜馆门前广告牌上还大书特书"扬州美肴"。一家点心店是清一色的"上海跑堂"，专卖"挂粉汤团"，

·雾中偶记·

"绉纱馄饨",以及"重糖猪油年糕"。而在重庆屡见之"乐露春",则在贵阳也赫然存在。人们是喜欢家乡风味的,江南的理发匠、厨子、裁缝,居然"远征"到西南的一角,这和工业内迁之寥寥相比起来,应作如何感想?

"盐"的问题,在贵阳似乎日渐在增加重量。运输公司既自重庆专开了不少的盐车,公路上亦常见各式的人力小车满装食盐,成群结队而过。穿蓝布长衫的老百姓肩上一扁担,扁担两端各放黝黑的石块似的东西,用麻布包好,或仅用绳扎住;这石块似的东西也是盐。这样的贩运者也绵延于川黔路上。贵阳有"食盐官销处",购者成市;官价每市斤在两天之内由一元四涨至一元八角七分。然而这还是官价,换言之,即较市价为平。

贵阳市常见有苗民和彝民。多褶裙、赤脚、打裹腿的他们,和旗袍、高跟鞋出现在一条马路上,便叫人想起中国问题之复杂与广深。所谓"雄精器皿"又是贵阳市一特点。"雄精"者,原形雄黄而已;雕作佛像以及花卉、鱼鸟、如意等形,其实并无作器皿者。店面都十分简陋,但仿单上却说得惊人:"查雄精一物,本为吾黔特产矿质,世界各国及各行省,皆未有此发现,其名贵自不待言;据《本草》所载,若随身久带,能轻身避邪,安胎保产,女转男胎,其他预防瘴气,打杀毒蛇毒虫,尤为能事"云云。

所谓"铜像台"就是周西成[①]的铜像,在贵阳市中心,算是城中最热闹,也最"气概轩昂"的所在。据说贵州之有汽车,周

[①] 周西成(1893—1929):贵州桐梓人。1927年至1929年间任国民党政府贵州省政府主席。

西成实开纪元；当时周"经营"全省马路，以省城为起点，故购得汽车后，由大帮民夫翻山爬岭抬到贵阳，然后放它在路上走，这恐怕也是中国"兴行汽车史"上一段笑话罢。

铜像台四周的街道显然吃过炸弹，至今犹见断垣败壁。

（原载1941年《华商报》4月8—11日，13—15日，17日，18日，20—22日，24日，25日，27—29日；5月1日，2日，4—6日，8日，9日，11—13日，15日，16日）

・雾中偶记・

白杨礼赞

　　白杨树实在不是平凡的,我赞美白杨树!
　　当汽车在望不到边际的高原上奔驰,扑入你的视野的,是黄绿错综的一条大毯子;黄的,那是土,未开垦的处女土,几百万年前由伟大的自然力所堆积成功的黄土高原的外壳;绿的呢,是人类劳力战胜自然的成果,是麦田,和风吹送,翻起了一轮一轮的绿波——这时你会真心佩服昔人所造的两个字"麦浪",若不是妙手偶得,便确是经过锤炼的语言的精华。黄与绿主宰着,无边无垠,坦荡如砥,这时如果不是宛若并肩的远山的连峰提醒了你(这些山峰凭你的肉眼来判断,就知道是在你脚底下),你会忘记了汽车是在高原上行驶,这时你涌起来的感想也许是"雄壮",也许是"伟大",诸如此类的形容词,然而同时你的眼睛也许觉得有点倦怠,你对当前的"雄壮"或"伟大"闭了眼,而另一种味儿在你心头潜滋暗长了——"单调"!可不是,单调,有一点儿罢?

然而刹那间,要是你猛抬眼看见了前面远远地有一排,——不,或者甚至只是三五株,一二株,傲然地耸立,像哨兵似的树木的话,那你的恹恹欲睡的情绪又将如何?我那时是惊奇地叫了一声的!

那就是白杨树,西北极普通的一种树,然而实在不是平凡的一种树!

那是力争上游的一种树,笔直的干,笔直的枝。它的干呢,通常是丈把高,像是加以人工似的,一丈以内,绝无旁枝;它所有的桠枝呢,一律向上,而且紧紧靠拢,也像是加以人工似的,成为一束,绝无横斜逸出;它的宽大的叶子也是片片向上,几乎没有斜生的,更不用说倒垂了;它的皮,光滑而有银色的晕圈,微微泛出淡青色。这是虽在北方的风雪的压迫下却保持着倔强挺立的一种树!哪怕只有碗来粗细罢,它却努力向上发展,高到丈许,二丈,参天耸立,不折不挠,对抗着西北风。

这就是白杨树,西北极普通的一种树,然而决不是平凡的树!

它没有婆娑的姿态,没有屈曲盘旋的虬枝,也许你要说它不美丽,——如果美是专指"婆娑"或"横斜逸出"之类而言,那么白杨树算不得树中的好女子;但是它却是伟岸,正直,朴质,严肃,也不缺乏温和,更不用提它的坚强不屈与挺拔,它是树中的伟丈夫!当你在积雪初融的高原上走过,看见平坦的大地上傲然挺立这么一株或一排白杨树,难道你觉得树只是树,难道你就不想到它的朴质,严肃,坚强不屈,至少也象征了北方的农民;难道你竟一点也不联想到,在敌后的广大土地上,到处有坚强不屈,就像这白杨树一样傲然挺立的守卫他们家乡的哨兵!难道你又不更远一点想到这样枝枝叶叶靠紧团结,力求上进的白杨

·雾中偶记·

树,宛然象征了今天在华北平原纵横决荡用血写出新中国历史的那种精神和意志。

白杨不是平凡的树。它在西北极普遍,不被人重视,就跟北方农民相似;它有极强的生命力,磨折不了,压迫不倒,也跟北方的农民相似。我赞美白杨树,就因为它不但象征了北方的农民,尤其象征了今天我们民族解放斗争中所不可缺的朴质,坚强,以及力求上进的精神。

让那些看不起民众,贱视民众,顽固的倒退的人们去赞美那贵族化的楠木(那也是直干秀颀的),去鄙视这极常见,极易生长的白杨罢,但是我要高声赞美白杨树!

(原载1941年6月10日《文艺阵地》第6卷第3期)

茅盾在重庆寓所写作。

·雾中偶记·

雨天杂写之一

  报载希特勒要法国献出拿翁当年侵俄时的一切文件。在此欧非两战场烽火告急的时候,这一个插科式的消息,别人读了作何感想,自不必悬猜,而在我看来,这倒是短短一篇杂文的资料。大凡一个人忽然想到要读一些特别的东西,或对于某些东西忽然厌恶,其动机有时虽颇复杂,有时实在也单纯得可笑。譬如阿Q,自己知道他那牛山濯濯的癞痢头是一桩缺陷,因而不愿被人提起,由讳癞痢,遂讳"亮",复由讳"亮",连人家说到保险灯时,他也要生气。幸而阿Q不过是阿Q,否则,他大概要禁止人家用保险灯,或甚至要使人世间没有"亮"罢?倘据此以类推,则希特勒之攫取拿翁侵俄文件,大概是失败的预感已颇浓烈,故厌闻历史上这一幕"英雄失败"的旧事,因厌闻,故遂要并此文件而消灭之——虽则他拿了那些文件以后的第二动作尚无"报导",但不愿这些文件留在他所奴役的法国人手中,却是现在已经由他自己宣告了的。

· 雾中偶记 ·

但是希特勒今天有权力勒令法国交出拿翁侵俄的文件,却没有方法把这个历史从法国人记忆中抹去。爱自由的法兰西人还是要把这个历史的教训反复记诵而得出了希特勒终必失败的结论的。不能禁止人家思索,不能消灭人家的记忆,又不能使人必这样想而不那样想,这原是千古专制君王的大不如意事;希特勒的刀锯虽利,戈培尔之辈的麻醉欺骗造谣污蔑的功夫虽复出神入化,然而在这一点上,暂时还未能称心如意。

我不知轴心国家及受其奴役的欧洲各国的报纸上,是否也刊出了这一段新闻,如果也有,这岂不是一个绝妙的讽刺?正如在去年希特勒侵苏之初,倘若贝当之类恭恭敬敬献上了拿翁的文件,便将成为堪付史馆纪录的妙事。如果真那么干了,那我倒觉得贝当还有百分之一可取,但贝当之类终于是贝当,故必待希特勒自己去要去。

历史上有一些人,每每喜以前代的大人物自喻。欧洲历史上第一次出现了一个大野心家亚历山大,后来凯撒就一心要比他。而拿破仑呢,又思步武凯撒的遗规。从拿翁手里掉下来的马鞭子,实在早已朽腐不堪,可是还有一个蹩脚的学画不成的希特勒,硬要再演一次命定的悲喜剧。亚历山大的雄图,到凯撒手里已经缩小,但若谓亚历山大的射手曾经将古希腊的文化带给了当时欧亚非的半开化部落,则凯撒的骁骑至少也曾使不列颠岛上的野蛮人沐浴了古罗马文化的荣光。便是那位又把凯撒的雄图缩小了的拿翁罢,他的个人野心是被莫斯科的大火,欧俄的冰雪,烧的烧光,冻的冻僵了,虽然和亚历山大、凯撒相比,他十足是个失败的英雄,但是他的禁卫军又何尝不将法兰西人民的自由、平等、博爱的精神,法兰西大革命的理想,带给了当时尚在封建领主压迫下的欧洲人民?"拿破仑的风暴"固然有破坏性,然而,若论历史上的功罪,则当时欧洲的自中世纪传来的封建大垃圾堆,不也亏有这"拿破仑的风暴"而被摧毁荡涤么?即以拿翁个人的作为而言,他的《拿破仑法典》成为后来欧陆"民法"的基础,他在侵俄行程中还留心着巴黎的文化活动,他在莫斯科逗留了一星期,然而即在此短暂的时间,他也曾奠定了法兰西戏院的始基,这一个戏院的规模又成为欧陆其他戏院的范本。拿破仑以"共和国"的炮兵队长起家,而以帝制告终,他这一生,我们并不赞许,——不,宁以为他这一生足使后来的神奸巨猾知所炯戒,然而我们也不能抹煞他的失败了的雄图,曾在欧洲历史上起了前进的作用;无论他主观企图如何,客观上他没有使历史的车轮倒退,而且是推它前进一步。拿破仑是失败了,但不失为一个英雄!

  从这上头看来,希特勒连拿翁脚底的泥也不如。希特勒的失败是注定了的,然而他的不是英雄,也已经注定。他的装甲师团,横扫了欧洲十四国,然而他带给欧洲人民的,是什么?是中世纪的黑暗,是瘟疫性的破坏,是梅毒一般的道德堕落!他的猪爪践踏了苏维埃白俄罗斯与乌克兰的花园,他所得的是什么?是日耳曼人千万的白骨与更多的孤儿寡妇!他的失败是注定了的,而他的根本不配成为"失败的英雄"不也是已经注定了么?而现在,他又要法国献出拿翁侵俄的文件,如果拿翁地下有知,一定要以杖叩其胫曰:"这小子太混帐了!"

  前些时候,有一个机会去游览了兴安的秦堤。这一个二千年前的工程,在今日看来,似亦没有什么了不起,但在二千年前,有这样的创意(把南北分流的二条水在发源处沟通起来),已属不凡,而终能成功,尤为不易。朋友说四川的都江堰,比这伟大得多,成都平原赖此而富庶,而都江堰也是秦朝的工程。秦朝去我们太久远了,读历史也不怎么明了,然而这一点水利工程却令我"发思古之幽情"。秦始与汉武并称,而今褒汉武而贬秦始,这已是听烂了的老调,但是平心论之,秦始皇未尝不替中华民族做了几桩不朽的大事,而秦堤与都江堰尚属其中的小之又小者耳!且不说"同文书"为一件大事,即以典章法制而言,汉亦不能不"因"秦制。焚书坑儒之说,实际如何,难以究诘,但博士官保存且研究战国各派学术思想,却也是事实。秦始与汉武同样施行了一种文化思想的统制政策,秦之博士官虽已非复战国时代公开讲学如齐稷下之故事,但各派学术却一视同仁,可以在"中央的研究机关"中得一苟延喘息的机会。汉武却连这一点机会也不给了,而且定儒家为一尊,根本就不许人家另有所研究。从这一点说来,我虽不喜李斯,却尤其憎恶董仲舒!李斯尚不失为一懂得时代趋向的法家,董仲舒却是一个儒冠儒服的方士!然而"东门黄犬",学李斯的人是没有了,想学董仲舒的,却至今不绝,这也是值得玩味的事。我有个未成熟的意见,以为秦始和汉武之世,中国社会经济都具备了前进一步、开展一个新纪元的条件,然而都被这两位"雄才大略"的君主所破坏;不过前者尚属无意,后者却是有计划的。秦在战国后期商业资本发展的基础上统一了天下,故分土制之取消,实为适应当时经济发展的趋向,然而秦以西北一民族而征服了诸夏与荆楚,为子孙万世之业计,却采取了"大秦主义"的民族政策,把六国的"富豪"迁徙到关内,就为的要巩固"中央"的经济基础,但是同时可就把各地的经济中心破坏了。结果,六国之后,仍可利用农民起义而共覆秦廷,而在战国末期颇见发展的商业资本势力却受了摧残。秦始皇并未采取什么抑制商人的行动,但客观上他还是破坏了商业资本的发展的。

汉朝一开始就厉行"商贾之禁"。但是"太平"日子久了,商业资本还是要抬头的。到了武帝的时候,盐铁大贾居然拥有原料、生产工具与运输工具,俨然具有资产阶级的雏形。当时封建贵族感到的威胁之严重,自不难想象。只看当时那些诸王列侯,在"豪侈"上据说尚相形见绌,就可以知道了。然而"平准"、"均输"制度,虽对老百姓并无好处,对于商人阶级实为一种压迫,盐铁国营政策更动摇了商人阶级中的巨头。及至"算缗钱",一时商人破产者数十万户,蓬勃的商业资本势力遂一蹶而不振。这时,董仲舒的孔门哲学也"创造"完成,奠定了"思想"一尊的局面。

所以,从历史的进程看来,秦皇与汉武之优劣,正亦未可作皮相之论罢?但这,只是论及历史上的功过。如在今世,则秦始和汉武那一套,同样不是我们所需要,正如拿破仑虽较希特勒为英雄,而拿破仑的鬼魂却永远不能复活了。

1942年6月27日,桂林。

(原载1942年10月15日《人世间》复刊第1卷第1期)

·雾中偶记·

雨天杂写之二

佛法始来东土,排场实在相当热闹。公元三五〇年到四五〇年这不算短的时期中,南北朝野对于西来的或本土的高僧,其钦仰之热忱,我们在今天读了那些记载,还是活灵活现。石虎自谓"生自北鄙,忝当期运,君临诸夏,至于飨祀,应从本俗,佛是戎神,所应兼奉",他对佛图澄的敬礼,比稗官小说家所铺张的什么"国师"的待遇,都隆重些;他定了"仪注":朝会之日,佛图澄升殿,常侍以下,悉助举舆,太子诸公扶翼而上,主者唱大和尚,众坐皆起。我们试闭目一想,这排场何等阔绰!

其后,那些"生自北鄙,忝当期运,君临诸夏"的国主,什九是有力的护法。乃至定为国教,一道度牒在手,便列为特殊阶级。佛教之盛,非但空前,抑且绝后。然而那时候,真正潜心内典的和尚却并不怎样自由。翻译了三百多卷经论的鸠摩罗什就是个不自由的和尚。他本来好好地住在龟兹国潜研佛法,苻坚闻知了他的大名,便派骁骑将军吕光带兵打龟兹国,"请"他进关。

龟兹兵败,国王被杀,鸠摩罗什做了尊贵的俘虏,那位吕将军异想天开,强要以龟兹王女给鸠摩罗什做老婆。这位青年的和尚苦苦求免。吕光说:"你的操守,并不比你的父亲高,你为什么不肯听我的话?"原来鸠摩罗什的父亲鸠摩炎本为天竺贵族,弃嗣相位而到龟兹,极为那时的龟兹国王所尊重,逼以妹嫁之乃生鸠摩罗什,所以吕光说了这样的话,还将鸠摩罗什灌醉,与龟兹王女同闭禁于一室,这样,这个青年和尚遂破了戒。后来到姚秦时代,鸠摩罗什为国王姚兴所敬重,姚兴对他说:"大师聪明,海内无双,怎么可以不传种呢?"就强逼他纳宫女。这位"如好绵"的大师于是又一次堕入欲障。这以后,他就索性不住僧房,另打公馆,跟俗家人一样了。这在他是不得已,然而一些酒肉和尚就以他为借口,也纷纷畜养外室;据说鸠摩罗什曾因此略施吞针的小技,警戒那些酒肉和尚说:"你们如果能够像我一样把铁针吞食,就可以讨老婆。"每逢说法,鸠摩罗什必先用比喻开场道:"譬如臭泥中生莲花,但采莲花,不用理那臭泥。"即此也可见他破戒以后内心的苦闷了。姚兴这种礼贤的作风,使得佛陀耶舍闻而生畏。耶舍是鸠摩罗什的师,鸠摩罗什说姚兴迎他来,耶舍对使者说:"既然来请我,本应马上就去,但如果要用招待鸠摩罗什的样子来招待我,那我不敢从命。"后来还是姚兴答应了决不勉强,佛陀耶舍方到长安。

但是姚兴这位大护法,还做了一件令人万分惊愕的事。这事在他逼鸠摩罗什畜室之后五六年。那时有两个中国和尚道恒道标被姚兴看中,认为他们"神气俊朗,有经国之量",命尚书令姚显强逼这两个和尚还俗做官。两个和尚苦苦求免,上表陈情,举出了三个理由:一,他们二人"少习戒法,不闲世事,徒发非常之

·雾中偶记·

举,终无殊异之功,虽有技能之名,而无益时之用";二,汉光武尚能体谅严子陵的志向,魏文亦能顾全管宁的操守,所以圣天子在上,倒并不需要大家都去捧场;三,姚兴是佛教的大护法,他们两个一心一意做和尚,正是从别一方面来拥护姚兴,帮他治国,所以不肯做官并非有了不臣之心。然而姚兴不许,他还教鸠摩罗什和其他的有名大师去劝道恒道标。鸠摩罗什等要替道恒道标说话求免,说:"只要对陛下有利,让他们披了袈裟也还不是一样?"但是姚兴仍不许,再三再四叫人去催逼,弄得全国骚然,大家都来营救,这才勉勉强强把两领袈裟保了下来。道恒道标在长安也不能住了,逃避荒山,后来就死在山里。

这些故事,发生在"大法之隆,于兹为盛"的时代,佛教虽盛极一时,真能潜心内典的和尚却有许多不自由。而且做不做和尚,也没有自由。但姚兴这位护法还算是有始有终的。到了后魏,起初是归宗佛法,敬重沙门,忽而又尊崇道教,严禁佛教,甚至下诏"诸有佛图形象及胡经,悉皆击破焚烧,沙门无少长悉坑之"。但不久复兴佛教,明诏屡降,做得非常热闹。当此时也,"出家人"真也为难极了。黄冠缁衣大概只好各备一套,看"早晚市价不同"随机应变了。

1942年7月25日,桂林。

(原载1942年11月1日《野草》第4卷第6期)

·雾中偶记·

雨天杂写之三

不知不觉,在桂林已经住了三个月。什么也没有学得,什么也没有做得,就只看到听到些;然亦正因尚有见闻,有时也感到哭笑不得。

近来有半月多,不拉警报了,这是上次击落敌机八架的结果;但也有近十天的阴雨,虽不怎么热,却很潮湿,大似江南梅雨季节。斗室中霉气蒸郁,实在不美,但我仍觉得这个上海人所谓"灶披间"很有意思;别的且不说,有"两部鼓吹"①,胜况空前(就我个人的经验言)。而"立部"之中,有淮扬之乐,有湘沅之乐,亦有八桂之乐,伴奏以锅桶刀砧,十足民族形式,中国

---

① "两部鼓吹":当时,我住的小房楼上,经常是两三位太太,有时亦夹着个把先生,倚栏而纵谈赌经,楼下则是三四位女佣在洗衣弄菜时,交换着各家的新闻,杂以诟谇,楼上楼下,交相应和;因为楼上的是站着发议论,而楼下的是坐着骂山门,这就叫我想起了唐朝的坐部伎和立部伎,而戏称之为"两部鼓吹"。——作者原注。

气派。内容自极猥琐,然有一基调焉,曰:"钱"。

晚上呢,大体上是宁静的。但是我自己太不行了,强光植物油灯,吸油如鲸,发热如锅炉,引蚊成阵,然而土纸印新五号字,贱目视之,尚如读天书。于是索性开倒车,废此"中学为体,西学为用"之强光植物油灯,而复古于油盏。九时就寝,昧爽即兴,实行新生活。但又有"弊":午夜梦回,木屐清脆之声,一记记都入耳刺脑,于是又要闹失眠;这时候,帐外饕蚊严阵以待,如何敢冒昧?只好贴然僵卧,静待倦极,再寻旧梦了。不过人定总可以胜"天",油灯之下,可读木板大字线装书;此公①为我借得《广西通志》,功德当真不小。

而且我又借此领悟了一点点。这一点点是什么呢?说来贻笑大方,盖即明白了广西山水之美,不在外而在内;凡名山必有佳洞,山上无可留恋,洞中则幽奇可恋。石笋似的奇峰,怪石嶙峋,杂生羊齿植物,攀登正复不易,即登临了,恐除仰天长啸而外,其他亦无足留恋。不过"石笋"之中有了洞,洞深广曲折,钟乳奇形怪状,厥生神话,丹灶药炉,乃葛洪之故居,金童玉女,实老聃之外宅,类此种种,不一而足,于是山洞不但可游,且予人以缥缈之感了;何况洞中复有泉、有涧、乃至有通海之潭?

三星期前,忽奋雄图,拟游阳朔;同游十余侣,也"组织"好了,但诸君子皆非如我之闲散,故归途必须乘车,以省时间。先是曾由宾公设法借木炭车,迨行期既迫,宾公忽病,脉搏每分钟百八十至,于是壮游遂无期延缓。但阳朔佳处何在呢?据云:"阳朔诸峰,如笋出地,各不相倚。三峰九嶷析成天柱者数

---

① 此公:陈此生同志也。——作者原注。

十里,如楼通天,如阙刺霄,如修竿,如高旗,如人怒,如马啮,如阵将合,如战将溃,漓江荔水,捆织其下,蛇龟猿鹤,焯耀万态"(《广西通志》),这里描写的是山形,这样的山,当然无可登临,即登临亦无多留恋,所以好处还是在洞;至于阳朔诸峰之洞,则就不是几句话所可说完的了。记一洞的一篇文章,往往千数百言,而有些我尚觉其说得不大具体呢!

还有些零碎的有趣的记载:太真故里据说在容县新塘里羊皮村,有杨妃井,"井水冷冽,饮之美姿容"。而博白县西绿萝村又有绿珠井,"其乡饮是水,多生美女,异时乡父老有识者,聚而谋窒是井,后生女乃不甚美,或美矣必形不具"。然而尤其有意思的,乃是历史上的一桩无头公案,在《广西通志》内有一段未定的消息,全文如下:

"横州寿佛寺,即应天禅寺,宋绍兴中建,元明继修之。相传,建文遇革除时,削发为佛徒,遁至岭南;后行脚至横之南门寿佛寺,遂居焉。十五余年,人不之知,其徒归者千数,横人礼部郎中乐章父乐善广,亦从受浮屠之学。恐事泄,一夕复遁往南宁陈步江一寺中,归者亦然,遂为人所觉,言诸官,达于朝,遣人迎去。此言亦无可据,今存其所书寿佛禅寺四大字。"

建文下落,为历史疑案之一,类如上述之"传说"颇多,大抵皆反映了当时"臣民"对于建文之思慕。明太祖晚年猜疑好杀,忆杂书曾载一事,谓建文进言,以为诛戮过甚,有伤和气。异日,太祖以棘杖投地,令建文拾之,建文有难色,太祖乃去杖上之刺,复令建文拾之,既乃诏之曰:"我所诛戮,皆犹杖上之刺也,将以贻汝一易恃之杖耳?"这一故事,也描写到建文之仁厚及太祖之用心,可是太祖却料不到最大之刺乃在其诸王子中。

· 雾中偶记 ·

明末最后一个小朝廷乃在广西,故广西死难之忠臣亦不少;这些前朝的孤忠,到了清朝乾隆年间,皆蒙"恩"与死于"流贼"诸臣,同受"赐谥"之褒奖。清朝的怀柔政策,可谓到家极了。

说到这里,似乎又触及文化什么的了,那就顺笔写一点这里的文化市场。

桂林市并不怎样大,然而"文化市场"特别大。加入书业公会的书店出版社,据闻将近七十之数。倘以每月每家至少出四种(期刊亦在内)计,每月得二百八十种,已经不能说不是一个相当好看的数目。短短一条桂西路,名副其实,可称是书店街。这许多出版社和书店传播文化之功,自然不当抹煞。有一位书业中人曾因作家们之要赶上排工而有增加稿费之议,[①]遂慨然曰:"现在什么生意都比书业赚钱又多又稳又快,若非为了文化,我们谁也不来干这一行!"言外之意,自然是作家们现在之斤斤于稿费,毋乃太不"为了文化"。这位书业中人的慨然之言,究竟表里真相如何,这里不想讨论,无论主观企图如何,但对文化"有功",则已有目共睹,至少,把一个文化市场支撑起来了,而且弄得颇为热闹。

然而,正如我们不但抗战,还要建国,而且要抗建同时进行一样,我们对于文化市场,亦不能仅仅满足于有书出,我们还须看所出的书质量怎样,还须看看所出之书是否仅仅为了适合读者的需要,抑或同时亦适合于文化发展上之需要。举个浅近的例,目前大后方对于神仙剑侠色情的文学还有大量的需要,但这

[①] 那时候,排字工人排一千字的工资高于作家一千字所得的稿酬,故作家有"赶上排工"之议。——作者原注。

是读者的需要，可不是我们文化发展上的需要，所以倘把这两个需要比较起来，我们就不能太乐观，不能太自我陶醉于目前的热闹，我们还得痛切地下一番自我批判。

大凡有书出版，而书也颇多读者，不一定就可以说，我们有了文化运动。必须这些出版的东西，有计划，有分量，否则，我们所有的，只是一个文化市场；如果是这样，我们就不能不说我们对文化运动无大贡献，我们只建立了一个文化市场。这样一桩事业，照理，负大部责任者，应是所谓"文化人"，但在特殊情形颇多的中国，出版家在这上头，时时能起作用，过去实例颇多，兹可不赘。所以，我在这里想说的话，决非单独对出版家——宁可说主要是对我们文化人自己，但也决不想把出版家开卸在外，因为一个文化市场之形成，不能光有作家而无出版家，进一步，又不能说与读者无关。

我想用八个字来形容此间文化市场的几个特点。这八个字不大好看，但我决不想骂人，我之所以用此八字，无非想把此间文化市场的几个特点加以形象化而已，这八个字便是："鸡零狗碎，酒囊饭桶"！

这应当有一点说明。

前些时候，此间书业公会开会，据闻曾有提案，拟对抄袭他家出版品而成书的行为，筹一对策，结果如何，我不知道。说到剪刀浆糊政策在书业中之抬头，似乎由来已久，但在目前桂林文化市场上，据说已经相当令人头痛，目前有几本销路不坏的书，都是剪刀浆糊之结果。剪刀浆糊不生眼睛，于是乎内容之庞杂芜秽，自属难免。尤其异想天开的，竟有抄取鲁迅著作中若干段，裒为一册，而别题名为《鲁迅自述》以出版者。这些剪来的东西，

・雾中偶记・

相应不付稿费版税，所以获利尤厚，据说除已出版者外，尚有大批存货，将次第问世。当作家要求增加版税发议之时，就有一位书业中人慨然认为此举将助长了剪刀政策。这自然又是作品涨价毋乃"太不为了文化"同样的口吻，但弦外之音，却已暗示了剪刀之将更盛。呜呼，在剪刀之下，一部书将被依分类语录体而拆散，而分属于数本名目不同之书中；文章遭受了凌迟极刑，又复零碎拆卖，这表示了文化市场的什么呢？我不知道。但这样的办法，既非犯法，自难称之曰鸡鸣狗盗，倒是这样的书倘出多了，若干年以后也许会有另一批人按照从"永乐大典"中辑书之例，又从而辑还之，造成一"新兴事业"，岂不思之令人啼笑皆非么？但书本遭受凌迟极刑之现象既已发生，而且有预言将更发展，则此一特点不能不有一佳名，故拟题曰"鸡零狗碎"云尔。

其次，目前此间文化市场除了作家抱怨出版家只顾自己腰缠不顾作家肚饿，而出版家反唇相讥谓作家"太不为了文化"而外，似乎都相安无事，皆大欢喜。文化市场被支撑着，热热闹闹，正如各酒馆之门多书业中人一样热闹。热闹之中，当然亦出了若干有意义的好书，此亦不容抹煞，应当大书特书。不过，这种热闹空气，的确容易使人醉——自我陶醉，这大概也可算是一个特点。无以每之，姑名之曰："酒囊"。而伴此来者，七十个出版家每月还出相当多的书，当然也解决了直接间接不少人的生活问题，无怪在作家要求维持版税旧率时，有一先生曾经以"科学"方法证明今天一千元如果可出一本书到明天便只能出半本，何以故？因物价天天在涨，法币购买力天天在缩小。由此所得结论，作家倘不减低要求，让出版家多得利润，则出版家经济力日削之后，作家的书也将不能再出，那时作家也许比现在还要饿肚子些罢？这笔帐，我是不会算的，因为我还没干过出版，特揭于此，以俟公算。而且我相信这是一个问题，值得专家们讨论。不过可喜者，现在还不怎样严重，新书店尚续有开张，新书尚屡有出版，这大概不能不说是出版家们维持之功罢？文化市场既然还撑住，直接间接赖以生活者自属不少；而作家当然也是其中之一。近来还没有听见说作家中发现了若干饿殍，而要"文协"之类来布施棺材，光这一点，似乎已经值得大书特书了罢？用一不雅的名儿，便是"饭桶"，这一个文化市场，无论其如何，"大饭桶"的作用究竟是起了的。于是而成一联：

　　饭桶酒囊亦功德，
　　鸡鸣狗盗是雄才。

1942年6月30日，桂林。

（原载1943年4月1日《人世间》第1卷第4期）

·雾中偶记·

新疆风土杂忆

晚清左宗棠进军新疆,沿途筑路栽树,其所植之柳,今尚有存者。那时湘人杨某(忘其名)曾有诗曰:

大将西征尚未还,湖湘子弟满天山。
新栽杨柳三千里,引得春风度玉关。

有人说,创现在新疆地主引水灌田的所谓"坎儿井",不是左宗棠而是林则徐。但"坎儿井"之创设,也是左宗棠开始的。"坎儿井"者,横贯砂碛之一串井,每井自下凿通,成为地下之渠,水从地下行,乃得自水源处达于所欲溉灌之田。此因砂碛不宜开渠,骄阳之下,水易干涸,故创为引水自地下行之法。水源往往离田甚远,多则百里,少亦数十里。"坎儿井"隔三四丈一个,从飞机上俯瞰,但见黑点如连珠,宛如一道虚线横贯于砂碛,工程之大,不难想见;所以又听说,新省地主计财产时,往往不举田亩之数而举"坎儿井"之数,盖地广人稀,拥田多不为奇,惟拥有数百乃至数千之"坎儿井"者,则开井之费已甚可观,故足表示其富有之程度也。此犹新省之大牲畜主,所有牛羊亦不以数计,而以"山"计;何谓以"山"计?据言大"把爷"①羊群之大,难于数计,每晚放牧归来,仅驱羊群入山谷,自山顶望之,见谷已满,即便了事。所以大"把爷"计其财产时,亦不曰有牛羊若干千百头,而曰有牛羊几山。

本为鲜卑民歌,从鲜卑语译成汉文的《敕勒歌》,其词曰:"敕勒川,阴山下;天似穹庐,笼盖四野;天苍苍,野茫茫;风吹草低见牛羊。"前人评此歌末句为"神来之笔",然在习惯此种生活之游牧民族,此实为平凡之现实,不过非有此生活实感者,也道不出这一句的只字来。此种"风吹草低见牛羊"之景象,在今日南北疆之大草原中,尚往往可见。一望无际的大草原,丰茂的牧草,高及人肩,几千牛羊隐在那里啃草,远望如何能见?天风骤来,丰草偃仰,然后知道还有那么多牛羊在那里!

新疆是一块高原,但在洪荒时代,她是中央亚细亚的大内海的一部分。这一苍海,在地质学上的哪一纪始变为高原,正如亚洲之边缘何时断离而为南洋群岛,同样尚未有定论。今新省境内,盐碛尚所在有之。昔年自哈密乘车赴吐鲁番,途中遥见远处白光一片,似为一个很大的湖泊,很是惊异,砂碛中难道竟有这样的大湖泊?乃至稍近,乃辨明此白皑皑者,实非流动之水而为固体之盐。阳光逼照,返光甚强,使人目眩。因新疆古为内海,故留此盐碛。然新省之盐,据谓缺少碘质,迪化②的讲究卫

---

① "把爷":维吾尔族语。意即财主。
② 迪化:今乌鲁木齐市。

生的人家都用苏联来的精盐。又盐碛之盐,与云南之岩盐不同;岩盐成块如石,而盐碛之盐则为粒状,粗细不等,曾见最粗者如棋子而形方,故食用时尚须略加磨捣。

吐鲁番地势甚低。新疆一般地形皆高出海面一二千公尺,独吐鲁番低于海面数百公尺,故自全疆地形而言,吐鲁番宛如一洞。俗谓《西游记》所写之火焰山,即今之吐鲁番,则其热可想而知。此地难分四季,只可谓尚有寒暑而已。大抵阳历正二三月,尚不甚热,白天屋内须衣薄棉,晚上还要冷些;五月以后则燥热难堪,居民于正午时都进地窖休息,仅清晨薄暮始有市集。以故吐鲁番居民家家有地窖,街上跨街搭荫棚,间亦有种瓜果葡萄盘缘棚上者,市街风景,自有一格。最热之时,亦在阳历七八月,俗谓此时壁上可以烙饼,鸡蛋可以晒熟;而公安局长蹲大水缸中办公,则我在迪化时曾闻吐鲁番来人言之,当必不虚。

然吐鲁番虽热,仍是个好地方,地宜植棉,棉质之佳,不亚于埃及棉。又多产蔬菜水果。内地艳称之哈密瓜,其实不尽产于哈密,鄯善与吐鲁番皆产之,而吐鲁番所产尤佳。石榴甚大,粒粒如红宝石。葡萄在新疆,产地不少,然以吐鲁番所产,驰名全疆。无核之一种,虽小而甜,晒为干,胜于美国所产。新疆有民谣曰:"吐鲁番的葡萄,哈密瓜;库车的杨姑,一朵花。"(《新疆图志》亦载此谣)然则哈密之瓜,固有其历史地位。惟自马仲英两度焚掠而后,哈密回城已成废墟,汉城亦萧条冷落,未复旧观,或哈密之瓜亦不如昔年乎?这可难以究诘了。民谣中之"库车",在南疆,即古龟兹国,紫羔以库车产者为最佳;"杨姑",维族语少女也。相传谓库车妇人多美丽,故民谣中如是云尔。库车居民多维吾尔族(即元史所称畏兀儿族,前清时俗称缠回或缠头)。

不仅库车，南疆各地皆然。

迪化自春至秋，常有南来燥热之风，云是吐鲁番吹来，故俗名"吐鲁番风"。吐鲁番风既至，人皆感不适，轻则神思倦怠，重则头目晕眩，且发烧；体虚者甚至风未到前三四日即有预感。或谓此风来源实不在吐鲁番，而在南疆塔里木盆地之大戈壁，不过经由吐鲁番，逾天山缺口之大坂城而至迪化耳。大坂城者，为自吐鲁番到迪化所过的天山一缺口，然已甚高；过大坂城则迪化已在脚下，此为自南路进迪化之一要隘。

忆《隋书》谓炀帝得龟兹乐，列为燕乐之一，此后中国燕乐，龟兹乐实居重要部分。古龟兹国，即今新疆库车县。龟兹乐何如，今日新疆维族之音乐歌舞是否与龟兹乐相似，颇难猝下断语。盖自伊斯兰教代佛教而后，天竺文物，渐灭殆尽；今日新省维吾尔民族之歌舞，与中亚各民族之歌舞想相近似。迪化每有晚会，往往有维族之歌舞节目；男女二人，载歌载舞，歌为维语，音调颇柔美，时有顶点，则喜悦之情，洋洋欲溢，舞容亦婉约而雍穆；盖在维族的民族形式歌舞中，此为最上乘者。据言，此旧为男女相悦之歌，今倚旧谱而填新词，则已变男女相悦为政治之内容矣。以我观之，旧瓶新酒，尚无牵强之痕迹。我曾问维族人翻译哈美德："新词是谁的手笔？"他答道："也不知是谁，大概是许多人集体的作品。"

维语为复音语文，其字母借用阿剌伯文的字母。书写时，横行而自右至左，外行人视之，似甚不便，然彼人走笔如飞，形式且极美丽。文法不甚复杂，曾习他种外国语者，用功半年，即可通晓。在新疆，虽有十四民族，然维吾尔语，实为可以通行全疆

·雾中偶记·

之语言,此因维族人数约占全疆总人口之半,其他各少数民族大都晓维语;哈萨克族人口在全疆仅次于维族,其语文与维语大同小异,其字母,亦为阿剌伯文字母。迪化每开大会,演说时例须用三种语言,即汉、维、及蒙古语,平常的集会,为节省时间,仅用汉、维两种语言,则因蒙族人在迪化者倘不解汉语,大概都能懂维语。

迪化在阳历十月初即有雪。但十月天气最佳,可说是"寒暖适中"。十二月后始入正常的寒冬,积雪不融,大地冻结,至明年四月初始解冻(有时为三月中旬)。冬季少风,南方冬季西北风怒吼之景象,以我所得短暂之经验而言,在迪化是没有的。然而冬季坐车出门,虽在无风之日,每觉寒风刺面入骨,其凛冽十倍于南方的西北风,此因户外空气太冷之故。室内因有大壁炉,且门窗严闭,窗又为双层,故融暖如春,然而门窗倘有罅缝,则近此罅缝之处,冷风如箭,触之战栗;此亦非风,而因户外空气太冷,冷故重,觅罅隙而钻入,其劲遂似风。室内铺厚毯,亦以防寒气从地板之细缝上侵。关西大汉张仲实素不怕冷,在家时洋服内仅穿毛线衫裤,无羊毛内衣,某日忽觉腿部酸痛,举步无力,此为腿部受寒之征象,然不明寒气从何来;越一日始发见寒气乃从书桌下来,盖书桌下之地毯一角上翘,露出地板之罅缝,寒气遂由此浸润。北方人常言地气冷,故下身所穿必须较上身为多,必解冻以后,乃可稍疏防范。三月中,有时白天气温颇高,往往见迪化人上身仅穿一单衫而下身仍御厚棉裤。

最冷的日子通常在阴历年关前后;白天为零下二十度,夜间则至四十余度。此为平均的气温。在此严寒的季节,人在户外半小时以上，皮帽、大衣领皮、眉毛、胡须等凡为呼吸之气所能接近之处，皆凝积有薄薄白霜，胡须上往往还挂着小小的冰珠。人多处，远望雾气蒸腾；此亦非雾，而为口气凝成，真所谓"嘘气成云"了。驴马奔驰后满身流汗，出气如蒸笼，然而腹下毛端，则挂有冰球，累累如葡萄，此因汗水沿体而下，至腹下毛端，未及滴落，遂冻结为珠，珠复增大，遂成为冰葡萄。

地冻以后，积雪不融，一次一次雪下来，碾实冻坚，平时颇多坎坷的路面，此时就变成了平坦光滑，比任何柏油路都漂亮。所以北方赶路，以冬季为最好。在这时候，"爬犁"也就出现了。"爬犁"是土名，我们的文绉绉的名称，就是"雪橇"。迪化的"把爷"们，冬季有喜用"爬犁"者。这是无轮的车，有滑板两支代替了轮，车甚小，无篷，能容二人，仍驾以马。好马，新钉一副高的掌铁（冬季走冻结的路，马掌铁必较高，于是马也穿了高跟鞋），拖起结实的"爬犁"，在光滑的冻雪地上滑走，又快又稳，真比汽车有意思。但"爬犁"不宜在城中热闹处走，最好在郊外，在公路上。维族哈族的"把爷"们驾"爬犁"，似乎还是娱乐的意味多，等于上海人在夏天坐车兜风。我有一首歪诗记之：

纷飞玉屑到帘栊，大地银铺一望中；
初试爬犁呼女伴：阿爹新买玉花骢。

北方冬季少霜。如有之，则其浓厚的程度迥非南方人所能想象。迪化冬季亦常有这样的严霜，晨起，忽见马路旁的电线都变成了白绒的彩绳，简直跟耶诞节人们用以装饰屋子或圣诞树的比手指还粗些的白绒彩绳一样。尤其是所有的树枝，也都结

·雾中偶记·

起银白的彩来了。远望就同盛开了的银花。如果树多,而又全是落叶树,那么,银白一片,宛如繁花,秾艳的风姿,和盛开的樱花一般——而樱花尚无其洁白。此种严霜,俗名"挂枝",不知何所取义,或者因其仅能在树枝上见之,而屋面地上反不能见,故得此名。其实霜降普遍,并非独厚于"枝",不过因为地上屋面皆已积雪,本来是白皑皑的,故遂不觉耳。但因其"挂枝",遂产生了神话:据说天山最高之博格达峰为神仙所居,有冰肌雪肤之仙女,为怜冬季大地萧条,百花皆隐,故时以晶莹之霜花挂到枝头。此说虽诞,然颇有风趣,因亦记以歪诗一首:

晓来试马出南关,万树银花照两间。
昨夜挂枝劳玉手,藐姑仙子下天山。

照气候说,新疆兼有寒带、温带以及亚热带的气候。天山北麓是寒带,南麓哈密、鄯善一路(吐鲁番因是一个洞,作为例外)是温带,而南疆则许多地方,终年只须穿夹,是亚热带的气候了。但橘、柚、香蕉等,新疆皆不产,或者是未尝试植,或者也因"亚热带"地区,空气太干燥之故,因为这些终年只须穿夹的地方,亦往往终年无雨,饮水、灌田的水,都赖天山的万年雪融化下来供给人们。除了上述数种水果外,在新疆可以吃到各种水果,而尤以瓜、苹果、葡萄、梨、桃为佳。瓜指甜瓜[①],种类之多,可以写成一篇文章;"哈密瓜"即甜瓜之一种,迪化人称为甜瓜,不称为哈密瓜。这是大如枕头的香瓜,惟甜脆及水分之多,

---

① 甜瓜:即南方所谓香瓜。——作者原注。

非南方任何佳种香瓜所可及。此瓜产于夏初，窖藏可保存至明年春末；新疆人每谓夏秋食此瓜则内热，惟冬日食之则"清火"。苹果出产颇多，而伊犁之二台所产最佳，体大肉脆，色味极似舶来的金山苹果，而香过之。二台苹果熟时，因运输工具不够，落地而腐烂于果林中者，据云每每厚二三寸，在伊犁，大洋一元可购百枚；惟运至迪化，则最廉时亦须二三毛一个。

梨以库车及库尔勒所产最佳，虽不甚大，而甜、脆、水分多，天津梨最好者，亦不及之。梨在产地每年腐烂于树下者亦不可胜计，及运至迪化，则每元仅可得十枚左右。南疆植桑之区，桑椹大而味美，有黑色白色两种；惟此物易烂，不能运至他处。据言当地维族人民之游手好闲者，每当桑椹熟时，即不工作，盖食桑椹亦可果腹；桑椹在产地，人可随意取食，恣意饱啖，无过问者。

初到哈密，见有"定湘王"庙，规模很大，问了人，才知这就是城隍庙。但新疆的城隍何以称为"定湘王"，则未得其解。后来又知道凡汉人较多的各城市中都有"定湘王"庙，皆为左宗棠平定新疆以后，"湖湘子弟"所建；而"定湘王"者，本为湖南之城隍，左公部下既定新疆，遂把家乡的城隍也搬了来了。今日新疆汉族包含内地各省之人，湘籍者初不甚多，然"定湘王"之为新疆汉族之城隍如故。

迪化汉族，内地各省人皆有，会馆如林，亦各省都有；视会馆规模之大小，可以约略推知从前各该省籍人士在新省势力之如何。然而城隍庙则仅一个，即"定湘王"庙是也。每年中元节，各省人士追荐其远在原籍之祖先，"定湘王"庙中，罗天大醮，连台对开，可亘一周间。尤为奇特者，此时之"定湘王府"又开办"邮局",收受寄给各省籍鬼魂之包裹与信札;有特制之"邮票"乃"定湘王府"发售,庙中道士即充"邮务员",包裹信札寄递取费等差,亦模拟阳间之邮局;迷信者以为必如此然后其所焚化之包裹与信札可以稳度万里关山,毫无留难。又或焚化冥镪,则又须"定湘王府"汇兑。故在每年中元节,"定湘王府"中仅此一笔"邮汇"收入,亦颇可观。

昔在南北朝时,佛法大行于西域;唐初亦然,读三藏法师《大唐西域记》已可概见。当时大乘诸宗皆经由西域诸国之"桥梁"而入东土,其由海道南来者,似惟达摩之南宗耳。但今日之新疆,则除蒙族之喇嘛外,更无佛徒。汉人凡用和尚之事,悉以道士代之。丧事中惟有道士,而佛事所有各节目,仪式多仍其旧,惟执行者为道士而已。蒙族活佛夏礼瓦圆寂于迪化,丧仪中除有喇嘛诵经,又有道士;省政府主席李溶之丧,道士而外,亦有喇嘛数人。

伊斯兰教何时始在新疆发展而代替了从前的佛教,我没有作过考据,然而猜想起来,当在元明之交。道士又在何时代行和尚职权,那就更不可考了,猜想起来,也许是在清朝季世汉人又在新疆站定了脚跟的时候。但当时何以不干脆带了和尚去,而用道士,则殊不可解,或者是因为道士在宗教上带点"中间性"罢?于此,我又连带想起中国历史上宗教争论的一段公案。南北朝时,佛法始末东土,即与中国固有之道教发生磨擦,其间复因北朝那些君主信佛信道,时时变换,以至成为一件大事。但自顾欢、慧琳、僧绍、孟景翼等人一场无聊的争论以后,终于达到"三教"原是"一家"的结论;然而这种论调,也表示了道教在当时不能与佛教争天下,故牵强附会,合佛道为一,又拉上孔子作陪,以便和平共处;故当时释家名师都反对之。不谓千年以后,伊斯兰教在西域既逐走佛徒,和尚们遗下的那笔买卖,居然由道士如数顶承了去,思之亦堪发噱。

然道士在新疆,数目不多,迪化城内恐不满百,他处更无足论。普通人家丧事,两三个道士便已了事。此辈道士,平日几与俗家人无异。

新疆汉族商人,以天津帮为巨擘。数百万资本(抗战前货币之购买力水准)者,比比皆是。除迪化有总店,天津有分庄而外,南北疆之大城市又有分号。新疆之土产经由彼等之手而运销于内地,复经由彼等之手,内地工业品乃流入于新疆。据言此辈天津帮商人,多杨柳青人,最初至新省者,实为左宗棠西征时随军之负贩,当时称为"赶大营"。左西征之时,旷日持久,大军所过,每站必掘井,掘井得水必建屋,树立小小之市集,又察各该处之土壤,能种什么即种什么。故当时"赶大营"者,一挑之货,几次转易,利即数倍,其能直至迪化者,盖已颇有积累。其魄力巨大者,即由行商而变为坐庄。据言此为今日新疆汉族巨商之始祖。其后"回疆"既定,"赶大营"已成过去,仍有"冒险家"画依样之葫芦,不辞关山万重,远道而往,但既至镇西或迪化,往往资斧已罄,不能再贩土产归来,则佣工度日,积一二年则在本地为摊贩,幸而获利,足可再"冒险"矣,则贩新省之土产,仍以行商方式回到天津,于是换得现钱再贩货赴新省;如此每年可走一次,积十年亦可成富翁,在迪化为坐庄矣。但此为数十年前之情况,如此机会,早成过去。

雾中偶记

抗战前,新省对外商运孔道,为经镇西而至绥边,有绥新公路,包头以东则由铁路可抵天津;此亦为新疆多天津商人之一因。抗战后,绥新公路为新省当局封锁,表面理由是巩固边防。目前新省对外商运,已经有组织地集中于官商合办之某某土产公司之手,情况又已不同。

博格达峰为天山之最高峰。清时初定天山南北路后,即依前朝故事,祭博格达山。据《新疆图志》,山上最古之碑为唐代武则天所立。其后每年祀典,率由地方官行之,祭文亦有定式,《新疆图志》载之。

博格达山半腰有湖(俗称海子),周围十余里,峭壁环绕,水甚清,甚冷;此处在雪线之下,故夏季尚可登临,自山麓行五十余里即到。自此再上,则万年雪封锁山道,其上复有冰川,非有特别探险装备,不能往矣。山巅又有一湖,较山腰者为大。当飞机横越天山时,半空俯瞰,此二湖历历可睹,明亮如镜。《新疆图志》谓山上积雪中有雪莲,复有雪蛆,巨如蚕,体为红色,云可合媚药。二十九年(一九四〇年)夏,有友登博格达,在山腰之湖畔过一宿,据云并不见有雪莲雪蛆,亦无其他奇卉异草,珍禽瑞兽,惟蚊虫大而且多,啮人如锥刺耳。湖边夜间甚冷,虽当盛夏,衣重裘尚齿战,乃烧起几个火堆,卧火旁,始稍得寐。又山腰近湖处有一庙,道士数人居之,不下山者已数年,山下居民每年夏季运粮资之,及秋,冰雪封山,遂不通闻问,俟来年夏季再上山探之。在全疆,恐惟此数道士为真能清苦。诗以记之:

博格达山高接天,云封雪锁自年年。
冰川寂寞群仙去,瘦骨黄冠灶断烟。(其一)

雪莲雪蛆今何在？剩有饕蚊逐队飞。
三伏月圆湖畔夜，高烧篝火御寒威。（其二）

　　雪莲有无，未能证实，然天山峭壁生石莲，则余曾亲见。离迪化约百余公里，有白杨沟者，亦避暑胜地，余曾往一游。所谓"白杨沟"，实两山间之夹谷耳，范围甚大，汽车翻越数山始到其地。此为哈族人游牧地，事前通知该管之"千户长"，请彼导游，兼代备宿夜处。"千户长"略能汉语，备马十余匹，请客人作竟日之游，出"白杨沟"范围，直抵焉耆境之天山北麓。途次经过一谷，两岸峭壁千仞，中一夹道长数里，山泉潺潺，萦回马足；壁上了无草木，惟生石莲。此为横生于石壁之灌木，叶大如掌，形似桐叶，白花五六瓣甚巨，粗具莲花之形态，嗅之有浓郁之味，似香不香，然亦不恶，询之"千户长"可作药用否？渠言未知可作何用，惟哈族人间或以此为催生之剂，煎浓汤服。石莲产于深谷，盖不独白杨沟有之。

　　夏季入山避暑，宿蒙古包，饮新鲜马乳，是新疆摩登乐事。但亦游牧民族风尚之残余。维、哈两族之"把爷"每年夏季必率全家男女老小，坐自家之大车，带蒙古包、狗，至其羊群所在之山谷，过一个夏季的野外生活。秋凉归来，狗马皆肥健，毛色光泽如镜面，孩子们晒成古铜色，肌肉结实。

　　马乳云可治肺病胃病；饮了一个夏季的马乳，据云身必健硕，体重增加。但此恐惟在山中避暑饮之，方有效验；盖非马乳之独擅神效，亦因野外生活之其他有益条件助成之也。维、哈族人善调制马乳，法以乳盛革囊中，摇荡多时，略置片刻，又摇之，如是数回，马乳发酵乃起沫，可食。味略酸而香洌，多饮觉

雾中偶记

微醺;不嗜酒者饮马乳辄醉。初饮马乳者,常觉不惯,然经过一时期,遂有深嗜,一日可进十数大碗,而饭量亦随之增加。然马乳新鲜者,城中不易得。马肉制之腊肠,俗名马肠子,维、哈、蒙等族所制者甚佳。据云,道地之马肠子,乃用马驹之肉,灌入肠管后挂于蒙古包圆顶开口通风之处,在风干之过程中,复赖蒙古包中每日自然之烟熏,——盖包中生火有烟,必从顶上之孔外出也。马肠子佳者,蒸熟后色殷红,香腴不下于金华火腿。避暑山中者,倘能骑马爬山,饮马乳,食馕(一种大饼),佐以自制之奶皮(即牛乳蒸热后所结之奶皮)、草莓果酱、马肠子、葡萄,睡蒙古包,则空气、阳光、运动、富于养分之饮食,一切都有,对于身体的益处是不难想象的!

维族哈族人有嗜麻烟者,犹汉族人之嗜鸦片。麻烟比鸦片更毒,故在新省亦悬为厉禁。麻烟自印度来,原状不知如何,但供人吸用者则已为粉状,可装于荷包中,随时吸食。因其简易,为害更烈。

食麻烟后,入半醉状态,即见种种幻象;平日想念而不可多得之事物,此时即纷陈前后,应接不暇。嗜钱财者即见元宝连翩飞来,平常所未曾见而但闻其名之各种珍宝,此时亦缤纷陆离,俯拾即是;好色之徒则见粉白黛绿,围绕前后,乃至素所想念之良家子亦姗姗自来,偎身俯就。人生大欲,片刻都偿,无知之辈,自当视为至乐。旁人见食麻烟者如醉如痴,手舞足蹈,以为疯癫,而不知彼方神游于极乐幻境也。既而动作停歇,则幻境已消,神经麻痹而失知觉。移时始醒,了无所异,与未吸食同。

然而多次吸食之后,即可成瘾;瘾发时之难受,甚于中鸦片毒者。同时，肺部因受毒而成哮喘之病，全身关节炎肿，毒入脊髓，伛偻不能挺立，不良于行；到这阶段，无论再食与否，总之是去死不远了。

维、哈族人之嗜赌博者，以羊骨为博具，掷地视骨之正反，以定输赢。据说他们结伴贩货从甲地至乙地，在途中往往于马背上且行且赌，现金不足，则以货物作抵押，旅途未终，而已尽丧所有，则转为博进者之佣工，甚至以佣工若干年作为赌注而作最后之一掷者。

维吾尔族人口占全疆总人口之半数，南疆居民，什九为维族，奉伊斯兰教。旧时阿訇（教中长老）集政教大权于一身，教长同时即为一部落或一区域之行政首长。今则阿訇惟掌教，不复能过问地方行政矣。维族人兼营商业、游牧、及农业；手工业（如裁缝、木匠、泥水、织毯等）亦多彼族中人。南疆所产之绸，色彩鲜艳，图案悦目，亦多为维族工人所织造。

在文艺美术方面，维族人具有天才，土风歌舞，颇具特色，此不赘言。尝观一出由民间故事改编之短剧，幽默而意味深长，实为佳作。此种民间故事，大都嘲笑富而不仁之辈。短剧内容，写一富人路遇一穷人，穷人向彼行乞，富人不应，且骂之。既而同憩于路侧，穷人徐问富人何来，将赴何处，且进以谀词。富人大喜，乃夸其家宅之美，夸其子，夸其骆驼，终乃夸其所爱之狗，穷人随机应变，亦盛赞其房屋之美轮美奂，其子之多才多艺，其骆驼之健硕，其狗之解人意。富人大喜。穷人乃乘间复请周济。富人怫然掉头不顾。二人于是无言。富人解行囊，取馕食之，不能尽，则以所余投畀路旁一野犬，穷人至是复乞分一小块馕，富

·雾中偶记·

人仍不肯,谓宁投畀狗食,不与汝懒虫,荷囊而起,将行。穷人忽思得一计,遂追语之曰:你不是有一条很好的狗么?我适从你家乡来,见你的狗已死。富人大惊,问故。穷人曰:因为你的狗吃了你那匹骆驼的肝,所以死了!富人更惊,复问骆驼何故致死。穷人曰:因为你的儿子死了,你的妻杀骆驼以祭你子。富人惊极而号哭,复问子何因死。穷人曰:因为你的家中失火,你的儿子被烧死了。至是,富人大哭,捶胸持发,如中风狂,尽弃其行囊,并自褫其衣,呼号痛哭而去。穷人大喜,乃尽取富人之行囊、衣物,坐于道旁,从行囊中取馕食之,未尽一枚,而富人已大呼而来,指穷人为偷儿,夺还各物,且将夺其手中之余馕。穷人急逃,富人追之,幕遂下。维族风俗,杀骆驼致祭,乃最郑重之典礼,又谓狗食骆驼肝必死。

穷人向富人行乞,未成,便百成一计,向富人讲述其家遭难。

维族乐器,有长颈琵琶(四弦)、鼓、箫、琴(铜丝之弦甚多,而以小竹片鼓之,广东人亦常用之,称为洋琴)等数事。所谓长颈琵琶者,实以一曼陀铃,而颈特长,在三尺以上;意谓当别有名,但曾询翻译人哈美德,则云是琵琶。或者吾人今日习见之琵琶已经汉化乎。

维族人席地而坐。炕之地位占全室过半有强,或竟整个房间是一大炕,炕上铺毡,毡上更有大坐垫。有矮几,或圆或长方。维族人上炕坐时,足上仍御牛皮软底靴,实则此为袜子;下炕则加牛皮鞋,无后跟,与吾人之拖鞋相仿,出门亦御此鞋。长袍左衽,无钮扣,腰束以带。头上缠布,或戴无帽结之瓜皮小帽,帽必绣花,而甚小,仅覆头顶之一部分。至于戴打乌帽,穿长统靴,则已为欧化之结果。哈族人装束相同。两族女子平日亦穿靴。

日常饮食,为牛乳、羊肉、馕、奶皮、酥油、水果、红茶,而红茶中例必加糖。菜肴中甚少菜蔬。待客,隆重者宰一羔羊,白煮,大盘捧上,刀割而食。主人倘割取羊尾肥脂以手塞客人口中,虽系大块,客人须例张口承之,不得以手接取徐徐啮食,更不得拒而不受。盖此为主人敬客之礼,不接受或不按例一口吞下者即为失礼。客人受后,例须同样回敬主人。

所谓"抓饭"者,乃以羊油蒸饭,又加羊肉丁与胡萝卜(黄色)丁子;因其非羊油炒饭,而为蒸饭,故虽似炒饭而味实不同。俄国风之"萨莫伐"[①]在新疆颇为流行,有钱之维族人家都置一具。盖嗜饮红茶,维哈及其他各民族皆然也。

---

① "萨莫伐":俄语译音。意即茶炊。

·雾中偶记·

新疆十四民族,除汉族外,维族兼营农业、商业、牧畜、手工业,已如上述。蒙族及哈族则以游牧为主。哈族在北疆居近汉人众多之大城市者,亦种地,惟视为副业;种地不施肥,用休耕制,下种后即自驱羊入山,不复一顾,待秋收时再来收割,有多少算多少。据闻南疆维族人之养蚕者,亦如我们之养野蚕然,蚕置桑树上,即不复措意,蚕及时成茧,亦在树上。此因南疆气候温和又无雨,故得如此便宜省事也。蒙族多逐水草而游牧,故小学亦设蒙古包中,跟着他们一年迁徙数次。

余如柯尔柯斯[①]、泰阑其、泰吉克[②]、塔塔尔等族,本皆为中亚细亚民族,今在苏联中亚境内亦有诸族;然此诸族在新省者尚多在游牧阶段。锡伯、索伦二族,乃乾隆年间由满洲移往,今多居伊犁一带,人数不多,亦为农牧兼营者,仍保存其自族之语言,然能汉语及维语者甚多。人谓此族人习语言,特有天才。

据说南疆之罗布淖尔[③]尚有最原始之小部落在焉。此为水上居民,住罗布淖尔中,与其他人民几无往来,不知牧畜,惟恃捕取罗布淖尔之鱼介为食;人数无确计,度不过数百人而已。罗布淖尔在南疆大戈壁之一端,塔里木河注入之;此一带为其他民族所不到,故此小小部落尚能自生自息,保留其原始状态。

游牧民族多喜养狗,盖警卫羊群,管束羊群,皆有赖于狗。而庞大骆驼队中亦必有狗若干头任巡哨纠察之责。新省之游牧民族既多来自他处,来时携狗自随,是故新省之狗,种类亦甚

---

① 柯尔柯斯:即柯尔克孜。
② 泰吉克:即塔吉克。
③ 淖尔:蒙语。即湖泊。——作者原注。

多。大概而言,有蒙古种、西藏种、各式中亚种,及此诸种之混血种,凡此皆为帮人办事的狗。再加以汉人豢畜供玩弄之叭儿种,形形色色,不可究诘;我尝戏语,狗与甜瓜在新省种类之多,恐甲于全国。

迪化人家,几乎家家有狗。此种狗,半为供玩弄而豢养。自南梁(即南郊)至城门之一段路上,群狗竟分段而"治"。倘有他段之狗走过其"地盘",必群起而吠逐之,直至其垂尾逃出"界线"而后已。因此,狗的行动范围,颇受限制,除非跟了主人同走。然此种无理取闹的狗们,都为叭儿种或其混血种;至于禀有"帮人办事"的天性的猎狗族类,则无此习气。

野羊又名黄羊,毛直而长,佳者可以羼入狐坎中混充狐之腹皮。黄羊跳走甚速,在无边之戈壁滩上,虽小跑车亦不能迫及之。黄羊肉又甚鲜美。猎黄羊须用合围之法,侦得其群居之处,四面包围击之;若二三人出猎,往往不能有所得。盖黄羊甚为机警,目力甚好,人在二三里外,黄羊即见之。

迪化是省会,饮食娱乐之事,自然是五花八门的了。汉族人开的酒馆,大抵是混合了山东、陕西、天津各帮烹调的手法,可以"北方菜"目之,然厨子则多甘肃籍。城里有一家自称"川菜馆"的,据试过的人说,毫无川菜风味;或亦可说,仅在菜单上看得见川菜风味。至于官场大宴会,倘用中菜,还是"北方味"的馆子来承办,可异者竟有烧烤乳猪,而且做得很好。但挂炉鸭子则从未见过,简直绝对不用鸭子,有时用鹅。冷盆极多。倘是一席头等的菜,所用冷盆多至二三十个,圆桌面上排成一圈。这许多冷盆,例必杂拌而食之,故有一大盘居中,为拌菜之用。

雾中偶记

冷盆中又必有"龙须菜"一味,此为海菜。亦有海参,则为苏联货。有鱼翅。此外各种海味则因抗战后来源断绝,已不多见。乌鲁木齐河中产一种鱼,似属鲇鱼一类,尚为鲜美,此为迪化唯一可得之鲜鱼。

"汉菜"而外,有清真教门馆与俄国式西菜。

娱乐之事,除各种晚会外,惟有电影与旧戏。电影院皆为各族文化促进会所办之俱乐部所附设,苏联片为多,国产片仅抗战前的老片子偶有到者。

旧戏园有五六家,在城内。主要是秦腔,亦有不很纯粹之皮黄。故李主席寿辰,曾在省府三堂演旧戏;据说这是迪化最好的班子,最有名的角儿,所演为皮黄。但我这外行人看来,也已觉得不是那么一回事。汉族小市民喜听秦腔。城内几家专唱秦腔的戏园,长年门庭如市。据说此等旧戏园每三四十分钟为一场,票价极低,仅省票(新省从前所通用之银票,今已废)五十两(当时合国币一分二厘五),无座位,站着看,屋小,每场容一百余人即挤得不亦乐乎;隆冬屋内生火,观戏者每每汗流浃背,幸而每场只得三四十分钟,不然,恐怕谁亦受不住的。电影票价普通是五毛三毛两种,座位已颇摩登。然因所映为苏联有声片,又无翻译,一般观众自难发生兴味,基本观众为学生与公务员。

电影院戏园皆男女分坐。此因新省一般民众尚重视男女有别之封建的礼仪也。但另一方面,迪化汉族小市民之妇女,实已相当"解放";妇女上小茶馆、交男友,视为故常,《新疆日报》所登离婚启事,日有数起,法院判离婚案亦宽,可谓离婚相当自由。此等离婚事件之双方,大都为在戏园中分坐之小市民男女。这也是一个有趣的对照。归化族(即白俄来归者)之妇女尤为

"解放",浪漫行动,时有所闻,但维、哈等族之妇女就不能那么自由了,因为伊斯兰教义是不许可的。然又闻人言南疆库车、库尔勒等地风气又复不同,维族女子已嫁者,固当恪守妇道,而未嫁或已寡者,则不以苟合为不德云。

[附记]

此篇大概写于一九四○年冬或一九四一年初夏,后来发表于一九四二年之《旅行杂志》。我于一九四○年五月出新疆,到延安住了几个月,于同年初冬到重庆。那时候,重庆的朋友们正担心着杜重远和赵丹等人的安全(我离新疆时,杜已被软禁,赵等尚未出事,后来在延安,知道杜、赵等皆被监禁,罪名是勾通汪精卫,无人置信;足见盛世才实在不能从杜、赵的言行中找到其他借口,只好用这个无人相信的莫须有罪名来逮捕他们),纷纷向我探询新疆实况;我的回答是很率直的,我揭穿了盛世才的假面具。有一次,在重庆的外国记者多人(其中有好几位是很进步的)找我谈新疆情形,由龚澎同志介绍,并任翻译;谈完以后,有一位记者问我能不能发表?我回答,可以用背景材料的形式发表,不要用访问记的形式。为什么我这样回答?原因是,一,当时我正和沈老(钧儒)、郭老(沫若)及韬奋,一同写信给盛世才,要求释放杜、赵等七八人,如果发表了我暴露盛世才的访问记,就会影响到营救杜、赵等人的工作;二,当时盛世才的亲俄联共(中共)的假面具还戴着,盛和蒋介石还有矛盾,公开暴露盛,还不到时候。但是,另一方面,

·雾中偶记·

我以为盛世才的欺诈行为对后方(指那时的重庆、成都、昆明等地)青年知识分子所起的欺骗作用(特别因为两年前杜重远为盛所欺,写了两本小册子,歌颂盛世才,造成了许多青年对盛的极大幻想),有加以消解的必要。由于上述的考虑,我写了这篇《新疆风土杂忆》。但发表时,有些字句被国民党检查官或删或改,歪曲了原来面貌。此文后来收在《见闻杂记》单行本时,我又作修改,但不知何故,单行本印出来时仍然是《旅行杂志》发表时的样子。现在冷饭重炒,字句上我再作小小的修改。

此篇所述新疆的风土习俗,在今天看来,已成陈迹。但从这里也可以对照出来,解放后的新疆的工业、农业、文化教育事业的飞快发展,真是一日千里,史无前例;这是中国共产党在少数民族地区的正确政策和英明领导的实例之一。

1958年11月16日,茅盾记于北京。

(原载1942年9月《旅行杂志》第16卷第9、10期)

茅盾在寓所。

·雾中偶记·

归途杂拾

一 九龙道上

旅客们游玩九龙,好像有一个公式:九龙城,宋皇台,这是最先去的地方。倒不是因为这两处是古迹,而是因为最近中国已在反抗日本帝国主义的侵略;游这两处,表示游玩之中不忘爱国。所谓九龙城,其实是小山顶上的一个寨,周围不过三四里,城内除了几排破房子便是一片荒地,除了住在破房子里的一两户穷人,根本无所谓居民,可是这一个荒凉的去处却是九龙租界地中间一块中国的国土。整个九龙半岛都租借去了,为什么还保留这几亩的地皮?据说也是有理由的,可是想想总觉得近乎开玩笑。九龙城的城墙倒很整齐,不用说,这已不是原物,香港政府特地花钱修葺过了。有四个城门,其中一个(大概是东门),还有一条广阔整齐的石路,对着城门,有两尊旧式的废炮。这么一个小城,——不,一个城壳子,比上海租界内的天后宫小得多了,而且根本没有居民,当然也无从派用场。不过抗战以后,在香港拍的一部抗战影片到底将这九龙城用了一次。

至于宋皇台,以前香港政府也把它列为名胜之区。这里并没有台,只是一个近海的高坡上有两块光秃秃的大岩石。原也有点奇怪,这两块大岩石一上一下,好像是人工叠起来似的,上面那一块大些,因而石檐之下可容一二人蜷伏。据说南宋的末代皇帝,就在这石檐下住过几宿。但我觉得这一个传说,未必可靠。帝昺当初逃到九龙,似乎还不至于窘迫到栖身在岩石罅中,如果为了躲避蒙古的追兵,则如此光秃秃的石缝,也不是个躲藏的好地方,除非那时这里的地形还不是现在那样一无遮盖,连大树也没有一株。

除这两处以外,沙田是"九龙游玩公式"的第二节目了。沙田山上有一座大庙,也算得名胜之区,也有点儿古气。第三个节目便是坐了汽车跨山沿海直到元朗,这一带路上,因为常常一边是峭壁,一边是海,风景也还不差,这一条翻过几个山头常常傍海而行的公路就是有名的青山道。

日本鬼子占领了香港以后约一星期,就开始"疏散"九龙的居民。这一条青山道上,每天拂晓解严以后就挤满了扶老携幼背着小包袱提着藤筐或洋铁罐等等物件的难民。这是一条人的洪流,从早上解严以后直至日暮戒严为止,这一条洪流滚滚不息,一天之内,总有十来万人这样急急忙忙脱离了这魔窟。

但是这样挤满了人之洪流的青山道上,也还有抢匪:日本兵和临时产生的土强盗。英军撤退九龙的时候,丢失的枪枝为数不少,隔海炮战的十多天内,九龙和新界陷于十足的无政府状态,"烂仔"们将英军遗弃的枪枝武装了自己,占领了大路以外的偏僻角落,公然分段而"治"。香港陷落以后,一九四二年正月元旦,"皇军"在德辅道举行所谓"战胜入城典礼",同时岛上的武装了的"烂仔"们却也在西环占领了一个未完工的防空洞,作为他们的大本营,那时候,岛上的居民头上压着两个主子:白天是日寇,夜间是"烂仔"。可是在九龙和新界,"烂仔"们竟和日寇分"治"了白昼,青山道上,日本哨兵在前一段"检查"潮涌似的难民,"烂仔"们就在后一段施行同样的"检查"。这真是一个拳头大臂膊粗的世界。

荃湾是青山道上一个美丽的小地方,照大路走,这里离元朗约有十多公里。倘走小路,翻过两座相当高的山,穿过无数隐伏在丛莽中的山坳子里的羊肠小道,便抄出了元朗市外,路是近不了多少,而且要翻过那简直不生树木的石山也实在辛苦,但有一利,这里只有一个主子:不是日寇,也不是那些临时乌合的"烂仔",却是一些略有组织,说一是一,说二是二的"大哥"。港九战争给他们补充了人员,也补充了武器;自动步枪和手提机关枪增添了他们的威武。这一带的"大哥"们有多少,谁也不能说一个确数。港九战争的大风暴带来了一层容易滋生"大哥"们的沃土。十来个人得到了武器的补充,有一个领袖,他就可以成为新的一股。但尽管变化是那样快而且多,不成文法的纪律还是相当严明,"大哥"们分段而治,在他们各自的疆界内保守着一种秩序。山坳子里的小路上他们安置了步哨,"保护"来往的老百姓,并且也征收"通行费",每人四角港币。

扯旗山头飘着太阳旗以后,这些"大哥"们曾经帮助大批"漏网之鱼"逃回祖国的怀抱,他们不但不收"通行费",还白赔了茶水,白赔了饭食,白赔了挑行李的伕子们的挑费。他们肯

·雾中偶记·

这么干,因为他们不愿意不买东江游击队曾大队长①的帐,因为他们知道大队长是一个打日本仔的好男儿,因为他们自己也是要打日本仔的好男儿!一九四二年正月九日,天气非常暖和,荃湾躺在青山碧波之间安静得像个太平世界,一群"漏网之鱼",代表着五六个省,有"肥佬",有高度的近视眼,有大病后还在拉痢的,有中年妇人,有妙龄女郎,一个个都是青布或蓝布的"唐装",翻过了荃湾左近的一座高山,投进了山坳子里一个小小的村庄,这是他们第一次进入了一位"大哥"的疆界,可是他们那时都不知道,还以为这是游击队的一个前哨站呢。说是一个小小的村庄,实在只有五六份人家,背了长枪腰间两颗手榴弹的人们,在打谷场上来回踱着,在几株尤加列树下蹲着谈话,大肚的母猪在垃圾堆里找寻食物,一边唔唔地叫,一边用它那长嘴拱着,鸡儿谷谷地呼着同伴,用爪子爬土。小狗们走到生客们脚边嗅了又嗅,然后又没精打采走开了。一切都太像一个游击队所在的地方,而且茶水也准备好,破板凳也拿出来,客人们都坐下来休息,心里想想一天的行程大概到这里就是终点了。

然而即便是休息片刻又走,那种猜想还是照旧。在路上又遇见了武装的人,还以为这是来"接应"的,却不知道这是又一位"大哥"的部属。小路旁草地上,两个老百姓打扮的盘腿坐在那里,他们面前横放着一枝长枪,其中一位手拿着一枝盒子炮,距三四丈的高坡上又站着一位,肩着自动步枪,——他是在警戒的,他们大概早已接到"招呼",并没对那一群不伦不类,南腔北调的"唐装"难民问一句,也没有开口要"通行费"。

从荃湾到元朗这一条荒僻的山路,据说就是日寇偷袭英军

·雾中偶记·

后路所经过的捷径。"十二·八"战事①爆发后,英军最前线在元朗,可是这最前线战事并不怎么猛烈,双方在工事背后以机枪遥射而已。经过了三十多小时,突然荃湾发现了日军,于是元朗一线只好后撤,英军改守沙田作为最前线了。人们传言,这是三井洋行大班(日本人)做了他本国军队的向导。其实这还是一些老实人的想法。日寇在香港九龙那些小商店就全是间谍机关,而且他们的"第五纵队"在战争的前夕还公然招摇过市,带引军队过这么一条山路何必什么三井大班亲自出马!又据说,在日寇偷渡这"阴平"而扑到荃湾前一二日,英军在这个可虑的去处,确曾安置下一辆轻坦克(或装甲车),不知怎的,后来又调开了,而且就此一直不再设防。这一说,也只能姑妄听之,然而由此可见新界的老百姓对于九龙之轻易失陷终觉得可惜而又太可怪,他们创造出来的故事都从一个中心观念出发:日本仔不是打得好,却是善于行诈取巧。

当时日寇在香港九龙新界实在也只能作点线的占领。元朗市有伪维持会,有伪军,也有日军,然而元朗市区之外不过三里的一所大房子里就是又一位"大哥"的大本营。元朗伪维持会每天得向这位"大哥"纳贡,据说是白米十担,猪几口,鸡鸭若干挑。这一位"大哥"的大本营离一个十多二十来户人家的小村落不过一箭之路,这些老百姓都受他保护,他是新界一带最大的一股,拥有一二百武装。他的大本营是一座簇新的大院落,矮矮的白粉墙,大门里面有很大的天井,正中是轩敞的平厅,两旁各有一排三间的边房,都是朝着天井开着洋式的窗,远远看去,

---

① "十二·八"战事:指1941年12月8日日本侵略军进攻香港的战争。

总以为这是一个学校的校舍,可是进门以后又觉得这是一个祠堂。大厅上朝外就是一个供着历代祖先神位的神座,帏幔低垂,一副高大的铜烛台,还有香炉,两边墙上画着一副善颂善祷的对联,墙上近屋顶处又有泥水匠画的五彩的半部《三国志》,——这一切都不像是住家房子的派头,然而那位"南洋伯"建造这所房子确是为了住家。不幸新屋落成不久,太平洋风云变色,他这吉宅太近火线,只好放弃,现在这位主人的一家也许还陷在岛上,也许牺牲在炮火下,谁也不知道,他这住宅却成为一位"大哥"的大本营,而且利用这大洋房子,他招待过"境"的特别难民,前后怕有千把人罢?

二 东江乡村

东江游击队好像是卡在敌人咽喉里的一根骨头。敌人在华北的"三光政策",在东江早就实行了。淡水一带,整个的村庄变成废墟,单看那些村里的平整的石板路,残存耸立的砖墙,几乎铺满了路面的断砖碎瓦,便可以推想到这一些从前都是怎样富庶的村庄。可是现在连一条野狗都没有了。白天经过这些废墟的时候,已经觉得够凄凉,但尤其叫人心悸的,是月夜;踏着满街的瓦砾,通过长长的街道,月光照着那些颓垣断壁,除了脚下格格的瓦砾碎响,更没有别的声音,这时心里的惨痛凄凉非言语所能名状。旧时成语有"如行墟墓间",但和这一比,这一句成语便觉得太不够了。

这一些村庄通常都有防盗的设备。村中有碉楼,四方形,巍然耸峙,俯瞰全村,墙壁很厚,没有窗子,只有狭长的枪洞,每面

·雾中偶记·

上下三层。从这些碉楼墙壁上满布的枪弹伤痕看来,敌人"扫荡"这些村庄的时候不是没有剧烈的战斗的;有些碉楼还受过炮击,崩坏了一角。村前村后的路口都有长的石条,一排五六个或三四个,植立土中,露出一尺许,最高至二尺多,这也许在紧急的时候在后面堆上沙包,作为简单的防御工事的。但是最使人惊异者,一般较好的(大概是富农的)住宅也都是碉堡式,土墙很厚,石脚很高(总有五六尺),只有一个门——大门,木料很结实,除了两根从墙里抽出来的粗木横闩,又有直闩四五根,都是碗口来粗可以用作柱子的木头,套在门上石制的天地槛内,大门两旁墙上有枪眼,屋内人可以放枪射击攻门的人,全屋没有正式的窗,只有方尺大小的洞,这也装着极厚的石框,和粗的铁栅。天黑以后,无论牛猪鸡鸭都赶进屋内!——不,这小小的碉堡内,甚至木柴农具等等也都收藏起来,于是闭门而卧,可以高枕无忧。强盗土匪要进来,只有攻大门之一法,然而大门是结实的,门破了还有坚牢的木栅(即直闩),而且攻门之时,门内人可以从门旁墙上的枪眼放枪抵御。没有比步枪更厉害的武器,这种碉堡式的住房当真有点不可奈何的。从宝安到淡水一带乡村,以我所见,差不多可以说就只有两种建筑:一种是这样的碉堡式,另一种则是仅足避风雨的茅舍,那简直连门也没有,用芦苇编成一张东西挡住了出入口而已,——这是赤贫的人们的居室。他们是除了一条性命更没有值钱的东西的。

碉堡式房子最小者全体就只一间,真要叫人联想到这是犯人住的牢房。关上大门就成为黑漆一团,人和牲畜共处,大尿桶就放在床头。大者亦有两间三间的,但亦仅赖大门放进光线和空气来。更讲究的,则有一个小小的天井,于是朝外的正房,——通常是供着列祖列宗的神位的,就比较地敞亮了,然而这敞亮要付代价,因为是平房,里面有了天井,强盗可能自屋面上攻进来,于是天井上不能不张铁丝网,天井四围各房的墙上又都得开设枪眼,使得强盗虽到屋面仍然不能下来,而且屋内人又可开枪阻止强盗破坏那铁丝网。当然这样的"小碉堡"的主人在战前若不是小地主也一定是富农了。至于大地主的住房,那简直是个城,——有的比那九龙城还要大,而且墙垣也高得多,墙上没有窗已成天经地义,可是大小枪眼之多,层层密布,平常的小城,实望尘莫及。有些这样的"城",还在四角建有碉楼,那一定是通宵有人在上边守望的。这样的"城"里,自然有天井,不过不张铁丝网了,这是因为"城"墙既高且多枪眼,来攻者即使有云梯也未必能爬上屋面。这样的"城",倘不用炮,好像是很难攻下来的。

这样充满了大小碉堡的村庄应该是很叫日本仔头痛的,而且又理应发挥它的自卫能力至于最高度的,然而这样的充满了大小碉堡的村庄或仅索取少许的代价或竟索不到什么代价,终极仍不免于一堆瓦砾,这是为什么呢?敌人有炮,敌人有其他的重兵器,这是原因之一,而民众的组织不够,各级村民的团结不够,地主的武装力量之不能坚决地枪口对外,这又是主要的原因了。

三 烧山

广九铁路深圳至平湖段在太平洋战争爆发那时候,经常被游击队切断。这些民众的武装力量散布在沿线山村里,距离铁路线多则十余里,少则五六里。敌人不大敢到这些小村里去找

·雾中偶记·

游击队厮打,然而也不是绝对不去,有时忽然来了,人数不一定多,可是行动却很敏捷,其势也相当剽悍。敌人经常是在白天先把队伍移动到某一地点,到拂晓即突然袭击。他们的出动的方向虽然不一定能够准确地估量到,可是他们的移动的消息准可以很快地得到,于是有可能被袭击的小山村里的人民和武装便要来一次部署,一次准备,力量相差太远,武装便须转移,而人民物资则须疏散,这就要半夜上山。什么都带了走,食粮,农具,牲口鸡鸭,家具,——除掉笨重的家具,实在他们并无所谓家具。山上有密茂的松林,两株松作柱,加一根横梁,盖上稻草,这就成为草寮,在南国的天气,这就过冬也成了。

武装也常住这些草寮,什么都随身带着,所以行动能够神速飘忽。

山,和它的密茂的树林,成为敌人的眼中钉。所以敌人时常烧山,还指使汉奸来烧山。天黑以后,远处山头会出现一条鲜明的红线,愈来愈长愈宽,而同时又向旁分支,终于成为纵横交叉的一个火网,熊熊然照亮了黑夜。有时会四面山头或远或近都烧了起来。冷枪的声音也时时可以听到。回答这样的暴行,人民的武装也许来一次突然的出击。在这些地方,就是这样时时刻刻斗争,用各种方式在斗争的。

四 惠阳

敌人攻陷港九后的一月,他们的散布在珠江三角洲各据点的兵力便有了移动。他们将东面的兵力调到广九路沿线,放弃了淡水县城,但是原来放在广九路沿线的兵力,他们却暗中调上了增城前线，旧历腊月初，他们猛扑博罗，博罗旋告失守，敌人即进窥惠阳，同时他们的骑兵攻掠东江上游的泰尾。惠阳震动，驻防惠阳城的独九旅据守外围山地，阻挠了敌人向惠阳闪击以掠夺物资的企图。

这时候，大批刚从虎口逃生出来的港侨，正挤在惠阳城内候船到老隆，骤闻敌兵压境，那慌张的情形是可想而知的。这时候，正当旧历年前，商店内百货充盈，都是准备在年关前后做一番热闹买卖的，现在却得赶紧疏散了。这时候，阻滞在惠淡公路（这是早已破坏了的）一带乡村间的商货何止千百挑，都陷于进退维谷。这时候，一切生命财产损失之多寡都决定于时间的因素。这时候，才显得飞鹅岭上独九旅和敌人的捉迷藏的战斗起了很大的作用。

敌人损失了一星期的时间，敌人扑近惠阳城的时候，惠阳差不多是一座空城，物资逃光了，壮丁逃光了，敌人的兵力不够久守惠阳，而且也不作此想，于是经过一星期的逗留，烧了不少房子，杀了许多逃不动的老弱妇孺，敌人从惠阳撤走，也从博罗撤走。逃亡在四乡的人民再回到他们的老家，离旧历年关只有四五天。茶楼酒馆先复了业。几家旅馆挤得水都泼不进去。陌生的旅客吃饭可就成了问题。上馆子不一定吃到东西。不上馆子自己弄饭呢，柴米油盐都无处去买。大概也是什么冷气团光顾了惠阳罢，那几天委实冷得厉害，然而到旧历除夕那天，秩序总算恢复了过来，货物又陆续搬进城来，一些日用品的小店和摊子都开了业，旧府城内卖旧货的地摊特别多了，拿着一两件旧衣物沿街兜主顾的几乎比警察的岗位还要密，一问，差不多全说是从香港逃来的。

雾中偶记

卖笑生涯的女子也在街上出现了,她们是和各机关同时回来的,帮着在这又一度遭劫的城市恢复起繁荣来。大裤管,长到脚背的裤子,窄腰身的衫子,红红绿绿的丝织品,在这时候,特别打眼。

太平洋战争对于物价的影响,在惠阳那时还是由于这一度的失陷而显出它的刺激力。脑子里还不能忘记国币六元至七元可换港币一元的人们听了当时惠阳的物价总觉得太贵,譬如一条中等的毛巾,大洋六元,那他的计算法就是这样的:"国币六元就算它港币八毛罢,然而这样的毛巾港币八毛准可以买三条半!"然而老实的惠阳小商人仅仅涨上了一元,而这一元也是为了弥补他的逃难的损失。有人估计:那一次惠阳六天的沦陷,人民损失最大的两项,一是房子,二就是挑力。大家抢着疏散财产的时候,一塘路的挑力要二十元。这一个数目,曾经使惠阳人吃惊,正像今天给大后方人听了也是准会大吃一惊的。有一件事值得带便提一提,那时惠阳城里少见百元五十元的大票子,使用大票要打一个八折,原因是大票子不能到沦陷区。在老隆,大票子这才通行无阻。

敌人那次进攻惠阳,目的在掠夺物资。敌人这目的没有达到,兽性发作,就滥烧房子滥杀人。我们人命的损失比房子的损失大,尸首都被丢在江里,数目不可确计,有的说六七百,有的说千外。除夕,街上冷清清的,元旦,爆竹声也只寥寥数响。街上冷落是因为逃难出去的人还没大批回来,少数爆竹倒不是为的劫后的人民存心紧缩到这一项,而是因为买不到爆竹。食物已经涨价,但用品还不能跟着涨。事实上,那时在广东境内,东江是生活费用比较高的地方,例如半个月后六七人在曲江上馆子,有鱼有肉有鸡鸭,饱吃一顿,不过花了三十元左右,可是十五天以前在惠阳三个人"饮茶",吃些点心,也要花到十元光景。只有衣料和其他的日用品,那时的惠阳还比曲江便宜些,——至少是差不多,后来如何,那就不知道了。

离目的地愈近,心里愈急,这是旅行者常有的心境,何况在逃难中,更何况敌人虽已退却,亦不过回复原态势而已,说不定再来一个突然的进攻,所以虽在废历年关,明知木船的老板伙友都要舒舒服服过年,但听说可以雇到木船而且可以即日出发,还是努力要去进行。

那时候,东江的木船,理论上都是在"征发"的状态中——或者说得更恰当些,实际上都是在"随时随地可被征发"的状态中。为了行动上的自由,木船老板必须找个机关(只要是机关,大小倒可不论,但自然,机关招牌大的总比小的好),先把自己"封"起来;这就是说,在船舱篾篷上,贴一张印有某某机关名号的信笺,随便两行核桃大的字,无非是此船已为本机关封用,"仰即知照"云云,下面当然还得盖个关防。这样经过被"封"的船便算是保了险了,船老板可以放心装货载客,否则,不但泊在惠阳的空船,会突然被"拉了去",甚至客货满满的也会被人当真"封"起来,而且开出惠阳,沿途任何地方任何时间都在被"拉"的危险中。当然这太不"自由"了,所以,为了求得"自由",就先找个"封条"来贴上。

这一点儿小小"过门",在西方人看来也许大为惊奇,但在我们这国度里恐怕只有书呆子这才不懂得。当时惠阳河下的木船因此只只都在"形式上"被封了,摸不到窍脉的人就不大能够雇到。

五 "韩江船"

大除夕的下午,匆匆地上船,我们是包了整个后舱的。前舱已经满满的,男女老小都有,都是逃难人。后舱在"理论上"是不再招呼另外的客人了,后来证明这到底不过是"理论"。后舱较小,可也塞进了男女大小十四人,全盛时代乃至十六人,其中有一位,是替船老板找"封条"来的,又一位是他的朋友,船老板最初对后舱那伙客人说并无外客,其实不算扯谎,因为这两位当然不作乘客论。

如果是热天,这小小后舱挤了那么多的人也许还能见得宽舒些,可惜是冬天,这些逃难人虽则身无长物,因为一到惠阳就逢到数十年来从未有过的冷,不能不临时买了棉被,这一下,舱里的地位便不经济了,人们又不能将彼此的被筒打通,于是每人更多占了一英尺的十分之几的地位。记得曾在一本古代欧洲史书上看到一张画,古罗马的贩奴船的横断面图;那地位之被经济地使用,实足惊人。但这贩奴船到底还给每个奴隶以仰面平卧的权利!

船家说翌晨就开船。翌晨者,废历大年初一也。连过旧历年的习惯也在战时改掉么?当然叫人高兴,为的可以早走。哪里知道大年初一不走还不足奇,竟几乎连初三那天也想留在惠阳。据说船老板确实是作了在大年初一就开船的打算的,因为停一天,开销还是他的;而终于不得不挨到初三者,那位给他找"封条"的先生有些私事还没料理清楚而已,可是这却苦了前后舱的"沙丁鱼",活活多受两天罪。

枯水时期的东江,由惠阳至老隆,木船须走十至十二天,如遇顺风，那就不定，五六天也可以。但那时正多北风，人们不存奢望，船家口口声声说要十二天，对，十二天，四十多人在船上要过十二天，二百八十八小时。船呢，每天约行三塘路，每小时平均五里，为的要拣平安可靠的地方停泊过夜，所以尽管天一亮就开船，却不能行到天黑才停止，中间得除去船上伙友吃饭时间的一个钟头。

每天负担过重的，却是船上那两只小的行灶。其实只是大些的风炉，其中一只还是效率不高，只能充个副手。从早上起，除了船家不算，那前后舱四十光景的客人就分组来使用这个原始的烧饭工具。一共有七组之多，后舱客人分两组打伙食，但前舱那十多位却分了五组，他们原是一起的，搭船的时候他们集体包了那前舱，但轮到吃饭，他们就各自为谋。他们这么一来，船上那两只行灶是苦了，但他们自然方便了，——各人保有自由，爱吃好些的就好些，爱省俭些的就省俭些，既无你多我少之争，亦免除了口是心非之病，而尤其重要的，五个单位各自烧饭，各人自顾自，所以工作的分配的问题就完全不会发生。他们是经验丰富的聪明人，知道有些事可以搭伙，有些事却不能。至于时间和人力的不经济，那算得什么！反正在船上没有事呀。

然而灶头以外，后舱那班客人却也苦了。灶在船尾，因而那五组的烧饭者必须以后舱为走廊，川流不息的人，捧着锅子、木柴、菜蔬，淋着水，飞散着煤烟地在后舱那班客人的膝上跨过跳过，腿旁蹿过挤过，特别是因为那五组的各个主持者最善于利用童工，所以油汤滴滴搭搭，把一间后舱淋个不亦乐乎。

前舱那几位先生都有老有小，其中一家还是"三代见面"的。虽在船中，而且又是逃难，是在那样一条统舱风格的船，可是诸位先生的"家庭"之中依然保持传统的规矩；老爷们还是那种悠闲而尊严的风度，他们抱膝清谈，或者吆喝他们的小儿女、太太们主持家政——那是缩小到只有烧饭一件事了，但在船上，在七组人合用一具原始工具的船上，在窄狭到挤不下三个人、而同时必然有三个人以上在那里动作的烧饭地方——船尾，这一项家政实在是够苦的。老爷们只在船靠埠（打尖或过宿）的时候，上岸去买菜蔬，这是他们纡尊的唯一例，但买菜蔬就含有"对外"的性质，所以也还是无违于"男女分工"的传统精神的。

然而几位先生可以赞佩之处，尚不止此。他们之占有这前舱，是用集体名义向船上包了下来的，他们中间一共有五个单位，——即五个家庭，各家人口数目不等，各家人口中老小的数目亦不等，因此，在现在这社会中一个最普通的问题，也一定会在他们中间发生，这就是如何分配地位与分摊船钱的问题。究竟他们的问题如何解决——换言之，是以人数来计算金钱的分摊呢，或以地盘的大小来决定分摊数目的多寡呢，局外人未易妄猜，但是看到他们的划地而住，疆界俨然，人不犯我，我不犯人，那就不妨断定他们是把前舱的总面积分为若干方尺甚至方寸，然后按寸计值，各无争论。这当然是最公平的办法，同时也是最能尊重各人的自由的办法，在各人的小天地中，各有绝对的主权，痰盂作为便桶，保存了一整天才倒掉，这是各个小天地中最起码的一件事，而"家教"之好又表现在孩子们的知礼守法，越界的事情绝无仅有。从这点上看，便可知道诸位先生之间的"君子协定"确是大家能够在字面上、精神上严格遵守的，他们提供了"绅士相处如豪猪，彼此间必保持相当距离"——这一作风的真凭实据。

·雾中偶记·

这一种木船是所谓"韩江船",底平,肚阔,两头尖,而船头尤为特别,尖头高翘,计其"坡度",高低相差不下于三公尺。从尖头到前舱的前端,约长丈许,这都是属于船头的区域,这一区域,在前舱交界处最宽,约五尺,由此渐狭,渐翘而高,至尖端,则仅容一人坐,而离尖端四尺处,有一孔,船停时即以竹篙插孔中,像用别针钉蜻蜓似的就将船钉在浅水的东江内了。行船不以橹,亦不以桨,而用篙子,四人或六人,分两组在船头上来来往往地撑,篙长丈余,坚木制成,形状实如长柄之桨,惟下端扁平部分仅阔三寸许,倘以划水,则嫌无力。撑时,以篙入水中,肩胛顶住了篙上端如把手之工字柄,从船头高翘之尖端向下行,渐行身渐伛伏,将近前舱处,亦即撑的一个单位动作完了时,那简直是顶住了那篙子用力在爬,其辛苦可想而知。撑篙者如为四人,则分两组,左右列,各组之二人一来一往,而与其对组之人相配合,倘为六人,亦分两组,亦左右列,而左右组各人一来一往之行动亦必与对组相配合。工作紧张的时候,但见那丈把长的高翘的船头上,船夫们往来上下历历落落若甚杂乱,但其实他们各人的动作都有配合;所以船能平稳向前。

这一项工作,一看就知道很辛苦,所以通常撑了一程,就得换班,备有六个船夫的一条船通常只能有四个人在撑,盖要留二人作为轮流换班时补充之用。如果六人一齐上马,那只好撑一程歇一程。上水每小时仅能行五里,船夫日须吃四顿饭,船老板倘不带点货,兼做生意,除了开销,就没有好处了。

东江枯水期行船,掌舵的非内行不可,要能熟识"航线",方不致搁浅在江中的暗滩上。表面看极其宽阔的江面,往往只有一条狭路可供木船安全通行,如果偏了就会搁浅,船底被沙

·雾中偶记·

砾胶住,进退不得,那时惟有减少船的载重量,雇人下水把船抬起,方能出险。用人力撑的时候,掌舵者仍在工作,原因即在船须觅路前进,而此路惟舵工熟识。

东江路上,时有土匪抢劫客商。瘦狗垅,离惠阳八十里,曾为那些拦江劫掠者出没之所,后经独九旅痛剿,这才好些,然而船家倘非不得已,必不泊瘦狗垅宿夜。旧历大年初四,早七时发水口,十时三十分至横沥,水口至横沥仅二十里,十二时发横沥,北风甚劲,三十里至瘦狗垅,天已黑,遂不得不在此地寄泊。时同行者三船,船家请客人们公摊些钱出来,给他们在岸放哨的人作点心钱,于是每客人出一元。那一晚上,平安无事。岸上究竟有没有人放哨,不得而知,但三条船的船主和大部分伙计那夜确实辛苦了个通宵,却不是守望,而是赌博,大概是借赌博来防盗,因为惟有赌博能使他们通宵不睡。这一次开了头,以后就像有瘾,晚饭后,既冲了凉,客人们都睡了,三条船的船主伙计们便集中在一条船上赌博起来,这阵赌风,过了河源以后,方才平息了。

从惠阳到观音阁,约一百三十里,敌人犯惠阳时,横沥很是吃紧,逃难的人们以及疏散的货物都以观音阁为安全起点,若过观音阁,便没有事了。这一理论,不知从何而来,但倘就平时的安全标尺来估计,观音阁以下,地方荒凉,沿途隔三四十里始有一小村镇,亦无驻军,当然安全的程度是有限的。观音阁以上,步步热闹起来,村镇多了,相距近了,治安状态自然比较好多了,而且据船家说,此后水路也较平易,不像观音阁以下那么暗滩多而且水流急。中央赈济委员会招待归国侨胞的招待站第一次出现的地方,就是观音阁。

六 老隆

老隆,十足一个暴发户。这无名的小镇,在太平洋战争以前,当沙鱼涌还是"自由港"的时候,成为走私商人的乐土。而老隆之繁荣,其意义尚不止此。

除了穿心而过的一条汽车路,其余全是湫隘的旧式街道。没有一家整洁的旅馆,也没有高楼大厦的店铺,全镇只有三四家理发店,其简陋也无以复加;然而,不要小看了这外貌不扬的小镇,它那些矮檐的铺子简简单单挂上一块某某号或某某行的小小木牌子的,每天的进出,十万八万不算多。请注意,这还是六七人在曲江花三十多元可吃一席的时候。如果和湘桂路两端的衡阳和柳州来比较,那末,老隆自不免如小巫之见大巫,可是,在抗战以后的若干"暴发"的市镇中间,老隆总该算是前五名中间的一个。

这里的商业活动范围,倘要开列清单,可以成为一本小册子。有人说笑话,这里什么都有交易,除了死人。但这里的所有的买卖,其为就地消耗且为当地流动的冒险家而设者,却只有两项:酒饭馆和暗娼。而这两者,又都不重形式。在发财狂的"现实主义"的气氛中,食色两事的追求也是颇为原始性的了。而这,完成了老隆这暴发户的性格。

离惠阳三十里的一家杂货店里朝外贴了一副红纸的对联,上句是"目下一言为定",下句是"早晚时价不同"。当时看了,颇为憬然。及至老隆,一打听到曲江的汽车票价,这才知道这两句话倘以形容老隆的车票行市,实在再确切也没有了。从老隆到曲江,有没有公路局的定期客车,我不大明白,但事实上,在老隆

·雾中偶记·

打算走曲江，你去打听车子的时候，决不会听到有公路客车（现在如何，我可不知道），因而虽有官定的票价，实际上只足备参考罢了。老隆有不少车票掮客，到处活动，嗅觉特别灵，当你在街上昂首踌躇的当儿，他们就会趸进身来兜搭道：去曲江么？有票，车子顶括括！于是他就会引你去看车子，讲价。"早晚时价不同"的意义这时你就真正体味到了。因为今天有多少车开出，有多少客人要走，就决定了票价的上落。掮客们对于今天有多少车开出，自然能知道，而对于客人的数目则因他们自伙中互通情报，所以也能估计得差不了多少。此外，车子的好坏，新旧，也参加着决定票价的高低。但这上头，掮客们颇能要花样。往往你看定了是某车，抄下号码，而临时则该车没有了，或者说是今天不开了，那时候，你对掮客发脾气也不中用，他会劝诱你去坐另一部车，今天仍能动身，或者，你就等待那不可知的明天，客人们往往不愿等待，便只好迁就。

掮客们作成一桩买卖，向客人取佣金十分之一或不到十分之一，这在车票以外，也是临时讲定的。车票呢，掮客不过手，所以客人们即使有损失也

1943年的茅盾。

·雾中偶记·

不过舒服与时间而已。至于掮客向司机取多少佣金,那就要看司机先生的高兴了。

1943年2月,重庆。

(原载1943年10月1日《半月文萃》第2卷第3期)

[附记]

  这是我在一九四二——一九四四年间所写的关于东江游击队奉党中央的命令抢救一二千(有人说二三千)沦陷于香港的文化人的第一篇杂记。在这以前,即在一九四二年,我写过两个短篇,也是属于同一题材。后来(大约是一九四五年或更后些),我又把香港战时及战后我离开香港以前约十来日的经历写成《生活之一页》(一九四七年三月上海新群出版社有单行本),而在一九四八年夏秋之交(那时我在香港)方才有时间把在东江游击队保护之下如何逃出沦陷区到达惠阳的一段过程比较详细地写了出来,发表时也题为《生活之一页》(这一部分,后来稍有修改,用《脱险杂记》的题目收入一九五二年四月开明书店出版的《茅盾选集》,"新文学选集"第二辑)。《脱险杂记》所记,有极小部分和此篇的第一、二段可以参看。此篇第三段以下,记录了从惠阳到老隆的见闻,而从香港脱险到当时的后方桂林,这一整段的行程中,此篇所记,实属于最后一阶段,故虽写作时间最早,现在却不能不把它编在《脱险杂记》的后边。特此说明。

1958年11月14日,茅盾记于北京。

·雾中偶记·

马达①的故事

一 马达的"屋子"

东山教员住宅区②有它的特殊的情调。

这是一到了这"住宅区"的人们立刻就会感到的,然而,非待参观过各位教员的各种个性的"住宅"以后,说不出它的特殊在哪里;而且,非得住上这么半天,最好是候到他们工作完毕,都下来休息了,一堆一堆坐着站着谈天说地,而他们的年青的太太们也都带着儿女们出来散步,这高冈上的住宅区前面那一片广场上交响着滔滔的雄辩,圆朗的歌音,及女性的和婴儿的咿咿呀呀学语的柔和细碎的话声的时候,其所谓特殊情调的感觉也未必能完整。

---

① 马达(1903—1978):广西北流人。木刻家。
② 东山教员住宅区:指延安鲁迅艺术文学院教员住宅区。

而在这中间,马达的巨人型的身材,他那方脸、浓眉、阔嘴,他那叉开了两腿,石像似的站着姿势,他那老是爱用轩动眉毛来代替笑的表情,而最后,斜插在嘴角的他那支硕大无比的烟斗,便是整个特殊中尤其突出的典型。

不曾听说马达有爱人,也没有谁发见过马达在找爱人:他是"东山教员"集团内少数光棍中间最为典型的光棍。他的"住宅"就说明了他这一典型,他的"住宅"代表了他的个性。没有参观过马达的"住宅",就不会对于"东山教员住宅区"的各个"住宅"的个性了解得十分完整。

门前两旁,留存的黄土层被他削成方方整整下广上锐的台阶形,给你扑面就来一股坚实朴质的气氛,当斜阳的余晕从对面山顶淡淡地抹在这边山冈的时候,我们的马达如果高高地坐在这台阶的最上一层,谁要说不是达·芬奇的雕像,那他便是没眼睛。白木的门框,白木的门;上半截的方格眼蒙着白纱。门楣上刻着两个字:马达。阳文,涂黑,雄浑而严肃,犹似他的人。

但是门以内的情调可不是这般单纯了。土质的斗形的工作桌子,庄重而凝定,然而桌面的二十五度的倾斜,又多添了流动的气韵。后半室是高起二尺许的土台,床在中心,四面离空,几块玲珑多孔的巨石作了床架,床下地面繁星一般铺了些小小的石卵,其中有些是会闪耀着金属的光辉。一床薄被,一张猩红的毯子,都叠成方块,斜放在床角。这一切,给你的感觉是凝定之中有流动,端庄之中有婀娜,突兀之中却又有平易。特别还有海洋的气氛,你觉得他那床仿佛是个岛,又仿佛是粗阔的波涛上的一叶扁舟。

然而这还没有说尽了马达这"屋子"的个性。为防洞塌,室

·雾中偶记·

内支有木架,这是粗线条的玩意。可是不知他从哪里去弄来了一枝野藤(也许不是藤,总之是这一类的东西),沿着木架,盘绕在床前头顶,小小的尖圆的绿叶,缨络倒垂。近根处的木柱上,一把小小的铜剑斜入木半寸,好像这是从哪里飞来的,铿然斜砍在柱上以后,就不曾拔去。

朝外的土壁上,标本似的钉着一枝连叶带穗的茁壮的小米。斗形的工作台上摆着全副的木刻刀,排队一般,似乎在告诉你:它们是随时准备出动的。两边土壁上参差地有些小洞,这是壁橱,一只小巧的表挂在左边。一句话,所有的小物件都占有了恰当的位置,整个儿构成了媚柔幽娴的调子。

巨人型的马达,就住了这么一个"屋子"。一切都是他亲手布置,一切都染有他的个性。他在这里工作,阔嘴角斜叼着他那硕大无比的烟斗。他沉默,然而这像是沉默的海似的沉默。他不大笑,轩动着他的浓重的眉毛就是他代替了笑的。

二 马达的烟斗和小提琴

认识马达的人,先认识他的大烟斗。

马达的大烟斗,是他亲手制造的。

"这有几斤重罢?"人们开玩笑对他说。

于是马达的浓眉毛轩动了,他那严肃的方脸上掠过了天真的波动似的笑影。他郑重地从嘴角上取下他的烟斗,放在眼前看了一眼,似乎在对烟斗说:"嘿!你这家伙!"

他可以让人家欣赏他的烟斗。像父母将怀抱中的爱子递给人家抱一抱似的,他将他的烟斗交在人家手里。

·雾中偶记·

　　那"斗"是什么硬木的老根做的,浑圆的一段,直径足有一寸五分。差不多跟鼓槌一样的硬木枝(但自然比真正的鼓槌小些),便作成了"杆",插在那浑圆的一段内。

　　欣赏者擎起这家伙,作着敲的姿势,赞叹道:"呵,这简直是个木榔头(槌子)呢!"他仰脸看着马达,想要问一句道,"是不是你觉得非这么大这么重,就嫌不称手?"可是马达的眉毛又轩动了,他从对方的眼光中已经读到了对方心里的话语,他只轻声说了七个字:"相当的材料没有。"

　　"这杆子里的孔,用什么工具钻的?"

　　"木刻刀。"回答也只有三个字。

　　这三个字的回答使得欣赏者大为惊异,比看着这大烟斗本身还要惊异些,凭常情推断,也可以想象到,一把木刻刀要在这长约四寸的硬木枝中穿一道孔,该不是怎样容易的。马达的浓眉毛又轩动了,他从欣赏者脸上的表情明白了他心里的意思;但这回他只天真地轩动了眉毛而已,说明是不必要的,也是像他这样的人所想不到的。

　　可不是,原始人凭一双空手还创造了个世界呢,何况他还有一把木刻刀!

　　市上卖的不是没有烟斗。这是外边来的粗糙的工业制造品,五毛钱可以买到一支。虽说是粗糙的工业制造品,但在一般人看来,还不是比马达手制的大家伙精致些。鄙视工业制造品的心理,马达是没有的,即使是粗糙的东西。然而这五毛钱的家伙可小巧得出奇。要是让马达叼在嘴角,那简直像是一只大海碗的边上挂着一支小小的寸把长的瓷质的中国式汤匙。

　　"你也买过现成的烟斗么?"欣赏者又贸贸然问了。

·雾中偶记·

"买过,"马达俯首看着欣赏者的脸,轻声说,于是他慢慢地抬起头来,看着遥远的空际,他那富于强劲的筋肉的方脸上又隐约浮过了柔和而天真的波纹,似乎他在遥远的空际望到了遥远的然而又近在目前的过去,"买过的,"他又轻声说,"比这一支小些!"

他从欣赏者手里接过了他的爱人一般的大烟斗。叉开了两腿,他石像似的站着,从烟斗里一缕一缕的青烟袅绕上升,在他那方脸上掠过,好像高冈上的一朵横云。刹那间云烟散了,一对柔和的眼睛沉静地看着你,看着周围的一切,看着这世界宇宙。于是你会唤起了什么的回忆:那是海,平静的海,阔大,而且和易,海鸥们在它面上扑着翼子,追逐游戏,但是在这平静和易之下,深深的,几十尺以下,深深的蛟龙潜伏在那里,而且,当高空疾风震雷闪电突然际会的时候,这平静的海又将如何,谁又能知道呢?

一天,夕阳西下,东山教员住宅区前那一片广场上照例喧腾着笑声,歌声,谈话声的时候,人们忽然觉得缺少了什么东西。

叉开了两腿,叼着大烟斗,石像似的站着,只用轩动眉毛来代替笑的马达,不在这里。当他照例那样站着和人们在一处的时候,人们不一定时时想着:"哦!马达在这里!"但当这巨人型的马达忽然不在的时候,人们就很尖锐地感到缺少了一件不能缺少的东西。

"马达正在向他的爱人进攻呢!"和马达作紧邻的人笑了说,"马达是会用水磨功夫的!"

这一句不辨真假的话,可能立刻成为一个主题;戏剧家、小说家、诗人、漫画家、作曲家,甚至也还有理论家,一时会纷纷议论,感到极大的兴趣。女同志们睁大了眼睛听,同时也发表了她们的观察和分析。

不错,马达是正在用水磨功夫,对付——但不是人,而是一块薄薄的木板子。

当好奇者在马达"住宅"的门前发现了他的时候,这巨人正躬着腰,轻轻而又使劲地按住一块薄薄的木板子,在一块砂石上作水磨,那种谨慎而又敏捷的姿势,好像十七八岁的小儿女在幽闺中刺绣。

谁要是看了这样专心致志而又兴趣盎然,还会贸然冲上去问一句:"喂,马达同志,你这是干么的?"——那他真是十足的冒失鬼。

蹲在一旁,好奇者孜孜地看着:他渐渐忘记了马达,马达也似乎始终不曾见到他。

大烟斗里袅起青烟的当儿,马达轩动着眉毛,探身从土台的最高一级拿下个古怪的东西,给好奇者看。

"哦!"好奇者恍然大悟了。这是个小提琴的肚子,长颈子还没装上;这也是薄薄的木板——该说是木片,已经被弯成吕字形,中间十字式的木架撑住,麻绳扎着;这是极合规则的小提琴的肚子,但前后壁却还缺如。

"哦,"好奇者指着马达正作着水磨功夫的一块说,"这是装在那肚子上的罢?"

马达点头,又轩动着眉毛,满脸的笑意。

被水磨的那块板并不是怎样坚硬细致的木料,马达总希望将它弄到尽可能的光滑,他找不到砂皮,所以想出了水磨的法子。但是,已经被磨成吕字形的长条的薄木片,光滑固然未必十足,全体厚薄之匀称却是惊人的。

"呵!这样长而且薄的木板,你从哪里去弄来的?"好奇者吃惊地问。

雾中偶记

"买来的,"马达静静地回答,柔和的眼光忽然闪动了,像是兴奋,又像是害羞,"新市场里买的。"

"哦!"好奇者仰脸注视着马达的面孔,"了不起!"这当儿,他的赞叹已经从木板移到人,他觉得别的且不说,光是能够"找到"这样的薄薄的木板,也就是"了不起"的事情。

马达完全理会得这个意思,他庄重地说道:"买这容易。这是本地老百姓做蒸笼的框子用的!"

于是谈论移到了制造一个小提琴所必需的其他材料了。马达以为弦线最成问题。

"胡琴用的弦线,勉强也可以。"马达静静地说,从嘴角取下他那大烟斗。

躬着腰,他又专心一意兴趣盎然去对付那块木板了。好奇者默默地在一旁看,从那大烟斗想到未来的小提琴,相信它一定会被制成的。

隔了好几天,傍晚广场上照例的小堆小堆的人们中间,又照例地有叉开了两腿,叼着大烟斗的马达了。他的小提琴制成了罢?没有人问他,照例他不会先对人家提到这话儿。然而大家知道,制成是没有疑问的。当好奇者问他:"那弦线怎样?成么?"

"木料也不成!"马达庄重地回答。

只是这么一句话。

青烟从大烟斗中袅袅升起,烟丝在烟斗里吱吱地叫。马达轩起了他那浓眉,举起柔和的眼光,望着对面山顶的斜阳,斜阳中款款摇摆着的狗尾巴草似的庄稼,驮着斜阳慢慢走下山冈来的牛羊。

(原载1945年3月《艺文志》第2期)

制琴的马达。

·雾中偶记·

不能忘记的一面之识

他们第一次感觉到有这么一位年青人在他们一起,是在天方破晓,山坡的小松林里勉强能够辨清人们面目的时候。朝霞掩蔽了周围的景物,人们只晓得自己是在一座小小的森林中,而这森林是在山的半腰。夜来露重,手碰到衣服上觉着冷,北风穿过森林扑在脸上,虽然是暖和的南国的冬天,人们却也禁不住打起寒战来了。

昨夜他们仓皇奔上这小山,只知道是到一个比较安全的地方,敌人的游骑很少可能碰到的地方;上弦月早已西沉,朦胧中不辨陵谷,他们只顾跟着向导走,仿佛觉得是在爬坡,便断定是到山里的一间土寮或草寮去,那里有这么几株亭亭如盖的大树,掩护得很周密而又巧妙,而且——就像他们在木古所经验过的住半山土寮的风味,躺在稻草堆上一觉醒来,听远处断断续续的狗叫,似在报导并无意外,撑起半身朝寮外望一眼,白茫茫中有些黑魆魆,像一幅迷漫的米芾水墨画,这也算是够"诗意"的了。他们以这样的"诗意"自期,脚下在慢慢升高,谁知到最后站住了的时候却发现这期待是落空了,没有土寮,也没有草寮,更没有亭亭如盖的大树,只有疏疏落落散布开的小树,才到一人高。然而这地方之尚属于危险区域,那时倒也不知道。现在,他们在晓风中打着寒噤,睁大了眼发愣,可突然发觉在他们周围,远远近近,有比他们多一倍的武装人员,不用说,昨夜是在森严警戒中糊里糊涂地睡了一觉。

不安的心情正在滋长,一位年青人,肩头挂一枝长枪,胸前吊颗手榴弹,手提着一枝左枪,走近他们来了。他操着生硬的国语,几乎是一个一个单字硬拼凑起来的国语,告诉他们:已经派人下去察看情形了,一会儿就能回来,那时就可以决定行动了。

"敌人在什么地方?"他们之中的C君问。

年青人好像不曾听懂这句话,但是不,也许他听懂,他侧着头想了想,好像一个在异国的旅客临时翻检他的"普通会话手册"要找一句他一时忘记了的"外国话";终于他找到了,长睫毛一闪,忽然比较流利地答道:"等等就知道了。"

如果说是这句话的效力,倒不如说那是他的从容不迫的态度给人家一服定心剂,人们居然自作了结论:敌人大概已经转移方向,威胁是已经解除了。然而人心总是无厌的,他们还希望他们自作的结论得到实证。眼前既然有这么一位"语言相通"的人,怎么肯放过他?问题便像榴霰弹似的纷纷掷到他头上。他们简直不肯多费脑力估量一下对方的国语程度究竟是能够大概都听懂了呢,还是连个大概都听不懂,而只能像一位环绕地球的游客就凭他那宝贝的"会话手册"找出他所要说的那几句话。

但是年青人不慌不忙静听着,闪动着他的长睫毛。末了,他这才回答,还是那一句:"等等就知道了。"这一句话,现在可没有刚才那样的效力了。因为提出的问题太多又太复杂,这一句回答不能概括。人们内心的不安,开始又在滋长。他们开始怀疑这位年青人能听懂也能说的国语究竟有几句了,如果他们还能够不起恐慌,那亦还是靠了这位年青人的镇静从容的态度。

幸而这所谓"等等",不久就告终,"就知道"的事情也算逐一都知道了。敌人果然离这小村落远些了,他们可以下山去,到屋里一歇了。

在一座堡垒式的大房子里,人们得到了一切的满足:关于"敌情"的,关于如何继续赶路的,最后,关于休息和口腹的需要。

因为是整夜不曾好生睡觉,他们首先被引进一间房去"休息"一会儿,这房本来也有人住,但此时却空着。招待他们的人——两位都能说国语,七手八脚把一些杂乱的东西例如衣服、碗盏之类,堆在一角,清理出一张大床来,那是十多块松板拼成,长有八九尺,宽有四五尺,足够一"班"人并排躺着的家伙;又弄来了一壶开水,于是对他们说:"请休息罢,早饭得了再来请你们。"

这房只有一个小小的窗洞,狭而长。实在不能算是窗,只可说是通气洞。但真正的用途,却是从这里可以射击屋子外边的敌人。此时朝暾半上,房里光线黯淡,而在他们这几位弄惯了必先拉上窗帏然后始能睡觉的人看来,倒很惬意。然而他们睡不着,也许因为疲劳过度上了虚火,但也许因为肚子里空,他们闭眼躺在那些松板上,可是睡不着。

但是不久就来请吃早饭了。

吃饭的时候,招待他们的两位东道主告诉他们:今晚还得走夜路，不远，可也有三十多里，因此，白天可以畅快地睡个好觉。

他们再回那间房去，刚到门口，可就愣住了。

因为是从光线较强的地方来的，他们一时之间也看不清楚，但觉得房里闹烘烘挤满了人，嘈杂的说笑，他们全不懂。然而随即也就悟到，这是这间房的老主人们回来了，是放哨或是"摸敌人"回来了，总之，也是急迫需要休息的。

渐渐地看明白，闹烘烘的七八人原来是在解下那些挂满了一身的捞什子：灰布的作为被子用的棉衣、子弹带、面巾、像一根棒槌似的米袋、马口铁杯子、手榴弹等等，都堆在墙角的一只板桌上。看着那几位新客带笑带说，好像是表示抱歉，然后一个一个又出去了，步枪却随身带起。

房里又寂静了，他们几位新客呆了半响，觉得十二分的过意不去；但也只好由它，且作"休息"计。他们都走到那伟大的板铺前，正打算各就"岗位"，这才看见房里原来还留得有一个人，他坐在那窗洞下，低着头，在读一本书，同时却又拿枝铅笔按在膝头，在小本上写些什么。

看见他是那么专心致志，他们都不敢作声。

一会儿，他却抬起头来了，呀，原来就是早晨在山上见过的那位年青人。

只记得他是多少懂得点国语的，他们之中的C君就和他招呼，觉得分外亲切，并且对于占住了房间的事，表示歉意。

年青人闪动着长睫毛，笑了一笑。这笑，表示他至少懂得了C君的意思。可是他并不开口，凝眸望了他们一眼，收拾起书笔，站起身来打算走。

"不要紧，你就留在这里，不妨碍我们的，况且我们也不想睡。"C君很诚恳地留他。

C君的同伴们也表示了同样的意思。

他可有点惘然了。——是呀,他这时的表情,应当说是"惘然",而不"踌躇"。长睫毛下边的澄澈而凝定的眼睛表示了他在脑子里搜索一些什么东西。终于搜索到了,乃是这么一句:"我的事完了。"

他似乎还有多少意思要倾吐,然而一时找不到字句,只好笑了笑,又要走。这当儿C君看见他手里那本很厚的书就是他们一个朋友所写的《论民族民主革命》,一本高级的理论书,不禁大感兴趣,就问他道:"你们在研究这本书么?"

他的长睫毛一敛,轻声答道:"深得很,看不懂。"忽然他那颇为白皙的脸上红了一下,羞怯怯地又加一句:"没有人教。"

"你们有学习小组没有?"

年青人想了一会儿,然后点头。

"学习小组上用什么书?不是这一本么?"

"不是。"年青人的长睫毛一动,垂眼看着手里那本书,又叹气似的说,"好深呵,好多地方不懂。"

这叹息声中,正燃烧着火焰一样的知识欲;这叹息声中,反响着理论学习的意志的坚决,而不是灰心失望。他们都深深感动了。C君于是问道:

"你是哪里人?"

"新加坡。"

"什么学校?"

"我是做工的。"年青人回答,长睫毛又闪动一下。

这一回答的出人意料,不下于发现他在自习那本厚书。C君的同伴们都加入了谈话。而且好像这极短时间的练习,已经使得那年青人的国语字汇增加了不少,谈话进行得相当热闹。

从他的不大完全的答语中,他们知道了他生长在新加坡,父母是工人,兄弟姊妹也是工人,他本人念过一年多的小学,后来就做机器工人,抗战以后回祖国投效,到这里也一年多了。

"你怎么到了这里的?"有人冒昧地问。

年青人又有点惘然了。急切之间又找不到可以表达他的意思的国语了,他笑了笑,低垂着长睫毛,又回到原来的话题,叹息着说:"知识不够,时间——时间也不够呀。"

于是把那本厚书塞进衣袋,他说:"我还有事,等等,时间到了,会来叫你们。"便转身走了。

房里又沉静了,一道阳光从窗洞射进来,那一条光柱中飘游着无数的微尘,真可以说一句万象缤纷。他们都躺在松板上,然而没睡意,那年青人的身世、性格——虽然只从这短促的会晤中窥见了极少的一部分,可是给他们无限兴奋。

态度沉着,一对聪明而又好作深思的眼睛,长长的睫毛,异常清秀端庄的面孔,说话带点羞涩的表情——这样一个年青人,这样一个投身于艰苦的战斗生活的年青人,仿佛在他身上就能看出中华民族的最优秀的儿女们的面影。

(原收于1945年7月良友复兴图书印刷公司版《时间的纪录》)

1945年6月24日,重庆文艺界为庆祝茅盾(右二)的五十寿辰和创作生活二十五周年举行盛大茶会。

·雾中偶记·

谈 鼠

闲谈的时候偶尔也谈到了老鼠。特别是看见了谁的衣服和皮鞋有啮伤的痕迹,话题便会自然而然地转到了这小小的专过"夜生活"的动物。

这小小的动物群中,大概颇有些超等的"手艺匠":它们会把西装大衣上的胶质钮子修去了一层边,四周是那么匀称,人们用工具来做,也不过如此;太太们的梆硬的衣领也常常是它们显本领的场所,它们会巧妙地揭去了这些富于浆糊的衣领的里边的一层而不伤及那面子。但是最使我惊佩的,是它们在一位朋友的黑皮鞋上留下的"杰作":这位朋友刚从东南沿海区域来,他那双八成新的乌亮的皮鞋,一切都很正常,只有鞋口周围一线是白的,乍一看,还以为这又是一种新型,鞋口镶了白皮的滚条,——然而不是!

对于诸如此类的小巧的"手艺",我们也许还能"幽默"一下,——虽然有时也实在使你"啼笑皆非"。

·雾中偶记·

可惜它们喜欢这样"费厄泼赖"的时候，并不太多，最通常的，倒是集恶劣之大成的作法。例子是不怕没有的，比方：因为"短被盖"只顾到头，朋友A的脚趾头便被看中了，这位朋友的睡劲也真好，迷迷糊糊的，想来至多不过翻个身罢了，第二天套上鞋子的时候这才觉得不是那么一回事，急忙检查，原来早已血污斑驳。朋友B的不满周岁的婴儿大哭不止，渴睡的年青的母亲抚拍无效，点起火一看，这可骇坏了，婴儿满面是血了，揩干血，这才看清被啮破了鼻囱了。为了剥削脚趾头上和鼻孔边那一点咸咸的东西，竟至于使被剥削者流血，这是何等的霸道，然而使人听了发指的，还有下面的一件事。在K城，有一位少妇难产而死，遗体在太平间内停放了一夜，第二天发现缺少了两颗眼珠！

"鼠窃"这一句成语，算是把它们的善于鬼鬼祟祟，偷偷摸摸，永远不能光明正大的特性，描摹出来了。然而对于弱者，它们也是会有泼胆的。它们敢从母鸡的温暖的翅膀下强攫了她的雏儿。这一只可怜的母鸡，抱三个卵，花了二十天工夫，她连吃也无心，肚子下的羽毛也褪光了，憔悴得要命，却只得了一只雏鸡，这小小的东西一身绒毛好像还没大干，就啾啾地叫着，在母亲的大翅膀下钻进钻出，洒几粒米在它面前，它还不知道吃，而疲惫极了的母亲咕咕地似乎在教导它。可是当天晚上，母鸡和小鸡忽然都叫得那样惨，人们急忙赶来照看时，小鸡早已不见影踪，母鸡却蹲在窠外地上，——从此她死也不肯再进那窠了。

其实鸡们平时就不愿意伏在窝里睡觉，孵卵期是例外。平时它们睡觉总喜欢蹲在什么竹筐子的边上，这大概是为了防备老鼠。因此也可想到为了孵卵，母鸡们的不避危险的精神有多么伟大！江南养鸡都用有门的竹笼，这对于那些惯会放臭屁来自救的黄鼠狼，尚不失为有效的防御工事，黄鼠狼的躯干大，钻不进那竹笼的小方格。但是一位江南少妇在桂林用了同样的竹笼，却反便宜了老鼠；鸡被囚于笼走不开，一条腿都几乎被老鼠咬断了。

但尽管是多么强横，对于"示众"也还知道惧怕。捉住了老鼠就地钉死，暴尸一二日，据说是颇有"警告"的效力的。不过这效力也有时间性，我的寓所里有一间长不过四尺宽二尺许的小房，因其太小，就用以储放什物，其中也有可吃的，都盖藏严密，老鼠其实也没法吃到，然而老鼠不肯断念，每夜都要光顾这间小房。墙是竹笆涂泥巴的墙，它们要穿一个孔，实在容易得很。最初我们还是见洞即堵，用瓦片，用泥巴，用木板，后来堵住了这里，那边又新穿了更大的洞，弄得到处千疮百孔，这才从防御而转为进攻。我们安设了老鼠夹子。第一夜，到了照例的时光，夹墙中果然照例蠢动，听声音就知道是一头相当大的家伙，从夹墙中远远地奔来，毫不踌躇，熟门熟路，直奔向它那目的地了，接着，拍叉一声，这目无一切的家伙果然种瓜得瓜。这以后，约有个把月，绝对安静，但亦只有个把月而已，不能再多。鼠夹子虽已洗过熏过，可再也无用。当然不能相信老鼠当真通灵，然而也不能不佩服它那厉害的嗅觉。我们特别要试验这些贪婪的小动物抵抗诱惑的决心有多大多久。我们找了最香最投鼠之所好的东西装在鼠夹子上，同时厉行了彻底的"清野"，使除此引诱物外，简直无可得食。一天，两天，没有效；可是第三天已经天亮的时候，我们被拍叉的声音惊醒，一头少壮的鼠子又捉住了，想来这是个耐不住馋的莽撞的家伙。

然而这第二回所得的安静时间，只有一个星期。

不但嗅觉厉害，老鼠大概又是多疑的，而且警觉心也提得相当高。鼠药因此也不能绝对有效，除非别无可食之物，鼠们未必就来上当；特别是把鼠药放在特制的食物中，什九是徒劳。扫荡老鼠似乎是个社会问题，一家两家枝枝节节为之，决不是办法。记得前些时候，报上载过一条新闻，伦敦的警察和市民合作，举行了大规模的扫荡，全市于同一日发动，计用去鼠药数万磅，粮食数吨，厨房，阴沟，一切阴暗角落，全放了药，结果得死鼠数百万头。数百万这数目，不知占全伦敦老鼠总数的几分之几，数百万的数目虽然不小，但说伦敦的老鼠全部毒死，恐怕也不近事理。自然，鼠的猖獗是会因此一举而大大减少的，不过这也恐怕只是一时而已。

似乎凡有人类居住的地方就不会没有偷偷摸摸的又狡猾贪婪的丑类。所差者，程度而已。报上又登过一条消息：重庆市卫生当局特地设计了防鼠模范建筑。我们可以相信这种模范建筑会比竹笆涂泥巴的房屋要好上几百倍；然而我们却不敢相信这样一道防线就能挡住了老鼠侵略的凶焰，当四周都是老鼠繁殖的好场所的时候，一幢好的房子也只能相当地减少鼠患而已。老鼠是一个社会问题，没有市民全体的总动员，一家两家和鼠斗争，结果是不容乐观的。但这不是说，斗争乃属多事，斗争总能杀杀它们的威；不过一劳永逸之举，还是没有。

人们的拿手好戏是妥协。和老鼠妥协，恐怕也是由来已久的人，到底比老鼠会打算盘，权衡轻重之后，人是宁愿供养老鼠，而不愿因小失大，损坏了他们认为值钱的东西。鼠们大概会洋洋得意，自认胜利，而不知已经中了人们的计。有一家书店把这妥协方策执行得非常彻底，他们研究出老鼠们喜欢换胃口，有时要吃面，有时又要吃米，可是老鼠当然不会事前通知，结果，人们只好每晚在书栈房里放一碗饭和一碗浆糊，任凭选择。据说这办法固然可以相当减少了书籍的损坏，如果这样被供养的鼠类会减低它们的繁殖力，那问题倒还简单，否则，这妥协的办法总有一天会使人们觉得负担太重了一点。

在鼠患严重的地方，猫是照例不称职的。换过来说，也许本来是猫不像猫，这才老鼠肆无忌惮，而且又因为鼠患太可怕了，猫被当作宝贝，猫既养尊处优，借鼠以自重，当然不肯出力捕鼠了；不要看轻它们是畜生，这一点骗人混饭的诀窍似乎也很内行的呢！

1944年3月17日。

（原载1944年6月1日《文风杂志》第1卷第4、5期合刊）

一间小房,每晚必有老鼠光顾。

·雾中偶记·

森林中的绅士

据说北美洲的森林中有一种"得天独厚"的野兽,这就是豪猪,这是"森林中的绅士"!

这是在头部,背部,尾巴上,都长着钢针似的刺毛的四足兽,所谓"绅士相处,应如豪猪与豪猪,中间保持相当的距离",就因为太靠近了彼此都没有好处。不过豪猪的刺还是有形的,绅士之刺则无形,有形则长短有定,要保持相当的距离总比无形者好办些,而这也是摹仿豪猪的绅士们"青出于蓝"的地方。

但豪猪的"绅士风度"之可贵,尚不在那一身的钢针似的刺毛。它是矮胖胖的,一张方正而持重的面孔,老是踱着方步,不慌不忙。它的潇洒悠闲,实在也到了殊堪钦佩的地步:可以在一些滋味不坏的灌木丛中玩上一整天,很有教养似的边走边哼,逍遥自得,无所用心,宛然是一位乐天派。它不喜群的生活,但也并非完全孤独,由此可见它在"待人接物"上多么有分寸。

若非万不得已,它决不旅行,整年整季,它的活动范围不出三四里地。一连几星期,它只在三四棵树上爬来爬去;它躺在树枝间,从容自在地啃着树皮,啃得倦了,就打个瞌睡;要是睡中一个不小心倒栽下来,那也不要紧,它那件特别的长毛大衣会保护它的尊躯。

它也不怕跌落水里去,它全身的二万刺毛都是中空的,它好比穿了件救生衣,一到水里,自会浮起来的。

而这些空心针似的刺毛又是绝妙的自卫武器,别的野兽身上要是刺进了几十枚这样的空心针,当然会有性命之忧,因为这些空心针是角质的,刺进了温湿的肌肉,立刻就会发胀,而且针上又遍布了倒钩,倒钩也跟着胀大,倒钩的斜度会使得那针愈陷愈深。因此,遇到外来的攻击时,豪猪的战术是等在那里"挨打",让敌人自己碰伤,知难而退。因为它那些刺毛只要轻轻一碰就会掉落,而又因其尖利非凡,故一碰之下未有不刺进皮肉的。

然而具有这样头等的自卫武器的它,却有老大的弱点:肚皮底下没刺毛,这是不设防地带,小小的老鼠只要能够设法钻到豪猪的肚皮底下,就是胜利者了。但尤其脆弱者,是豪猪的鼻子。一根棍子在这鼻尖上轻轻敲一下,就是致命的。这些弱点,豪猪自己知道得很清楚;所以遇到敌人的时候,它就把脑袋塞在一根木头下面,这样先保护好它那脆弱的鼻子,然后四脚收拢,平伏地面,掩蔽它那不设防的腹部,末了,就耸起浑身的刺毛,摆好了"挨打"的姿势。当然,它还有一根不太长然而也还强壮有力的尾巴(和它身长比较,约为五与一之比),真是一根狼牙棒,它可以左右挥动,敌人要是挨着一下,大概受不住;可是这根尾巴的挥动因为缺乏一双眼睛来指示目标,也只是守势防御而已。

敌人也许很狡猾,并不进攻,却悄悄地守在旁边静候机会,那时候,豪猪不能不改变战术了。它从掩蔽部抽出了鼻子,拼命低着头(还是为的保护鼻子),倒退着走,同时猛烈挥动尾巴,这样"背进"到了最近一棵树,它就笨拙地往上爬,爬到了相当高度,自觉已无危险,便又安安逸逸躺在那里啃起嫩枝来,好像根本没有发生过什么事情似的。

这真是典型的绅士式的"镇静"。的的确确,它的一切生活方式——连它的战术在内,都是典型的绅士式的。但正像我们的可敬的绅士们尽管"得天独厚",优游自在,却也常常要无病呻吟一样,豪猪也喜欢这调门。好好地它会忽然发出了声音摇曳而凄凉的哀号,单听那声音,你以为这位"森林中的绅士"一定是碰到绝大的危险,性命就在顷刻间了;然而不然,它这时安安逸逸坐在树梢上,方正而持重的脸部照常一点表情也没有,可是它独自在哀啼,往往持续至一小时之久,它这样无病而呻吟是玩玩的。

据说向来盛产豪猪的安地郎达克山脉,现在也很少看见豪猪了,以至美国地方政府不得不用法令保护它了。为什么这样"得天独厚",具有这样巧妙自卫武器的豪猪会渐有绝种之忧呢?是不是它那种太懒散而悠闲的生活方式使之然呢?还是因为它那"得天独厚"之处存在着绝大的矛盾,——几乎无敌的刺毛以及毫无抵抗力的暴露着的鼻子,——所以结果仍然于它不利呢?

我不打算在这里来下结论,可是我因此更觉得豪猪的"生活方式"叫人看了寒心。

1945年5月21日。

·雾中偶记·

［附记］

上杂谈一则，昨日从一堆旧信件中检了出来。看篇末所记年月日，方才想起写这一则时的心情，惘然若有所失。当时写完以后何以又搁起来的原因，可再也追忆不得了。重读一过，觉得也还可以发表一下，姑以付《新文学》。

1945年12月14日记于无阳光室，重庆。

（原载1946年1月1日《新文学》创刊号）

1946年11月底，茅盾夫妇在上海柳亚子寓所与柳亚子夫妇合影。

·雾中偶记·

纠正一种风气

  三年前我们在重庆打算编一种丛书，专印不知名的青年作家的作品；我们和几个出版家接洽，他们都顾虑到销路，不愿意接受。可是我们也不甘就此罢休，索性把计划更进一步，专印"处女作"，试试广大的读者群是不是像一般书店老板所估计，买书是看作者姓名的。后来居然有人愿意出资来试验一下了，可是却又要求每书要有一二篇介绍（序或读后记），理由还是为了推销上方便些。

  不但出书，就是出一种定期刊罢，出版家也一定希望编辑人能够"拉"到若干知名作家的稿子，"以资号召"。

  这种"风气"，由来已久，我们戏称之为"明星主义"。我们认为这是不应该有的现象。我们认为这种"风气"，对于青年作家或无名作家是十分不利的。我们曾经和一些思想进步的出版家讨论过，如何挽救这不合理的风气。在讨论中，我们得到了下列的几点认识。

雾中偶记

出版家印一本书,总须通过贩卖商,这才能够到达广大读者群的面前,而贩卖商批书的标准据说不外乎:一,看同类的书销路如何;二,看作者是不是知名的。而贩卖商的这两个标准又是根据了他们的经验而来的。比方说,某一类的书好销,贩卖商就愿意多批这一类。有一时,巴尔扎克很吃香,贩卖商看见巴尔扎克的译本就很欢迎;如果不是巴尔扎克而是别的外国的大作家,即使那译本实在很好,也很难说服贩卖商使他们多批。对于本国的作家亦是如此,贩卖商根据他们的经验有他们的取舍,不知名作家的书就难以得到他们的"选择";即使你郑重推荐,他们也不大肯"冒险"试批几本去;即使批了去,他们也不大肯放在很显著的地位让顾客们一眼就看到。

所以,"明星主义"的造成,贩卖商也有份的。

书出版后当然有广告。按理说来,广告是读者借以求书的线索。但是,事实上广告总多说好话,甚至有吹得太过分的,这就使大部分读者不敢太相信广告。中国又没有权威的书评刊物,读者想在广告之外求得可以信任的介绍也颇不易,于是结果也只得根据经验来选择了;加以书价太高,读者购买力低,自然而然对于陌生面孔作者的作品不敢轻于试购了。而读者的这一种"习惯",反过来也会对贩卖商起影响,形成了贩卖的"经验",产生了贩卖商的批书标准。

一般说来,在中国,青年作家或无名作家的作品在定期刊上发表的机会,还算是多的。因为定期刊的编辑人虽然为了老板的要求不得不"拉"知名作家的稿子,但亦可以全权发表青年作家或无名作家的稿子,不比出一本书,全权是操在老板手里。如果和美国比较,那么中国的出版界可以说是"生意经"还算少的。美国一位青年作家(或无名作家)想要在定期刊上投稿,几乎照例没有发表的希望,除非有人为他特别推荐。至于出单行本,那希望就少到没有,——可以说想也不用想。但是中国的出版家倒还不至于"认真"到这样程度,青年作家和无名作家的作品还不是绝对没有出版的希望。我觉得这是我们的出版家比美国进步的地方。盼望在这"美式"狂热汹涌可畏的时候,我们的出版界能够不为所"化"。

从上面说的看来,可知现今俨然已成风气的所谓出版界的"明星主义",还是可以挽救的。而挽救之道,需要出版家、作家、读者三方面的合作。上文说过,出版家(除少数例外)并非绝对不肯出版无名作家的书,而是怕亏本;贩卖商也不是绝对不肯贩卖,而是怕销不掉;读者呢,更其不是绝对只崇拜名人,而是购买力弱不敢轻于尝试。如果出版家肯多冒点险,而又和作家们合作建立起一种权威的书评刊物,在读者群中打出个信用来,那么,读者的"习惯"相信可以改过来,而贩卖商也会改变他们的"批书标准"了。自然,要建立一种权威的书报评介的定期刊也不是轻而易举的,不过,如果要办,也非不可能。

再说,今天中国的定期刊"拉"知名作家"以资号召"的办法,其势也不能持久。中国的定期刊实在也不能说多(和文化进步的外国比较),无奈中国的知名作家也不多,所以拉来拉去,被拉者固然忙于应付,而读者恐怕也觉得老是几个熟面孔,感觉不到新鲜了。感觉不到新鲜,那不是和编者"拉"的本意相反了么?

最后,也得指出,如果民主不能实现,内战不能停止,那么,出版的前途就很少希望。因为出版事业的发展和进步,必

·雾中偶记·

须先有言论自由、思想自由。这已是常识,不用我在这里多加说明了。

8月21日。

(原载1946年9月1日《上海文化》第8期)

1946年10月下旬,茅盾夫妇与陈白尘、洪深、阳翰笙、葛一虹、凤子、赵清阁(自左至右)同游杭州时合影。

·雾中偶记·

五十年前
一个亡命客的回忆

一九二八年夏至一九三〇年春,我在日本作亡命客。事隔半个世纪。当时在日本的见闻,大部分记不起来了。而且,为了维持自己在日本的生活以及仍在上海的家的开销,不能不埋首写作,投向国内的报刊,取得稿费。因此,就没有时间游览,借此了解日本的风土人情。

但是,有一二件事,在我的尘封的记忆里至今没有褪色。姑且写出来以为纪念。

1929年茅盾在日本。

· 雾中偶记 ·

我初到日本时，住在东京的一个旅馆。但在神户登陆乘火车到东京时，就有一个穿洋服的日本人（那时一般日本人都穿和服）用英语和我攀谈，天南地北，不着边际，但有一句话却使我惊异，他说："我久仰你的大名。"我到日本用的假名是方保宗，而此人却说"久仰大名"，真把我弄糊涂了。我当时不置可否，就顾左右而言它。到东京住了旅馆，刚把行李安置好，这个日本人又来拜访了，说了些客套话后，忽然说："你的真名是沈雁冰，笔名是茅盾，是个有名的革命党和作家，我个人是十分钦佩你的。"这时，我才明白在火车里第一次他来和我攀谈时说的"久仰大名"这句话的意义了。当时我猜想他也许是日本的共产党员，但也不与深谈，只谦虚几句又把话头转到一般的客套。这个日本人刚走，一个身穿和服的中国人（我那时穿的是洋服），叩门而进，一看，是熟人，陈启修，"五四"时期的北大教授，一九二七年大革命时期武汉《中央日报》的主笔，那时我是汉口《民国日报》的主笔，因是"同行"，常常来往。他本来是留学日本的，能说一口流利的日本话。他开门见山说："我也住在这旅馆，你如果有事要和旅馆老板或下女打交道，我来当翻译。"他又悄悄地说："刚才来拜访你的那个日本人是特高，专门调查流亡在日本的中国人的行动。你出去买东西、访朋友，都有人钉梢。"我这才恍然大悟，这个日本人对我如此之"殷勤"之所以然。陈启修又说："我改名陈豹隐，特高也知道我的底细，也常来，不过，我到日本也是避难，不搞政治活动，随他们怎样调查罢。"我问他："你为什么也要避难？"我的意思是蒋介石并没通缉他，何"难"须避？他笑了笑道："在汉口时，我不是跟你说过，你们骂我是顾孟余的走狗，然而顾孟余并没以走狗看待我。"这是指夏斗寅叛变时，陈见顾询问局势如何，那时顾已买好到上海的轮船票,预备逃走,却对陈说,夏斗寅不堪一击,武汉安如泰山。陈慨然说:"从那时起,我知道顾孟余早就不信任我,我也开始不信任顾孟余了。现在很难说,他们也许还把我当作共产党员,所以我还是要避难,安全一些。"在和陈的谈话中,知道他来日本已半年多,写了一本短篇小说集,其中一篇名曰《酱色的心》,即以为小说集的总称。他送我一本,说请"指教"。我说:"真想不到你这位鼎鼎大名的北京大学法科教授,竟然也写小说。"他苦笑道:"聊以消闲。酱色的心,指武汉时代你我都认识的某些人,也指我自己。红黑混合谓之酱色,某些人之所以为酱色是当时完全红透的人对他们的看法,我之所以为酱色,是现在全黑的人们对我的看法。好罢,我就坦然受之,作为小说的题目。"

那时东京的银座有夜市。这是道旁的地摊。就在人行道上铺一方油布或者粗布,最简陋者竟是几张报纸,摆开了各式各样的货品,地摊的主人就坐在这些货品中间,高声叫卖。货品有家用什物,儿童玩具,乃至旧书,日文的,英、法、德文的,还有中文的。这些摊位有大有小,据说要上税,按其摊位之大小,税亦多寡不一。运气好的做成几注生意;运气坏的,没有成交,那就不但白赔了数小时的声嘶力竭的叫卖,也白赔了税。我每次去逛夜市,看到冒着冷冽的夜风,坚持到午夜,以博蝇头微利的人,就想到这个资本主义发达的国家,就在这豪华的银座,一边有高贵的咖啡室、舞厅,一边却有这些可怜的摊贩,这难道不是资本主义社会矛盾的表现么?

可是资本主义社会的怪现象还不止于此。我在报上看到这样的报导:风化警察强奸了一个咖啡店的女侍者。什么叫"风化警察"呢?原来是专门维持风化的特种警察,专门在公园,在什么神社的院子里,查考有没有一对儿在作"有伤风化"的事。这恐怕是日本特有的"制度"罢?输入而且模仿西方文明的日本毕竟还有"东方"的特色。因为,在日本那时,"恋爱"是自由的,但"野合"是犯法的。风化警察看到有"野合"的一对,就要带这一对到警署,查问地址、职业,是否各有所属,或者已订婚而尚未嫁娶,或者是先行交易然后再论嫁娶。总之,麻烦得很,警官认为必要时,可以判拘押几天或罚款若干。这里所讲风化警察强奸了咖啡馆女侍者的事,出在大都市的大阪。有一位"风化"警察特别忠于职守,经常整夜到处巡逻,维持"风化"。有一次,他在午夜三点钟街头既已人静,公园、神社内连人影也没有的时候,闯进一家已经打烊的咖啡店查看有没有人在干那有伤"风化"的事。果然,皇天不负苦心人,他在咖啡店楼上发现了并头睡觉的一对儿。女的是该店的侍者,男的不知何许人。这被发现的一对儿申述了许多理由,又苦苦哀求,但"风化"警察是只认识"风化",不知有"人情"的。他不问如何,命令这一对儿离开那咖啡店,说要带到"本署"去。可是到了半路上,这位"风化"警察改变了主意,说男的可以不去,只要女的。这样拆开了后,他自己就来扮演那已走的"男的",当他的大嘴巴贴到女的脸上时,就挨了清脆的一掌,女的也转身跑了,"风化"警察却不肯罢休,追到一个小学的操场前,追上了,他发疯似的把女的拖进操场,就在那里强奸了她。这位"风化"警察努力要使女的"保守秘密",但是无效,第二天,这个咖啡店女侍者告到警察署,自然也被报馆里知道了,于是"舆论"大哗。没有把强奸犯拘押起来的警署长官为了平息"舆论",对各报记者说:"M是这里的模范警察。这回的失态,也许是一时的错误,然而为纪律计,我们觉得还是罚他的好,却不必张扬其事。我们已将他解职。"

这件事,引起了我这样的感想:把一个人的职业派定为专门查问男女间的"秽亵",事实上是引诱这个人去做"有伤风化"的事,但却美化此职业的名称曰"维持风化",这真是对于人的本能的嘲弄,怎能怨得他不"失态"。这也是只有文明社会的统治者们才会想出来的"法律"。

大约是一九二九年春,我移居京都,火车中照例碰见那个特高,到京都住定后,也经常有特高登门拜访,不过另是一个人了。我移居京都,因为老友杨氏夫妇及高氏兄弟"①等其他一些朋友都早已住在京都,熟人多,热闹些,而且也因为京都生活费用便宜。杨氏夫妇和其他朋友不住旅馆而住日本人出租的房子,这要比住旅馆便宜。是在郊外,面临小池,一排三四间,高氏兄弟住了两间,我就和他们做邻居。房东住在就近一间稍大的屋子。此地不临马路,门前池旁的小道,只有我们几个中国人出来散步。不久,一个日本人和他的年青美貌的妻子,来住了这排房子的第四间,也和我们做了邻居。男的约有四十岁,瘦瘠苍老,狭长脸,和尚头。这里环境幽静,远处有一带山峰,入夜,这山峰的最高的一座山的顶巅有像钻石装成的宝冕似的灯火。我遥望这些灯火,每每引起缥缈的想象。

这新来的一对邻居,每天一早,丈夫就出去工作了,到天黑后好久才回来。那位美貌年青的妻子每天一早扫自己门前的路,也连带扫我们门前的路。因为我们不善日语,只有含笑对她点头,表示谢意。白天,这位芳邻坐在自家门前的木板上,悄悄

---

① 杨氏夫妇:杨氏,指杨贤江,浙江余姚人,近代教育思想家。高氏兄弟:指高尔松、高尔柏。

·雾中偶记·

地,望着远处沉思。我们私下议论,以为她的心境是寂寞的。而且日子稍久,更证明她的心境是寂寞的。因为,每逢卖豆腐的小贩推着小车来到时,她买了豆腐后便絮絮地和他闲谈。有时长达半小时。她也乘我们在小道上散步时做手势表示她的对我们友好的情绪,可惜语言不通,彼此只能做手势。我现在想起来,这位幽娴、善良的日本少妇的面目还宛在目前。

在京都时,因为有了杨氏夫妇(杨能日语,但不甚流利)和高氏兄弟,也出去游览。我们到岚山观赏樱花,也到近郊去看红叶。春季观赏樱花,秋季看红叶,是日本人民娱乐的节日。

但是打破了我那时的幽居清静生活的,是报纸上登载的全家自杀的新闻。自杀的事,几乎每天报上都有。最多是"情杀":恋爱的年青的一对儿为了家庭的顽固,双双把衣袂边接在一处,投水而死。这是对于顽固家庭的反抗。

但这次报上大登特登的全家自杀,却叫人听了十分难过,惋惜、同情、悲哀,种种情绪,绞在一处,使人心情久久难于平静。

事情发生在东京。某甲患着肺结核病,已到晚期,他的二十八岁的妻子又是个十分歇斯底里的女人。他们有七岁的女儿和五岁的儿子。因为觉得肺结核病没有治好的希望了,丈夫和妻便商量自杀,妻也同意。三月十七日这天,丈夫绞杀了妻和儿女,可是他自己却出门去浪游。经过了整整的四十天,他忽然从某处打电话给他的在外交部工作的哥哥,说是已经杀了妻子和儿女。那个哥哥大概不相信真有其事(因为他的弟弟并不缺钱,况且本来有职业),置之不理。直到七月二十九日,哥哥到他弟弟家里,才发现了四具腐烂的死尸。在女孩子的尸身旁,排列着许多"人形",很正式地按照女孩们玩的"人形"祭的规矩。

这是自杀的父亲对于他的女儿的最后一点慈爱之意。据说在五月二十日那天，这位肺病的父亲还在他的银行存款里支取了一千五百元，因而推想他的终于自杀至早在五月二十日以后。

这位自杀的人也许认为，一个人既然不能很好地工作，不能有意义地生活，还不如死去。他可能由于这种思想而选择了自杀的道路。但，自杀究竟是消极的，不能从根本上解决问题。而使我更加不能理解的是为什么连两个孩子也都绞死了呢？可能因为他俩觉得自己死后，两个孩子也活不下去，倒不如一齐死了干净。在资本主义社会中，两个孩子的命运确实会是悲惨的。

有一件小事，使我印象极深。那是出门遇雨，到任何一家小杂货店求借一把雨伞时，总是承蒙店主人慨然允诺。大都是用很蹩脚的日语说明要借一把雨伞，明天奉还不误。这件小事，说明日本人民对中国人民的友好和信任，而且态度谦恭，跟我当时在上海所见到的日本浪人，完全不同。

这些五十多前的往事，使我今天回忆时，感到犹如昨日，感到我在日本作亡命客的一年多时间，曾无身居异国之感，深感日本人民对中国人民的友好情谊，这意义是重大的。

现在中日两国人民的友谊到了个新阶段了，祝愿我们两国人民世世代代友好下去！

[附注]
　　因为是五十多年前的事情，我的记忆可能有错误。希望对于五十年前的日本风土人情很了解的日本朋友和中国朋友不吝赐教。

　　　　　　　　　　　　1979年5月10日于北京。